W0398620

4e Cahier de français

Grammaire – Orthographe – Conjugaison
Vocabulaire – Expression

Annie Lomné
Professeur certifiée de lettres classiques (92)

Nom ....

Prénom ....

Classe ....

© HATIER, Paris, avril 2020 - ISBN : 978-2-401-06281-8

Hatier

Sommaire

J'ENRICHIS MON VOCABULAIRE

J'AMÉLIORE MA RÉDACTION

VERS LE BREVET

OUTILS

1 Le nom et les déterminants

RÉVISIONS
RÉPONSES P. 127

Je sais identifier le nom et le déterminant

Nom
Désigne des objets, des personnes, des idées…
➤ *chaise, frère, intelligence…*

Déterminant
Précède le nom et constitue avec lui un groupe nominal (GN) minimal.
➤ *cette maison = groupe nominal minimal*

1 Soulignez les groupes nominaux minimaux de ce texte.

> Un matin, comme il était étendu sur le sable, tout occupé à regarder les femmes sortir de l'eau, un petit pied l'avait frappé par sa gentillesse[1] et sa mignardise[2]. Ayant levé les yeux plus haut, toute la personne le séduisit. De toute cette personne, il ne voyait d'ailleurs que les chevilles et la tête émergeant d'un peignoir de flanelle[3] blanche, clos avec soin.
>
> Guy de Maupassant, *L'Enfant* (1882).
>
> 1. Délicatesse, charme, grâce. 2. Manières peu naturelles mais charmantes. 3. Tissu de laine.

Je sais identifier les déterminants articles, possessifs et démonstratifs

Articles définis : *le, la, les*

Articles définis contractés : *au (= à le), aux (= à les), du (= de le), des (= de les)*

Articles indéfinis : *un, une, des, de*

Articles partitifs : *(= un peu de) du, des, de la, de l'*

Déterminants possessifs : *mon, ma, ton, mes, ses, notre, votre, vos, leur(s)…*

Déterminants démonstratifs : *ce, cet, cette, ces*

2 Soulignez les déterminants articles, possessifs et démonstratifs dans ce texte.

> Près d'elle, il devenait muet, incapable de rien dire et même de penser, avec une espèce de bouillonnement dans le cœur, de bourdonnement dans l'oreille, d'effarement[1] dans l'esprit. Était-ce donc de l'amour cela ?
>
> Il ne le savait pas, n'y comprenait rien, mais demeurait, en tout cas, bien décidé à faire sa femme de cette enfant.
>
> Guy de Maupassant, *L'Enfant* (1882).
>
> 1. Effroi, stupeur.

3 Soulignez en rouge les articles partitifs, en bleu les indéfinis et en vert les définis contractés.

a. Les amis des enfants arrivent, j'ai préparé de la citronnade.
b. Je sors du cinéma où j'ai mangé du popcorn.
c. Nous recherchons de la tranquillité, loin du bruit et des voitures.
d. De très beaux oiseaux peuplent l'étang du village.
e. Je n'ai pas de travail aujourd'hui, j'irai au théâtre.
f. J'ai reçu de nombreuses lettres du monde entier.
g. Je ne bois que de l'eau et parfois du thé.
h. Il n'y a pas de maison ici, juste des terrains vagues.

Je sais identifier les autres déterminants

Déterminants numéraux cardinaux :
un, deux, trois… (**invariables** sauf *vingt* et *cent* qui s'accordent s'ils sont multipliés sans être suivis d'un autre chiffre)

Déterminants numéraux ordinaux :
premier, second, deuxième…

Déterminants exclamatifs / interrogatifs :
quel(s), quelle(s)

Déterminants indéfinis :
certain(e), quelque, plusieurs, divers(e), chaque, tout(e), tous, tel(le), aucun(e), le (la, les), même(s), n'importe quel(le)…

4 Complétez par un déterminant de la classe indiquée.

a. Les (numéral cardinal) .... messages étaient contradictoires : le (numéral ordinal) .... disait oui, le (numéral ordinal) .... disait non.

b. (exclamatif) .... magnifiques paysages !

c. Nous n'avons pas toujours (indéfini) .... opinions.

d. (interrogatif) .... sont vos exigences ? (indéfini) .... client doit être satisfait.

e. (indéfini) .... maison ne nous convenait. (exclamatif) .... déception !

5 Écrivez en toutes lettres les nombres de ces phrases. Les unités et les dizaines sont liées par un trait d'union.

a. Nous avons cueilli 18 .... pommes et 45 .... prunes.

b. Ces événements ont eu lieu il y a 200 .... ans.

c. Cette pétition a recueilli 252 .... signatures.

d. Tous les 4 .... ans, les 86 .... cousins de la famille se réunissent.

e. Cette bourgade compte 4 300 .... habitants.

6 Soulignez tous les déterminants de ce texte et recopiez-les dans le tableau.

Ce texte évoque les conditions de travail dans une mine de charbon au XIXe siècle.

En haut, la température montait jusqu'à trente-cinq degrés, l'air ne circulait pas, l'étouffement à la longue devenait mortel. Il avait dû, pour voir clair, fixer sa lampe à un clou, près de sa tête ; et cette lampe, qui chauffait son crâne, achevait de lui brûler le sang. Mais son supplice s'aggravait surtout de l'humidité. La roche, au-dessus de lui, à quelques centimètres de son visage, ruisselait d'eau, de grosses gouttes continues et rapides, tombant sur une sorte de rythme entêté, toujours à la même place.

Émile Zola, *Germinal* (1885).

Articles (précisez leur classe) : .... (x) ; .... (x) ; .... ; .... ; .... ; ....
Déterminants indéfinis : ....
Déterminants possessifs : .... (x), ... (x)
Déterminants démonstratifs : ....
Déterminant numéral : ....

Je sais orthographier les déterminants et leurs homophones

Ces, ses, c'est :

- *ces* : au singulier *ce(t), cette*
  ➤ *Regarde **ces** belles fleurs / **cette** belle fleur.*
- *ses* : au singulier *son, sa*
  ➤ *Elle vient avec **ses** amis / **son** ami.*
- *c'est* : imparfait *c'était*
  ➤ ***C'est** / **c'était** vrai.*

Ma, ta, la, m'a(s), t'a(s), l'a(s) :

- *ma, ta, la* : au pluriel *mes, tes, les*
  ➤ ***ma**, **ta**, **la** robe / **mes**, **tes**, **les** robes*
- *m'a(s), t'a(s), l'a(s)* : imparfait *avait / avais*
  ➤ *Il **l'a** vu / **l'avait** vu. Tu **l'as** vue / **l'avais** vue*

7 Complétez par *ces*, *ses* ou *c'est*.

a. .... la première fois qu'elle quitte .... parents.

b. Jette .... fleurs, elles sont fanées.

c. .... revues sont passionnantes, ... difficile de les refermer.

d. Elle a laissé toutes .... affaires au milieu de la pièce.

e. Elle n'a pas prévenu .... amis de .... intentions.

8 Choisissez la bonne orthographe.

a. Ma / M'a sœur ta / t'a aperçue hier.

b. L'a / La réunion a été annulée mais tu ne l'as / l'a / la pas su.

c. Ta / T'a venue ma m'a vraiment fait plaisir.

d. Ma / M'a mère ne t'a / t'as / ta pas reconnue avec t'a / ta nouvelle coiffure.

e. La / l'a dernière fois que tu l'as / l'a / la rencontrée, c'était un bébé.

9 J'applique pour écrire

En vous inspirant du texte 6, décrivez une scène où un personnage est soumis à des conditions particulièrement difficiles (travail, exploit sportif, intempéries...).

Consigne
- 10 lignes environ
- au moins un déterminant de chaque catégorie

2 L'accord des déterminants indéfinis

J'observe

certain garçon / chaque garçon / aucun garçon

Récrivez ces GN en remplaçant *garçon* par *fille* : que remarquez-vous ?

....

Quel GN peut se mettre au pluriel ? Transposez.

....

Je retiens

A QUELS DÉTERMINANTS INDÉFINIS ACCORDE-T-ON EN GENRE ET EN NOMBRE ?

- *Tel, tel quel, n'importe quel, certain, tout…*

  ***Tel** père, **telle** fille ; **certains** jours, **certaines** nuits*

B QUELS DÉTERMINANTS INDÉFINIS ACCORDE-T-ON EN GENRE ?

- Suivis d'un **nom singulier** : *nul, aucun*

  ***aucune** chance*

- Suivis d'un **nom pluriel** : *différents, divers*

  ***différentes** propositions*

C QUELS DÉTERMINANTS INDÉFINIS ACCORDE-T-ON EN NOMBRE ?

- *Quelque, autre, même…*

  *un **autre** jour, d'**autres** affaires*

D QUELS DÉTERMINANTS INDÉFINIS SONT INVARIABLES ?

- Suivi d'un **nom singulier** : *chaque*

  ***chaque** instant*

- Suivis d'un **nom singulier ou pluriel** : *plusieurs, beaucoup de, peu de, la plupart de*

  ***beaucoup de** bruit, **beaucoup d'**enfants*

Je m'entraîne

1 Accordez les déterminants indéfinis entre parenthèses.

1. (Certain) .... représentations ont été annulées. • Nous n'avons trouvé (aucun) .... trace de son passage.

2. (Tout) .... les participantes seront récompensées. • Nous avions (différents) .... options.

3. J'ai retrouvé la maison (tel quel) .... • (Nul) .... part nous n'avons trouvé âme qui vive.

2 Remplacez les pointillés par *quelque* ou *n'importe quel* correctement orthographiés.

1. Emportez (quelque) .... provisions avec vous, mais ne prenez pas (n'importe quel) .... aliment.

2. N'accepte pas (n'importe quel) .... proposition. J'ai (quelque) .... réticences à ce sujet.

3. Nous sommes rentrés il y a (quelque) .... temps déjà, mais nous envisageons de repartir (quelque) .... part.

3 Lisez le texte et répondez aux questions.

Et (chaque dimanche / chaques dimanches), en voyant entrer les grands navires qui revenaient de pays inconnus et lointains, mon père prononçait invariablement (les mêmes paroles / les même paroles) :

« Hein ! Si Jules était là-dedans, quelle surprise ! »

Mon oncle Jules, le frère de mon père […] avait eu, paraît-il, une mauvaise conduite, c'est-à-dire qu'il avait mangé[1] **quelque argent [billets]**, ce qui est bien le plus grand des crimes pour les familles pauvres.

Quelques années plus tard, le père du narrateur reçoit une lettre.

« Je pars demain pour un long voyage en Amérique du Sud. Je serai peut-être **plusieurs [quelque] années** sans te donner de mes nouvelles. […] Je reviendrai au Havre une fois fortune faite. […] » Cette lettre était devenue l'évangile de la famille. On la lisait à **tout propos [occasion]**, on la montrait à **tout le monde [les voisins]**.

1. Dépensé.

Guy de Maupassant, *Mon Oncle Jules* (1883).

a) Barrez le GN mal orthographié dans les groupes entre parenthèses.

b) Récrivez les GN entre parenthèses en remplaçant *chaque* par *tout* et *le même* par *certain* :

……………………………………………………

c) Récrivez les GN en gras avec les mots entre crochets.

……………………………………………………

……………………………………………………

N'utilisez pas deux fois le même déterminant !

4 Complétez les phrases à l'aide des déterminants indéfinis correctement orthographiés :

(un, une, d') autre • différents • certain • quelque • tel • (le, la, les) même • tout

1. Tu as acheté …………… chaussures que moi. La prochaine fois, choisis …………… modèle.
2. Une …………… catastrophe aurait pu être évitée si …………… précautions avaient été prises.
3. …………… fois, tu sembles en …………… sorte étrangère à …………… les événements extérieurs.

5 Accordez, s'il le faut, le nom entre parenthèses.

1. Tout (retard) …………… sera sanctionné. Chaque (spectateur) …………… devra présenter son billet.
2. Il fallait beaucoup de (courage) …………… pour affronter ces divers (monstre) …………….
3. J'ai trouvé peu d'(intérêt) …………… à ces différentes (représentation) …………… …………… pourtant longuement commentées par maints (quotidien) …………….

6 Choisissez l'orthographe correcte.

1. Beaucoup d'enfants aiment / aime se rassembler dans ce jardin. Chacune de ces activités les attirent / attire.
2. Beaucoup de temps était / étaient nécessaire, et peu d'hommes étaient / était disponibles.
3. La plupart des vendeurs était / étaient déjà occupés. Beaucoup de patience nous était / étaient demandée.

7 J'améliore mon orthographe

Accordez, au besoin, les noms ou déterminants entre parenthèses et conjuguez les verbes à l'imparfait.

Plusieurs (année) …………… plus tard, lors d'un voyage à Jersey, mon père remarqua que la plupart des promeneurs (déguster) …………… des huîtres. Certain vieil homme les (ouvrir) ……………. Mon père commanda alors (quelque) …………… coquillages, mais devint soudain très pâle : le vieil écailleur[1] était l'oncle Jules ! Il me confia plusieurs (pièce) …………… pour que j'aille payer. Je découvris alors non sans (quelque) …………… stupeur ce fameux personnage dont j'avais tant entendu parler. Je ne trouvai (aucun) …………… (ressemblance) …………… entre ce pauvre homme et le héros dont j'avais rêvé. Beaucoup de (tristesse) …………… se dégageait de son visage, je fus bouleversé et lui laissai (tout) …………… les pièces que j'avais en ma possession. Aucun autre (souvenir) …………… d'enfance ne m'a autant marqué !

1. Instrument servant à écailler le poisson.

8 J'applique pour écrire

Racontez à votre tour une scène où vous rencontrez une personne dont vous aviez seulement entendu parler. Vous analyserez ce que vous avez ressenti.

Consigne
- 15 lignes
- au moins 5 déterminants indéfinis

Cochez la couleur que vous avez le mieux réussie.

- Relevez de nouveaux défis ! → exercices 5, 6 p. 12
- Améliorez vos performances ! → exercice 7 p. 12
- Confirmez votre réussite ! → exercice 8 p. 12

3 Les pronoms personnels, relatifs, possessifs, démonstratifs

J'observe

Prête-moi ton téléphone, le mien n'a plus de batterie ; je te le rendrai tout à l'heure.

Quels mots représentent le narrateur et son interlocuteur ? ....

Quels mots remplacent *téléphone* ? ....

Je retiens

A À QUOI SERVENT LES PRONOMS PERSONNELS ?

- Les pronoms personnels désignent **qui parle** ou les **interlocuteurs** d'un dialogue : *je, moi, tu, te, nous, vous…*
- Ils remplacent un **GN**, un **adjectif**, une **proposition**… pour éviter une répétition : *le, la, les, lui…*

__Nous__ avons rencontré Jules et __lui__ avons dit bonjour.

B À QUOI SERVENT LES PRONOMS RELATIFS ?

- Ils reprennent un **nom** ou un **pronom** (appelé **antécédent** et **placé avant** le pronom relatif) et introduisent une **proposition subordonnée relative** : *qui, que, dont, où, lequel, auquel…*

J'ai vu un film __dont__ je me souviendrai longtemps.

C À QUOI SERVENT LES PRONOMS POSSESSIFS ?

- Ils remplacent un **nom** et précisent une **appartenance** : *le mien, le tien, la nôtre, les leurs…*

Ce manteau est beau, mais __le mien__ est plus chaud.

D À QUOI SERVENT LES PRONOMS DÉMONSTRATIFS ?

- Ils servent à **montrer** ou à **reprendre un élément** évoqué précédemment : *ce, celui, celle(s), ceci…*
- Ils sont parfois précisés par *-ci* (ce qui est proche) ou *-là* (ce qui est loin) : *ceux-ci, celle-là…*

Je préfère cette région à __celle__ où je suis née.

Je m'entraîne

1 Complétez les réponses à ces questions en utilisant un pronom possessif.

1. Est-ce son manteau qui est accroché là ?
Non, ce n'est pas ....
2. Est-ce ta maison que j'aperçois ?
Oui, c'est ....
3. Est-ce que nos vacances tombent à la même date que leurs vacances ? Non, ...
....

2 Complétez les phrases par un pronom démonstratif.

1. Aimes-tu aller à la piscine ?
Oui, j'aime bien ....
2. De tous les voyages que j'ai faits, mon séjour en Chine est .... que je préfère.
3. Je te laisse les deux clés : .... de l'appartement est dorée, ... du garage est noire.

3

Jean Valjean était d'un caractère pensif sans être triste, ce qui est le propre des natures affectueuses. […] Il avait perdu en très bas âge son père et sa mère. Il n'était resté à Jean Valjean qu'une sœur plus âgée que lui, veuve, avec sept enfants, filles et garçons. Cette sœur avait élevé Jean Valjean et, tant qu'elle eut son mari, elle logea et nourrit son jeune frère. Le mari mourut. L'aîné des sept enfants avait huit ans, le dernier un an. Jean Valjean venait d'atteindre, lui, sa vingt-cinquième année. Il remplaça le père, et soutint à son tour sa sœur qui l'avait élevé. Cela se fit simplement, comme un devoir.

Victor Hugo, *Les Misérables* (1862).

a) Soulignez en bleu tous les pronoms qui remplacent *Jean Valjean*. Indiquez leur classe grammaticale.

....

b) Soulignez en rouge les pronoms relatifs et indiquez leurs antécédents.

c) Soulignez en vert les pronoms démonstratifs et indiquez ce qu'ils remplacent.

Qui, que et **où** ne sont pas toujours des pronoms relatifs.

4 Soulignez les pronoms relatifs et encadrez leurs antécédents.

1. J'ai trouvé le lieu où je passerai mes prochaines vacances. D'où vient ce bruit que nous entendons ?

2. Je pense qu'il ne sera pas à l'endroit dont nous avions parlé. J'ai retrouvé le livre que je t'avais emprunté.

3. Je me demande qui a emporté le sac que j'avais laissé sur la table. Que diras-tu à ceux qui arriveront en retard ?

5 Soulignez le mot ou le groupe de mots que remplacent les pronoms en gras puis indiquez leur classe grammaticale.

1. Je ne connais pas ton frère, je ne **l'**ai jamais vu.

2. Il est déjà parti mais je ne **le** savais pas.

3. La conférence était intéressante ? Oui, elle **l'**était.

Le, la, les, leur et **ce** peuvent être **déterminants** (avant un nom) ou **pronoms**.

6 Soulignez les mots en gras : en rouge les pronoms, en bleu les déterminants.

1. Le dernier jour, **la** mer était très agitée, **les** empêchant de se baigner.

2. Leurs parents **leur** ont promis de **les** emmener à **la** piscine.

3. Ce film **leur** a beaucoup plu, **ce** qui est normal : **les** acteurs, **le** scénario et **les** décors **les** ont émerveillés.

7 *J'applique pour lire*

Trois gendarmes ramènent chez monseigneur Bienvenu, évêque de Digne, Jean Valjean qui lui a volé des couverts en argent.

Cependant monseigneur Bienvenu s'était approché aussi vivement que son grand âge **le lui** permettait. [« Ah ! vous voilà ! s'écria-t-il en regardant Jean Valjean. Je suis aise de vous voir. Eh bien mais ! je vous avais donné les chandeliers aussi, qui sont en argent comme le reste et dont vous pourrez bien avoir deux cents francs. Pourquoi ne **les** avez-vous pas emportés avec vos couverts ? »[…]]

« Monseigneur, dit le brigadier de gendarmerie, ce que cet homme disait était donc vrai ? […] Il avait cette argenterie…

– Et il vous a dit, interrompit l'évêque en souriant, qu'elle **lui** avait été donnée par un vieux bonhomme de prêtre chez lequel il avait passé la nuit ? Je vois la chose. Et vous l'avez ramené ici ? C'est une méprise[1].

Victor Hugo, *Les Misérables* (1862).

1. Erreur.

a) Qui désignent les pronoms *je* et *vous* dans le passage entre crochets ? Que prouve l'utilisation du pronom *vous* ? En quoi est-ce surprenant ?

b) Soulignez tous les pronoms relatifs et encadrez leurs antécédents.

c) Indiquez la classe grammaticale des pronoms en gras et dites ce qu'ils remplacent.

8 *J'applique pour écrire*

Racontez à votre tour une scène où un personnage réagit d'une façon tout à fait inattendue.

Consigne
- 15 lignes
- au moins un pronom de chaque catégorie

Cochez la couleur que vous avez le mieux réussie.

- ☐ Relevez de nouveaux défis ! → exercices 9, 10 p. 12-13
- ☐ Améliorez vos performances ! → exercice 11 p. 13
- ☐ Confirmez votre réussite ! → exercice 12 p. 13

4 L'adjectif, ses degrés et son complément

J'observe

Un exercice très facile à faire.

Soulignez l'adjectif qualificatif de ce GN.

Quel adverbe renforce son sens ? ……………………………………

Quel groupe le complète ? Quelle est la classe grammaticale des mots qui le composent ?

……

Je retiens

A QU'EST-CE QU'UN ADJECTIF QUALIFICATIF ?

• L'adjectif qualificatif apporte des **précisions** (apparence, qualités…) sur un **nom** ou un **pronom** avec lequel il s'accorde en **genre** et en **nombre**.

• Le **participe passé** ou le **participe présent** peuvent s'utiliser comme adjectif.

*Un voyage long mais **passionnant**.*

B QUELS SONT LES DEGRÉS DE L'ADJECTIF ?

• On peut faire varier le sens d'un adjectif en le mettant au **comparatif** ou au **superlatif**.

• **Comparatif :** *plus … que* (supériorité), *moins … que* (infériorité), *aussi … que* (égalité)

*Elle est **plus** grande **que** toi mais **aussi** gentille.*

• **Superlatif :** *le plus … de* (supériorité), *le moins… de* (infériorité), *très, si, assez, peu, trop…* (absolu)

*Il est **le plus** grand de la classe, et **très** sportif.*

Attention : bon → comparatif de supériorité : **meilleur** → superlatif de supériorité : **le meilleur**

C QU'EST-CE QUE LE COMPLÉMENT DE L'ADJECTIF ?

• C'est un **nom**, un **pronom**, un **infinitif**… introduits par une préposition, ou une **proposition** introduite par **que** qui complètent le sens d'un adjectif.

*rouge de **colère** ; digne de **toi** ; désireux que **tout s'arrête***

• L'adjectif au **comparatif** ou au **superlatif** est souvent complété par un complément introduit par **que** ou **de**.

*moins rapide que **lui** ; le plus rapide de **l'équipe***

Je m'entraîne

Tous les adjectifs ne sont pas précisés par un complément !

1 Soulignez les adjectifs de ces phrases et encadrez leurs compléments.

1. En cette belle matinée d'été, notre grande famille se mit en route pour une longue randonnée.
2. Nous avons été heureux de vous rencontrer, ce moment restera inoubliable.
3. Chargée de valises, elle monta dans le train déjà rempli de voyageurs.

2 Complétez ces adjectifs par un complément de la classe grammaticale indiquée.

1. une décision lourde de (GN) …………………………… • une place pleine de (GN) ……………………………
2. un homme très sûr de (pronom) …………………………… • un sportif sûr de (infinitif) ……………………………
3. une famille heureuse (groupe infinitif) …………………………… • une famille heureuse (proposition subordonnée) ……………………………

3 Lisez le texte et répondez aux questions.

Un des moments les plus doux de ma vie, ce fut il y a plus de trente ans, et je m'en souviens comme d'hier, lorsque mon père me vit arriver du collège les bras chargés des prix que j'avais remportés, et les épaules chargées des couronnes qu'on m'avait données, et qui, trop larges pour mon front, avaient laissé passer ma tête. Du plus loin qu'il m'aperçut, il laissa son ouvrage, il s'avança sur sa porte, et se mit à pleurer.

Denis Diderot, *Lettres à Sophie Volland* (1760).

a) Soulignez en bleu un adjectif au superlatif de supériorité et son complément.

b) Soulignez en vert un adjectif au superlatif absolu.

c) Soulignez en rouge deux compléments de participes utilisés comme adjectifs.

4 Mettez l'adjectif entre parenthèses au comparatif ou au superlatif selon le contexte.

1. Un roman est (long) .... qu'une nouvelle.

2. Une rivière est (petit) .... qu'un fleuve.

3. Ce lieu est pour moi (beau) .... du monde.

4. Bravo ! Ce devoir est (bon) .... que le précédent.

5. Cette randonnée est (dangereux) .... : les accidents sont fréquents.

6. Pour faire des économies, va dans ce magasin, c'est (cher) .... et (bon) .... de tous.

5 Modifiez le sens de l'adjectif entre parenthèses à l'aide d'un adverbe.

1. Ma sœur était .... (mécontente) : elle a cassé la pile d'assiettes qu'elle portait.

2. Ce gâteau est .... (facile) à faire, à condition de respecter scrupuleusement les proportions.

3. Cette route est .... (fréquentée), je n'y ai jamais rencontré personne bien qu'elle traverse de / d' .... (beaux) paysages.

6 *J'applique pour lire*

Voltaire écrit à l'avocat Élie de Beaumont pour lui demander de défendre la veuve Calas dont le mari a été injustement accusé du meurtre de son fils.

Je vous adresse, monsieur, la plus infortunée de toutes les femmes, qui demande la chose du monde la plus juste. Mandez-moi[1], je vous prie, sur-le-champ, quelles mesures on peut prendre ; je me chargerai de la reconnaissance[2] : je suis trop heureux de l'exercer envers un talent aussi beau qu'est le vôtre. Ce procès, d'ailleurs si étrange et si capital, peut vous faire un honneur infini ; […] Cette affaire, à laquelle je prends le plus vif intérêt, est si extraordinaire, qu'il faudra aussi des moyens extraordinaires.

Voltaire, *Correspondance* (1762).

1. Dites-moi. 2. Je vous en serai reconnaissant.

a) Encadrez trois adjectifs au superlatif absolu dans le passage souligné.

b) Relevez un adjectif au comparatif et son complément dans le passage souligné.

....

....

c) Dans le reste du texte, relevez les adjectifs au superlatif et précisez celui qui a un complément.

....

....

....

....

d) Que mettent en valeur les superlatifs et le comparatif ?

....

....

....

....

7 *J'applique pour écrire*

En vous inspirant du texte de l'exercice 3, racontez le souvenir le plus marquant de votre enfance.

Consigne
- au moins 15 lignes
- au moins 2 comparatifs et 1 superlatif

Chacun son rythme

Cochez la couleur que vous avez le mieux réussie.

- Relevez de nouveaux défis ! → exercices 13, 14 p. 13
- Améliorez vos performances ! → exercice 15 p. 13
- Confirmez votre réussite ! → exercices 16, 17 p. 13

Chacun son rythme

Le nom et les déterminants

1. *Quiz* Cochez les phrases vraies.

- ☐ Un groupe nominal minimal est constitué d'un déterminant et d'un nom.
- ☐ *Des* est toujours un article indéfini.
- ☐ Les déterminants démonstratifs commencent par un *c*.
- ☐ *Quelque* est un déterminant indéfini.

2. *Méli-mélo* Classez ces déterminants dans le tableau.

une • plusieurs • notre • ces • ses • du • certain • ce • aucun • votre • cette • ma • les • nul

Articles	
Déterminants possessifs	
Déterminants démonstratifs	
Déterminants indéfinis	

3. *Chasse aux intrus* Barrez les mots qui ne peuvent pas être déterminants.

le • à • en • tel • cet • chaque • il • cela • la plupart • leur • tout • bien • nous • nos • le même • eux

4. *Range-mots* Placez ces articles dans la bonne phrase puis précisez leur classe grammaticale complète.

la • du • du • des • des • de • de

1. Je sors .... collège.
2. Regarde .... belle fleur.
3. Il a apporté .... bonbons.
4. Je ne lis pas .... romans de science-fiction.
5. Reprends .... gâteau.
6. Elle ne manque pas .... courage.

L'accord des déterminants indéfinis

5. *Quiz* Cochez les phrases vraies.

- ☐ *Plusieurs* est toujours suivi d'un nom au pluriel.
- ☐ *Chaque* est toujours suivi d'un nom au pluriel.
- ☐ *Tout* s'accorde en genre et en nombre avec le nom qu'il détermine.
- ☐ *Nul* est invariable.

6. *Chasse aux intrus* Dans chaque liste, barrez l'intrus.

1. **Accord en genre et en nombre :** tout • certain • quelque • tel
2. **Invariables :** chaque • plusieurs • même • beaucoup de
3. **Accord en genre :** aucun • nul • divers • n'importe quel
4. **Accord en nombre :** peu de • quelque • autre • même

7. *Lettres mêlées* Remettez les lettres en ordre pour trouver cinq déterminants indéfinis. Utilisez-les correctement accordés pour compléter les phrases.

nuauc • ntarcie • tediéfnrf • êmem

1. .... possibilités s'offraient à nous.
2. Cette clé n'ouvre .... porte de la maison.
3. Nous n'avons pas du tout les .... opinions.
4. .... images ont choqué les enfants.

8. *Grille* Trouvez dans cette grille cinq déterminants indéfinis que vous utiliserez correctement orthographiés dans cinq phrases de votre choix.

E	U	Q	A	H	C
J	X	U	U	S	E
T	J	E	C	A	R
E	N	L	U	N	T
R	E	Q	N	E	A
U	A	U	E	T	I
Z	G	E	J	K	N

1. ....
2. ....
3. ....
4. ....
5. ....

Les pronoms personnels, relatifs, possessifs, démonstratifs

9. *Quiz* Cochez les phrases vraies.

- ☐ Les pronoms relatifs introduisent une proposition subordonnée relative.
- ☐ Les pronoms personnels ne s'utilisent que dans les dialogues.
- ☐ Les pronoms possessifs indiquent un lien d'appartenance.
- ☐ Les pronoms démonstratifs ne servent qu'à montrer.

10. *Range-mots* **Classez ces pronoms dans le tableau.**

ceux • il • les siens • ceci • où • que • ce • leur • celui-là • la nôtre • qui • les • les tiennes • vous • dont

Pronoms personnels	
Pronoms relatifs	
Pronoms possessifs	
Pronoms démonstratifs	

11. *Chasse aux intrus* **Barrez les mots qui ne peuvent pas être des pronoms.**

nous • mon • ce • dont • du • le mien • ils • vos • celui • les • ma • lui • que

12. *Remue-méninges* **Barrez les mots qui ne sont pas des pronoms et utilisez chaque pronom dans une phrase de votre composition.**

Finirpartirellesdanscelui-làlanôtredemaindouxdontleurchemin difficilelesceux-là

1. ……………………
2. ……………………
3. ……………………
……………………
4. ……………………
5. ……………………
6. ……………………
7. ……………………

L'adjectif, ses degrés et son complément

13. *Quiz* **Cochez les phrases vraies.**

- ☐ Un adjectif apporte des précisions sur un nom ou un pronom.
- ☐ Il existe deux sortes de comparatifs.
- ☐ Au superlatif de supériorité, l'adjectif est précédé de *le plus*.
- ☐ Le complément de l'adjectif est toujours un nom.

14. *Méli-mélo* **Complétez les phrases par l'un de ces adverbes. Précisez la nature du comparatif ou du superlatif ainsi formé.**

le moins… de • plus… que • très • moins… que • le plus… de • le plus • aussi… que • assez

1. Ici, le temps est ………… froid ………… chez nous, couvre-toi davantage. ……………………
2. Je suis ………… contente de mes résultats, ils me permettent d'intégrer l'équipe première. ……………………
3. Paul est ………… motivé ………… la famille, alors qu'il est ………… jeune. ……………………
4. Cette route est ………… dangereuse ………… ce petit chemin escarpé. ……………………
5. Karim a beaucoup grandi, il est maintenant ………… grand ………… son père. ……………………
6. Ce classeur est ………… cher ………… tous : c'est la promotion de rentrée. ……………………
7. J'ai trouvé ce roman ………… intéressant, mais il ne m'a pas enthousiasmée. ……………………

15. *Remue-méninges* **Complétez ces phrases à l'aide d'un adjectif au comparatif ou au superlatif adapté au contexte (plusieurs solutions).**

1. Les jours d'été sont …………………… les jours d'hiver.
2. Cette maison est …………………… de la ville.
3. Fumer est …………………… pour la santé.
4. Je suis ……………………, mais j'aurais pu faire mieux.
5. Tu es …………………… moi au football, mais …………………… au tennis.

16. *Pyramide* **Complétez cette pyramide. Puis trouvez les compléments des adjectifs.**

1. Entre moi et lui. ☐☐☐
2. Contraire de tristesse. ☐☐☐☐
3. Action qui peut se faire au four. ☐☐☐☐☐
4. Contraire de rester. ☐☐☐☐☐☐
5. Contraire de rater / échouer. ☐☐☐☐☐☐☐

Complément 1 : fier de ……………………
Complément 2 : folle de ……………………
Complément 3 : gâteau prêt à ……………………
Complément 4 : heureux de ……………………
Complément 5 : capable de ……………………

17. *Charade*

Mon premier est un petit mot qui sert à relier. ……………………
Mon second représente 1 000 kilos. ……………………
Mon troisième ne dit pas la vérité. ……………………
Mon tout est le complément de l'adjectif *muet* dans la phrase suivante : *En découvrant ce spectacle, il est resté muet d'* …………………… .

5 Les expansions du GN (1)

RÉVISIONS – RÉPONSES P. 127

Je connais les caractéristiques des expansions du GN

Groupe nominal étendu : GN minimal (déterminant + nom) + expansion(s) du GN
➤ *ce gros gâteau au chocolat*

Expansion du GN : mot, groupe de mots ou proposition apportant des **précisions** sur un nom (adjectif épithète, complément du nom, proposition subordonnée relative)

1 **Soulignez en bleu les GN minimaux et en rouge la ou les expansions.**

a. Une très forte tempête a ravagé les côtes bretonnes.

b. Ma gentille petite sœur m'a offert la robe dont je rêvais.

c. Nous avons rencontré cet homme que nous ne connaissions pas.

d. N'oublie pas de me rendre le livre de contes que je t'ai prêté.

Je sais identifier l'adjectif épithète

Adjectif épithète : adjectif (ou participe utilisé comme adjectif) placé avant ou après un nom
➤ *une belle petite ville ; un film amusant*

• Un adjectif épithète peut préciser plusieurs noms, un nom peut être précisé par plusieurs adjectifs épithètes. L'adjectif s'accorde en genre et en nombre avec le ou les noms qu'il précise.
➤ *un chat et un chien noirs ; une grande maison bien décorée*

2 **Soulignez les adjectifs épithètes contenus dans ces phrases. Attention : tous les adjectifs ne sont pas épithètes.**

a. Ce conte fantastique raconte l'histoire d'une statue terrifiante.

b. Elle a commis de multiples méfaits.

c. Elle a écrasé la jambe droite d'un pauvre homme.

d. Cette statue était très belle, mais ses yeux brillants semblaient défier les hommes.

e. La fin de ce célèbre conte laisse entendre que cette Vénus est capable du meurtre le plus cruel.

Je sais identifier le complément du nom

Complément du nom (CDN) : nom (ou GN), pronom, infinitif (ou GI), adverbe **introduit par une préposition** (*de, à, en…*).
Il s'accorde selon le **sens**.
➤ *un bouquet de **fleurs** ; la joie de **vivre** ; aucune nouvelle d'**elle** ; le programme de **demain***

• Le complément du nom peut préciser un pronom.
➤ *celle de **mon frère***

3 **Soulignez les CDN et précisez leur classe grammaticale.**

a. Veux-tu une part de ma pizza ? : ....

b. Les amies de ma sœur voulaient un souvenir de toi : ....

c. Mon désir de devenir spationaute est toujours aussi fort : ....

d. Voulez-vous avoir des nouvelles de leur voyage ? : ....

e. La dernière lettre de lui nous informait de la naissance de son fils : ....

4

Ce passage est une description du diable.

L'aspect de cet homme était des plus bizarres […] ; ses yeux gris se nuançaient de teintes vert..... et lançaient des lueurs phosphorique.....[1] comme celles **des chat.....** . Quand ses lèvres pâle..... et plate..... se desserraient, elles laissaient voir deux rangées **de dent.....** très blanc....., très aigües et très séparé....., de l'aspect le plus cannibale et le plus féroce ; ses ongles long....., luisant..... et recourbé..... prenaient de vague..... apparences **de griffe.....** .

D'après Théophile Gautier, *Deux acteurs pour un rôle* (1841).

1. Très pâles comme celle de l'élément chimique phosphore.

a. Quelle est la fonction des groupes en gras ? Accordez-les correctement.

....

....

b. Soulignez en vert les adjectifs épithètes au superlatif et accordez ceux qui ne le sont pas.

c. Soulignez en rouge tous les autres adjectifs épithètes et accordez ceux qui ne le sont pas.

Je sais identifier la proposition subordonnée relative

Proposition subordonnée relative : proposition subordonnée introduite par un pronom relatif (*qui, que, quoi, dont, où, lequel, auquel…*)
➤ *l'avion que nous avons pris*

• Un nom ou un pronom précisé par une proposition subordonnée relative est appelé **antécédent du pronom relatif**.

• La fonction de la proposition relative est **complément de l'antécédent**.
➤ *Nous allons vous montrer un lieu dont vous vous souviendrez longtemps* (proposition relative complément de l'antécédent *un lieu*).

5 *Le narrateur décrit une statue de Vénus.*

Quant à la figure, jamais je ne parviendrai à exprimer son caractère **étrange**, et dont le type ne se rapprochait de celui d'aucune statue **antique** dont il me souvienne. Ce n'était point cette beauté **calme et sévère** des sculpteurs **grecs**, qui, par système, donnaient à tous les traits une **majestueuse** immobilité.

Prosper Mérimée, *La Vénus d'Ille* (1837).

a. Soulignez en bleu les pronoms relatifs et en rouge leurs antécédents.

b. Quels antécédents sont des CDN ? Indiquez le nom ou le pronom qu'ils complètent. ……………………

……………………

……………………

……………………

……………………

c. Quelle est la fonction des adjectifs en gras ?

……………………

……………………

6 Complétez les pointillés par le pronom relatif qui convient.

a. Je n'ai pas vu le film …………… tu me parles.

b. C'est une réaction …………… je ne m'attendais pas.

c. Nous quittons demain la maison …………… nous avons passé l'été.

d. Je te présente Nadia grâce …………… j'ai obtenu mon poste.

e. Est-ce toi …………… j'ai aperçu dans le jardin ?

7 *Alphonse, marié la veille, est découvert mort le lendemain matin. Le narrateur, un des invités, raconte.*

Je m'approchai du lit et soulevai le corps du malheureux jeune homme ; il était déjà raide et froid. Ses dents **serré**……… et sa figure **noirci**……… exprimaient les plus **affreuse**……… angoisses. Il paraissait assez que sa mort avait été violente et son agonie terrible. Nulle trace de sang cependant sur ses habits. J'écartai sa chemise et vis sur sa poitrine une *empreinte*[1] livide qui se prolongeait sur les côtes et le dos. On eût dit qu'il avait été étreint dans un cercle de fer.

Prosper Mérimée, *La Vénus d'Ille* (1837).

1. Marque en creux.

a. Soulignez en bleu les CDN du texte. Quelle est leur classe grammaticale ?

……………………

b. Relevez et analysez les expansions du nom en italiques.

……………………

……………………

……………………

……………………

……………………

c. Quelles sont la classe grammaticale et la fonction des mots en gras ? Accordez-les correctement. Quelles idées mettent-ils en valeur ?

……………………

……………………

……………………

……………………

……………………

8 ***J'applique pour écrire***

En vous inspirant du texte de l'exercice 4, décrivez un personnage monstrueux. Vous pouvez imaginer cette créature ou reprendre un monstre vu dans un film ou une BD.

Consigne
• 10 lignes
• au moins 3 adjectifs épithètes, 3 CDN et 2 propositions relatives

6 Les expansions du GN (2)

J'observe

Théophile Gautier, célèbre écrivain français, est né en 1811.

Quel groupe nominal nous renseigne sur Théophile Gautier ? ....

Par quel signe de ponctuation est-il encadré ? ....

Je retiens

A QU'EST-CE QU'UNE APPOSITION ?

- Une apposition est une **expansion d'un GN** ou **d'un pronom**.
- Elle apporte des **précisions** sur ce nom ou ce pronom : identité, profession, état d'esprit, actions…

__Ayant quitté la pièce__, elle se rendit dans le jardin.
Pussy, __un petit chat siamois__, m'a été offert pour mon anniversaire.

B QUELLE EST LA PLACE DE L'APPOSITION ?

- Le plus souvent **entre virgules**, parfois **précédée par deux-points**, plus rarement **placée juste après le nom**, ou introduite par **de**.

mon père, __directeur de l'école__ ; l'obsession de ma sœur Justine : __gagner la course__ ; la ville __de Paris__

C QUELLES SONT LES CLASSES GRAMMATICALES DE L'APPOSITION ?

- Une apposition peut être : **nom** (ou GN), **pronom** (ou GP), **adjectif** (ou GA), **participe**, **infinitif** (ou GI), **proposition subordonnée conjonctive**.

Cet homme, __écrivain célèbre__ [GN] ; __prête à partir__, elle ne voulait plus attendre [GA] ; mon espoir : __revenir un jour dans ce pays__ [GI] ; son espoir : __que nous revenions la voir__ [prop. sub. conj.] ; la robe bleue, __celle de mon anniversaire__ [GP].

Je m'entraîne

1 Soulignez les appositions et encadrez les noms, GN ou pronoms qu'elles précisent.

1. Réveillée en sursaut par des cris, Juliette, ma sœur, se leva en hurlant.
2. Très étonnés, nous lui demandâmes ce qui se passait ; elle nous donna l'explication : un cauchemar.
3. Revenant de ses émotions, elle analysa son angoisse : qu'un être surnaturel vienne l'attaquer pendant son sommeil.

2 Soulignez les groupes en gras : en bleu les CDN et en rouge les appositions.

1. Le jour **de mon anniversaire**, nous avons visité la ville **de Londres**.
2. Au mois **d'août**, nous étions dans la maison **de notre grand-mère**.
3. Cet étourdi **de Pierre** a oublié ses affaires **de sport**.

Le **de** des appositions peut être remplacé par **qui est** ou **qui s'appelle**.

3 Complétez les GN ou pronoms soulignés par une apposition de la classe grammaticale indiquée.

1. Mon ami (nom propre) .... m'a conseillé de lire une nouvelle fantastique écrite par Guy de Maupassant, (GN) ....
....
....

2. (groupe adjectival) ....
.................................., elle alla consulter les résultats ; elle allait pouvoir réaliser son rêve (groupe infinitif) :
....
....

3. (groupe participial) ....
.................................., elle formula un souhait : (proposition subordonnée) ....
....
....

4 **Lisez le texte et répondez aux questions.**

L'année dernière, je fus invité, ainsi que deux de mes camarades d'atelier[1], Arrigo Cohic et Pedrino Borgnioli, à passer quelques jours dans une terre au fond de la Normandie. [...] nous n'arrivâmes au lieu de notre destination qu'une heure après le coucher du soleil.

Nous étions harassés[2] ; aussi, notre hôte, voyant les efforts que nous faisions pour comprimer nos bâillements et tenir les yeux ouverts, aussitôt que nous eûmes soupé, nous fit conduire chacun dans notre chambre.

Théophile Gautier, *La Cafetière* (1831).

1. Atelier de peintre. 2. Épuisés.

a) **Soulignez en bleu les deux appositions contenues dans la 1re phrase.**

b) **Quel GN précisent-elles ? Quel renseignement apportent-elles ?** ....

....

....

c) **Soulignez en rouge le groupe participial en apposition, encadrez le GN qu'il précise puis réécrivez ce GN en remplaçant le groupe participial par une subordonnée relative :** ....

....

....

5 **Soulignez la ou les appositions contenues dans ces phrases, puis indiquez leurs classes grammaticales.**

1. Le narrateur, un jeune artiste peintre, avait un projet très agréable : passer quelques jours en Normandie avec deux amis. ....

....

2. Ayant rencontré beaucoup de difficultés pendant le voyage, de nombreuses averses et des chemins très boueux ralentissant la marche, ils arrivèrent très tard à destination. ....

....

3. Épuisés, ils n'avaient qu'un désir, celui d'aller se coucher. Leur hôte, un homme aimable, leur annonça la bonne nouvelle dès la fin du souper : qu'ils allaient être accompagnés jusqu'à leurs chambres. participe passé ....

....

....

....

6 ## J'applique pour lire

C'étaient *des aïeux de notre hôte*, des chevaliers bardés[1] de fer, des conseillers en perruque, et de belles dames au visage fardé et aux cheveux poudrés à blanc, tenant une rose à la main. [...]

Un des portraits, le plus ancien de tous, celui d'un gros joufflu à barbe grise, ressemblant, à s'y méprendre, à l'idée que je me suis faite du vieux sir John Falstaff[2], sortit, en grimaçant, la tête de son cadre, et, après de grands efforts, ayant fait passer ses épaules et son ventre rebondi entre les ais[3] étroits de la bordure, sauta lourdement par terre.

Théophile Gautier, *La Cafetière* (1831).

1. Recouverts.
2. Personnage de Shakespeare à forte corpulence.
3. Planchettes de bois.

a) **Soulignez en bleu les appositions qui précisent le GN en gras. Indiquez leur classe grammaticale.**

....

....

....

....

b) **Soulignez en rouge les 3 GN apposés au GN en italiques. Analysez les expansions de ces GN.**

....

....

....

....

....

....

c) **En quoi les appositions enrichissent-elles le texte ?**

....

....

....

....

7 ## J'applique pour écrire

À votre tour, imaginez qu'un élément de votre chambre s'anime (tableau, meuble, poster, photo...). Racontez la scène et analysez vos impressions.

Consigne
- 20 lignes au moins
- au moins 3 appositions de classes grammaticales différentes

Cochez la couleur que vous avez le mieux réussie.

- ☐ Relevez de nouveaux défis ! → exercices 10, 11, 12 p. 19
- ☐ Améliorez vos performances ! → exercice 13 p. 19
- ☐ Confirmez votre réussite ! → exercices 14, 15 p. 19

Chacun son rythme

Chacun son rythme

Les expansions du GN (1)

1. *Quiz* **Cochez les phrases vraies.**

- [ ] L'épithète est un adjectif ou un nom.
- [ ] L'épithète et le CDN sont des expansions du GN.
- [ ] Le CDN est placé avant le nom.
- [ ] La proposition relative est introduite par un pronom relatif.

2. *Méli-mélo* **Enrichissez chaque GN avec l'une de ces expansions mélangées.**

rouges • en or • fatiguée • de miel • escarpée • étonnantes • de pluie • vertigineuse • intrépide

- une vitesse ....
- des performances ....
- deux bracelets ....
- une montagne ....
- une randonneuse ....
- quelques jours ....
- des bottes ....
- un enfant ....
- un pot ....

3. *Bouche-trous* **Complétez les phrases par l'une des propositions relatives proposées.**

qui se produit rarement • dont j'ai oublié le nom • où nous passons nos vacances • que je n'ai pas encore rencontré • à laquelle je n'avais pas songé

1. Le nouveau directeur, ..., se nomme M. Durand.
2. Je vais te montrer la maison ....
3. Voici une excellente solution ....
4. C'est une éclipse de soleil ....
5. Ils habitent dans une ville ....

4. *Range-mots* **Utilisez ces mots pour former 6 GN comportant épithète(s) et/ou CDN (plusieurs possibilités).**

rapides • son • ma • fruits • récits • cette • voitures •exotiques • de voyage • noir • gentille • leurs • trousse • quelques • fille • chien • gros • de toilette • vos • petite

....
....
....
....

5. *Chasse aux intrus* **Barrez les adjectifs ou groupes en gras qui ne sont ni épithètes ni CDN.**

1. Ce **joli** pull **à col roulé** te va très bien.
2. Les fleurs **jaunes de ce vase** sont **très jolies**.
3. Il se souvient **de cette histoire extraordinaire**.
4. J'ai assisté à un spectacle **réjouissant**.
5. Ton attitude **insolente** est **regrettable**.
6. Regarde le **petit** chien **de la voisine**.

6. *Remue-méninges* **Complétez ces phrases avec le pronom relatif qui convient.**

1. Je connais un autre chemin .... raccourcit le trajet.
2. Voici le livre .... je t'avais parlé.
3. L'endroit .... vous vous trouvez est un site historique.
4. Il m'a annoncé une nouvelle .... je ne m'attendais pas.
5. Ces bibelots .... tu vois sur la cheminée appartenaient à ma grand-mère.
6. Un incident, ... personne n'avait pensé, nous a empêchés de partir.

7. *Lettres mêlées* **Remettez les lettres en ordre pour trouver cinq adjectifs que vous utiliserez comme épithètes dans ces phrases (vous pouvez mettre l'adjectif au féminin et/ou au pluriel).**

avusmia • tauamsne • ieflifdic • uvnaueo • tlieocepxne

1. Ce .... temps a gâché nos vacances.
2. Ma mère m'a raconté une histoire très ....
3. Nous avons eu une traversée assez ....
4. Notre .... collège est vraiment accueillant.
5. Une tempête .... traverse notre pays.

8. *Charade* **Résolvez la charade pour trouver un adjectif que vous utiliserez comme épithète dans une phrase de votre choix.**

Mon premier est un déterminant numéral ou un article indéfini masculin singulier. ....

Mon deuxième est la vingtième lettre de l'alphabet. ....

Mon troisième est une note de musique ou une île française. ......

Mon quatrième coule dans les veines. ....

Mon tout est ....

....

Chacun son rythme

9. *Pyramide* **Complétez la pyramide avec les contraires de ces verbes. Puis inventez des propositions relatives incluant ces contraires.**

1. Pleurer
2. Déplier
3. Ouvrir
4. Lever
5. Accélérer
6. Terminer

Phrase 1 : une chemise ....
Phrase 2 : un excellent ami ....
Phrase 3 : un livre ....
Phrase 4 : une fenêtre ....
Phrase 5 : la circulation ....
Phrase 6 : le jour ....

Les expansions du GN (2)

10. *Quiz* **Cochez les phrases vraies.**

- ☐ L'apposition est une expansion du nom, du GN ou du pronom.
- ☐ L'apposition peut être un adjectif.
- ☐ L'apposition est toujours entre virgules.
- ☐ L'apposition est toujours un GN.

11. *Méli-mélo* **Recopiez les phrases en y insérant l'une de ces appositions.**

très excités • finir premier • un homme courageux • délégué de classe • les grandes vacances

1. Paul est aussi un champion de badminton.
....
....
2. Tous les enfants l'ont applaudi.
....
....
3. Notre voisin a plongé dans l'eau glacée.
....
....
4. Il n'a qu'un but. ....
....
5. En juin, les élèves n'ont qu'une idée en tête : ....
....
....

12 *Lettres mêlées* **Remettez les lettres dans l'ordre pour retrouver les appositions.**

1. Cette plage, [éteurep ruop nso elbas clanb], ... accueille l'été de nombreux touristes.
2. Cet amour [ed tiept ncieh] .... a dévoré mon canapé !
3. Ce film, [irost reih], ..., est un chef-d'œuvre.
4. Nos amis, [ésatrde rpa sde tmeoeiulgalseb], ..., ne déjeuneront pas avec nous.
5. Ma petite sœur, [sutoujro eritauosn], ..., est la joie de notre famille.

13. *Chasse aux intrus* **Barrez les groupes en gras qui ne sont pas des appositions.**

1. Mon petit frère **Louis** est très turbulent.
2. **Ce matin, à notre réveil**, il faisait très froid.
3. **Furieux**, il a répondu **qu'il ne viendrait pas**.
4. La ville **de Toulouse**, **appelée « la ville rose »**, est au sud de la France.
5. **Très joyeux**, nous partons dans la maison **de Nîmes**.
6. Nous avons, **heureusement**, rattrapé ce fugueur **de chat**.

14. *Remue-méninges* **Complétez ces GN avec les expansions demandées.**

1. un souvenir [+ CDN + apposition] ....
....
2. le lion [+ proposition relative + apposition] ....
....
3. un déguisement [+ adjectif épithète + CDN + apposition]
....
....
....
4. une lumière [+ adjectif épithète + proposition relative]
....

15. *Charade* **Résolvez cette charade, puis utilisez le mot trouvé comme apposition dans une phrase de votre choix. Vous pouvez ajouter d'autres mots : déterminants, adjectifs...**

Mon premier est la première lettre de l'alphabet. ....
Mon deuxième est l'habitation des oiseaux. ....
Mon troisième est le contraire du mot *bien*. ....
Mon tout peut être un bon compagnon pour l'homme. ....
....
....

Bilan 7

Je sais accorder les mots dans le GN

J'observe

J'utilise chaque jour ce bol et cette assiette en porcelaine.
Moi, j'utilise une assiette et un bol *blancs*.

Quelle est la fonction de l'expansion soulignée ? S'accorde-t-elle avec les noms noyaux ?

....

Quelle est la fonction de l'expansion en italiques ? Comment est-elle accordée ?

....

Je retiens

A COMMENT S'ACCORDENT LES ADJECTIFS ?

- Les adjectifs épithètes ou apposés s'accordent en **genre** et en **nombre** avec le ou les **noms noyaux**.
Si l'adjectif précise deux noms de **genre différent**, il se met au **masculin pluriel**.
- **Attention :** les **adjectifs de couleur composés** ou les **noms utilisés comme adjectifs** sont **invariables**.

*une maison et un jardin bien **exposés** ; des chaussures **noires** / **marron** / **bleu marine***

B COMMENT S'ACCORDENT LES NOMS ?

- Les noms en apposition **s'accordent** avec **le ou les noms noyaux**.
- Les noms compléments de nom ou d'adjectif **s'accordent** selon le **sens**.
- Les noms précédés d'un déterminant indéfini suivi de la préposition ***de*** **s'accordent** selon le **sens**.

*ces photos, souvenirs de nos **vacances** ; un bouquet de **fleurs** ; des sacs de **cuir** ; un bocal plein de **bonbons** ; des regards pleins de **sympathie** ; beaucoup de **gentillesse** ; beaucoup de **fleurs***

C COMMENT S'ACCORDE LE VERBE D'UNE PROPOSITION RELATIVE INTRODUITE PAR QUI ?

- Il s'accorde en **nombre** et en **personne** avec l'antécédent.

*les raisons qui **dictent** mon choix ; toi qui **as** toujours le temps*

Je m'entraîne

1 Accordez les adjectifs entre parenthèses.

1. une jupe (vert) .... • une pomme et une poire bien (mûr) .... • des petites filles (fier) .... de leur exploit. • nos promenades (habituel) ....

2. mon frère et ma sœur (déçu) .... par leur voyage • des fleurs (rouge vif) .... • un comportement et une démarche parfaitement (normal) .... • une (vieux) .... habitude

3. des chemises (orange) .... • un (beau) .... arbre • une chaise et un fauteuil (acheté) .... l'an dernier • des appels de détresse (entendu) .... trop tard

2 Accordez les noms entre parenthèses.

1. un troupeau de (mouton) ....
• ces meubles, (cadeau) .... de mes parents
• des tasses de (café) ....
• un camion chargé de (fruit) ....

2. des écharpes en (soie) ....
• une journée riche en (péripétie) ....
• une pomme et une poire, (fruit) .... de mon jardin
• beaucoup d'(erreur) ....

3. des chaussures de (sport) ....
• une voiture chargée de (valise) ....
• peu de (participant) ....
• peu de (neige) ....

3 Lisez le texte et répondez aux questions.

Minuit sonnait à la bourse, sous un ciel plein d'étoiles. […] les garçons des établissements encore illuminés s'empressaient pour la fermeture. […]

Ce dimanche-là sifflait le triste vent d'octobre. De rares feuilles jaunis / jaunies, poussiéreuses / poussiéreuse et bruissants / bruissantes, filaient dans les rafales, heurtant les pierres, […] éveillant ainsi l'idée de jours banals / banaux à jamais vécus / vécue. […]

À la hauteur de la rue Hauteville, sous un réverbère à l'angle d'un café d'assez (luxueux) .... apparence, un grand passant […] (au long cheveu grisonnant) .... sous un feutre[1] genre Louis XIII, (ganté de noir) .... sur une canne (à tête d'ivoire) .... et (enveloppé) .... d'une (vieux) .... houppelande[2] (bleu de roi) .... , (fourré) .... de douteux astrakan[3], s'était arrêté […].

Villiers de L'Isle-Adam, *Contes cruels*, « Le Désir d'être un homme » (1883).

1. Chapeau en feutre. 2. Long et ample manteau.
3. Fourrure noire et bouclée.

a) Barrez les propositions fausses dans le deuxième paragraphe.

b) Indiquez la fonction des deux expansions soulignées et justifiez leur accord : ....

....

....

....

....

c) Accordez, si nécessaire, les expansions proposées entre parenthèses au masculin singulier.

4 Conjuguez au présent le verbe entre parenthèses.

1. Ceux qui (s'approcher) .... du bord de la falaise risquent de tomber.

2. Vous qui (parler) .... couramment l'anglais, aidez-nous.

3. Ma mère, une de ses amies et moi, (faire) .... l'ascension du Mont-Blanc cet été.

4. Les sentiers qui (mener) .... à la plage sont sinueux. • Nous qui (jouer) .... du piano, nous avons beaucoup apprécié le récital.

5. Toi qui (apprécier) .... la pâtisserie, goûte ce gâteau. • Ma mère et moi (aller) .... souvent au cinéma.

6. Jules et toi qui (être) .... d'excellents nageurs, vous pouvez vous inscrire • C'est moi qui (avoir) .... téléphoné.

5 Récrivez ces GN en remplaçant le ou les mots soulignés par les mots entre parenthèses.

1. Un chien (deux chiens) marron qui appartient à mon frère. ....

....

2. Un carton (caisse) rempli de vaisselle bleue (assiette/bleu pâle). ....

....

3. Un air (attitude) pensif et craintif, reflet d'un caractère (personnalité) inquiet et nerveux.

....

....

6 Je prépare la dictée

Frédéric Moreau, un jeune étudiant, passe l'été à Paris.

Il passait des heures à regarder, du haut de son balcon, la rivière qui coulait entre les quais grisâtre........, noirci........ de place .... en place........ par la bavure des égouts, avec un ponton de blanchisseuses amarré contre le bord, où des gamins quelquefois **s'amusaient**, dans la vase, à faire baigner un caniche. Ses yeux, délaissant à gauche le pont de pierre........ de Notre-Dame et trois ponts suspendu........, **se dirigeaient** toujours vers le quai aux Ormes[1] […]. La tour Saint-Jacques[2], l'Hôtel de Ville, Saint-Gervais, Saint-Louis, Saint-Paul[3] **se levaient** en face, parmi les toits confondu........, et le génie de la colonne de Juillet[4] **resplendissait** à l'Orient comme une large étoile d'or…

1. Quai parisien de la Seine (actuellement quai des Célestins). 2. Tour d'où partaient les pèlerins de Saint-Jacques-de-Compostelle. 3. Trois églises parisiennes. 4. Colonne dressée pour rappeler les journées révolutionnaires de juillet 1830.

Gustave Flaubert, *L'Éducation sentimentale* (1869).

a) Justifiez l'orthographe des mots soulignés : ....

....

....

....

....

b) Accordez, si nécessaire, les noms ou adjectifs suivis de pointillés.

c) Justifiez l'orthographe des verbes en gras :

....

....

....

....

....

....

MÉTHODE 1 Comment distinguer l'épithète, le CDN et l'apposition ?

L'épithète, le CDN et l'apposition sont des expansions du nom qui apportent des précisions sur un nom ou un pronom. Il faut bien connaître leurs caractéristiques pour les distinguer.

Je connais les caractéristiques de l'épithète

- L'épithète est **toujours** un **adjectif** (ou participe utilisé comme adjectif).
- Elle est placée **juste avant** ou **juste après le nom** qu'elle précise.
- Si un **signe de ponctuation** (virgule, deux-points) ou un **verbe d'état** (être, sembler…) sépare le nom de l'adjectif, il **ne** s'agit **pas** d'une épithète.

*Le **petit** village, ~~**niché**~~ au fond de la vallée, était ~~**très pittoresque**~~.*

ÉPITHÈTE — APPOSITION — ATTRIBUT

Je vérifie que j'ai bien compris

1 **Soulignez uniquement, parmi les adjectifs ou participes en gras, les épithètes.**

> Sur la mer **plate, tendue** comme une étoffe **bleue, immense, luisante,** aux reflets d'or et de feu, s'élevait là-bas, dans la direction **indiquée,** un nuage **noirâtre** sur le ciel **rose.**
>
> Guy de Maupassant, *Pierre et Jean* (1888).

Je connais les caractéristiques du complément du nom (CDN)

- Le CDN est **toujours** un **nom** ou un **équivalent** (GN, pronom, infinitif ou GI).
- Il est introduit par une **préposition** qui le relie au **nom qu'il précise**.
- Si la préposition est en début de phrase ou relie un nom à un verbe, il **ne s'agit pas** d'un CDN.
- Dans de rares cas, la **préposition** est **sous-entendue**.

*le début **de la séance** ; l'envie **de partir** ; je me souviens ~~**de la séance**~~ ; un café **crème** (= à la crème)*

COMPLÉMENT D'OBJET

Je vérifie que j'ai bien compris

2

> *Le peintre Onuphrius s'engage dans un chemin.*
>
> Il était à peu près au milieu quand il se trouva derrière une charrette à foin, que les détours du sentier l'avaient empêché d'apercevoir. […] Il voulut retourner sur ses pas, une autre charrette de foin le suivait par-derrière et le faisait prisonnier. Il eut un instant la pensée d'escalader les bords du ravin, mais ils étaient à pic et couronnés d'une haie vive[1] […].
>
> Théophile Gautier, *Onuphrius* (1832).
>
> 1. Haie d'arbustes en pleine végétation.

Soulignez les CDN de ce texte.

3 **Parmi les compléments en gras, soulignez uniquement ceux qui sont CDN.**

1. Mon amour **des livres** me vient **de ma mère**.
2. **En été**, je porte beaucoup de vêtements **en lin**.
3. Ce passage **à niveau** est très dangereux, il a provoqué **de nombreux accidents**.
4. Je n'ai pas trouvé le temps **de te rappeler**, j'ai été obligée **de travailler toute la soirée**.
5. Ce film **sur les animaux** a été diffusé **à une heure trop tardive**.

Je connais les caractéristiques de l'apposition

- L'apposition peut être un **adjectif** (ou équivalent), un **nom** (ou équivalent) ou une **proposition**.
- Elle est le plus souvent (toujours pour un adjectif) **séparée** du nom par une **virgule** ou **deux-points**.
  *un jardin, **petit mais très fleuri***
- Si un mot ou groupe de mots **entre virgules** n'apporte **pas de précisions** sur le nom qui précède, c'est une simple **énumération**.
  *J'ai ramassé des pommes, **des poires et des prunes**.*
- Si un nom **introduit par *de*** ou **placé juste après un nom** ne renseigne pas sur l'**identité du nom**, c'est un **CDN**.
  *la capitale **de la France** ; un pull **couleur ciel***
  CDN
  *la ville **de Paris** (= qui s'appelle Paris) ; ma fille **Jeanne** (= qui s'appelle Jeanne)*
  APPOSITIONS

Je vérifie que j'ai bien compris

4 C'était une singulière figure que celle du marchand : un crâne immense, poli comme un genou, entouré d'une maigre auréole de cheveux blancs [...]. Ses mains, maigres, fluettes, veinées, pleines de nerfs en saillie[1] comme les cordes d'un manche à violon, onglées de griffes semblables à celles qui terminent les ailes membraneuses des chauves-souris, avaient un mouvement d'oscillation sénile, inquiétant à voir.

Théophile Gautier, *Le Pied de momie* (1840).

1. Qui avance, déborde.

Soulignez les appositions de ce passage. Quelles sont leurs classes grammaticales ?

....
....
....
....
....
....

5 **Parmi les groupes en gras, soulignez seulement les appositions.**

1. Mon chien, **un imposant labrador**, est en réalité **doux, pacifique, affectueux et parfaitement inoffensif**.
2. J'ai dû ranger ma chambre, **transformée en capharnaüm** ; au bout de quelques heures, **chemises, chaussettes, pulls, pantalons** étaient parfaitement pliés et rangés.
3. ***L'Avare***, ***Le Bourgeois gentilhomme***, ***Les Fourberies de Scapin*** sont des pièces écrites par Molière, **le plus célèbre des dramaturges français**.

6 **Parmi les groupes en gras, soulignez en bleu les appositions et en rouge les CDN.**

la ville **de Marseille** • la voiture **de mon père** • mon ami **Julien** • une crème **vanille** • le mois **de janvier** • un amour **d'enfant** • un fauteuil **Louis XV**

7 **Bilan**

Rose, la servante, demeura toute seule au milieu de la vaste cuisine où un reste de feu s'éteignait dans l'âtre sous la marmite pleine d'eau chaude. Elle puisait à cette eau par moments et lavait lentement sa vaisselle, s'interrompant pour regarder deux carrés lumineux que le soleil, à travers la fenêtre, plaquait sur la longue table, et dans lesquels apparaissaient les défauts des vitres.

Trois poules très hardies cherchaient des miettes sous les chaises. Des odeurs de basse-cour, des tiédeurs fermentées[1] d'étable entraient par la porte entrouverte ; et dans le silence du midi brûlant on entendait chanter les coqs.

Guy de Maupassant, *La Maison Tellier*, « Histoire d'une fille de ferme » (1881).

1. Ayant subi une fermentation par transformation chimique.

a) **Soulignez en bleu les adjectifs épithètes.**

b) **Relevez six GN CDN :**

....
....
....
....
....

c) **Soulignez en rouge deux appositions.**

À RETENIR

- L'épithète = **adjectif ou groupe adjectival** + collée au **nom**.
- Le CDN = **nom (ou équivalent)** + introduit par une **préposition**.
- L'apposition = **adjectif (ou équivalent), GN (ou équivalent) ou proposition** + séparée par une **virgule** ou **deux-points**.

8 Le présent de l'indicatif et de l'impératif

RÉVISIONS
RÉPONSES P. 127

Je sais conjuguer les verbes du 1er groupe et quelques verbes du 3e groupe à l'indicatif présent

Verbes	Terminaisons	Exemples
• Verbes du 1er groupe (infinitif en *-er* sauf *aller*) ➤ *manger, parler, payer…*	*-e, -es, -e, -ons, -ez, -ent*	*je joue, tu plies, ils dansent*
• Quelques verbes du 3e groupe : ➤ *ouvrir, couvrir, cueillir, offrir, tressaillir, souffrir…* (+ verbes de la même famille)	**Terminaisons en *e* muet** • *-ayer* → *-aye* ou *-aie* • *-uyer, -oyer* → *-uie, -oie* • *-eler, -eter* → *-elle, -ette* (sauf *acheter, geler…*) • *emer, -érer* → *-ème, -ère* **1re pers. du pl.** • *-ger, -cer* → *-geons, -çons*	 *je paye* ou *je paie* *j'essuie, tu nettoies* *j'appelle, tu jettes, j'achète, il gèle* *elle sème, tu espères* *nous mangeons, nous plaçons*

1 Conjuguez les verbes entre parenthèses au présent.

a. Tu (remuer). ....
b. Elle (essayer). ....
c. Nous (glacer). ....
d. Elles (abréger). ....
e. Je (projeter). ....
f. Tu (envoyer). ....
g. Ils (rappeler). ....
h. J'(acheter). ....

2 Transposez les verbes à la même personne du singulier ou du pluriel.

a. Nous révélons. ....
b. Vous enlevez. ....
c. Vous cédez. ....
d. Nous créons. ....
e. Je trace. ....
f. Vous employez. ....
g. Je dégage. ....
h. Vous effrayez. ....

Je sais conjuguer les verbes du 2e groupe à l'indicatif présent

Verbes	Terminaisons	Exemples
• Verbes du 2e groupe : infinitif en *-ir* • Participe présent en *-issant* : *finir, saisir, grandir…*	*-is, -is, -it, -issons, -issez, -issent*	*je finis, elle grandit, nous saisissons*

3 Conjuguez au présent à la personne indiquée.

a. je (choisir) ....
b. tu (aboutir) ....
c. elle (grandir) ....
d. nous (noircir) ....
e. vous (réunir) ....
f. ils (convertir) ....
g. elles (alourdir) ....
h. il (rafraîchir) ....

4 Transposez ces verbes au présent.

a. Tu rougiras. ....
b. Nous réussirons. ....
c. Elles éblouiront. ....
d. J'accomplirai. ....
e. Elle bondira. ....
f. Vous anéantirez. ....
g. Il avertira. ....
h. Ils réfléchiront. ....

Je sais conjuguer les verbes du 3e groupe à l'indicatif présent

Verbes	Terminaisons	Exemples
• Verbes du 3e groupe : verbes n'appartenant ni au 1er ni au 2e groupe • Infinitifs en *-ir, -ire, -oir, -oire, -dre, -tre…* ➤ *partir, écrire, voir, prendre, mettre…*	• *-s, -s, -t, -ons, -ez, -ent : radical parfois variable* • *Verbes en -ondre, -ordre, -endre, -oudre au sing : -ds, -ds, -d* • *Verbes en -indre, -soudre au sing : -ins, -ins, -int ; -sous, -sous, -sout*	*je pars, je mets, tu écris, ils voient* *je viens, nous venons, je vais, nous allons* *je fonds, tu prends, il coud* *je peins, tu crains, elle résout*

5 Conjuguez ces verbes au présent de la personne indiquée.

a. rejoindre : elle ……………………………

b. repeindre : nous ……………………………

c. résoudre : je ……………………………

d. remettre : tu ……………………………

e. répondre : je ……………………………

6 Transposez ces verbes à la même personne du singulier ou du pluriel.

a. Vous buvez. ……………………………

b. Elles entendent. ……………………………

c. Elles disparaissent. ……………………………

d. Vous poursuivez. ……………………………

7 Conjuguez au présent les verbes entre parenthèses.

Georges Duroy, journaliste débutant, attend la publication de son premier article.

Georges Duroy (dormir) ………… mal, tant l'(exciter) ………… le désir de voir imprimé son article. Dès que le jour (paraître) …………, il (être) ………… debout, et il (rôder) ………… dans la rue […].

En redescendant vers le kiosque, il s'(apercevoir) ………… qu'on (vendre) ………… le journal […]. Son cœur se (mettre) ………… à battre ; il (ouvrir) ………… et il (avoir) ………… une forte émotion en lisant, au bas d'une colonne, en grosses lettres : « Georges Duroy. » Ça y (être) ………… !

D'après Guy de Maupassant, *Bel-Ami* (1885).

Je sais conjuguer un verbe à l'impératif présent

• **Attention :** Le présent de l'impératif compte **3 personnes** (2e sing, 1re et 2e pl) et n'est précédé d'**aucun pronom personnel sujet**.

Verbes	Terminaisons	Exemples
• Verbes du 1er groupe • Verbes au présent en *-e* • Verbe *aller*	• Pas de *s* à la 2e personne du sing : *-e, -ons, -ez ; -a, -ons, -ez (aller)* • **Sauf** avant *en* et *y*	*chante, chantons, chantez* *va, allons, allez* *vas-y, manges-en*
Tous les autres verbes	• **Mêmes** terminaisons qu'au présent de l'indicatif. • **Exceptions :** *être, avoir, savoir*	*finis, partons, prends, sortez* *aie, ayons, ayez ; sois, soyons, soyez, sache ; sachons, sachez*

8 Conjuguez ces verbes aux trois personnes de l'impératif.

a. distribuer : ……………………………

b. entendre : ……………………………

c. peindre : ……………………………

d. inscrire : ……………………………

e. offrir : ……………………………

f. paraître : ……………………………

9 Transposez cette recette à l'impératif (2e pers. du sing).

Prendre ………… un saladier, y déposer …………-y 200 g de chocolat noir et 125 g de beurre. Mettre ………… le saladier 4 minutes au micro-ondes. Casser ………… 4 œufs dans le mélange, puis incorporer ………… une cuillère à soupe de farine et 5 cuillères de sucre en poudre. Glisser ………… la pâte au four 15 minutes.

10 *J'applique pour écrire*

Aimeriez-vous, comme le personnage de l'exercice 7, être journaliste ? Rédigez un texte au présent pour justifier votre choix.

Consigne
- 10 lignes
- au moins 4 verbes du 1er groupe, 3 du 2e et 5 du 3e

9 Les emplois du présent de l'indicatif et de l'impératif

J'observe

Chaque jour, je me lève à 7 heures. Pourquoi me regardes-tu ainsi ?

À quel temps sont les verbes soulignés ? Lequel exprime une action habituelle ?

....

Sors immédiatement ! Sois prudent, la route est dangereuse.

À quel mode sont les verbes soulignés ? Lequel exprime un ordre ? Un conseil ? ....

....

Je retiens

A QUELS SONT LES EMPLOIS DU PRÉSENT ?

- **Actualité :** action ou situation **présente**. *Je me **dirige** vers le collège. Je **suis** en 4ᵉ.*
- **Passé ou futur proches :** actions **proches du présent**. *J'**arrive** dans cinq minutes. Elle **sort** à l'instant.*
- **Habitude :** actions **habituelles** ou **répétitives**. *Je **joue** au foot chaque mercredi.*
- **Description :** description du **décor**, d'un **paysage**, d'un **personnage**. *Le soleil **brille** et **illumine** la pièce.*
- **Vérité générale :** fait **réel**, **quelle que soit l'époque**. *L'eau **bout** à 100°.*
- **Narration :** action **rapportée au présent** dans un texte **au passé**. *Il dormait, je le **réveille** brutalement.*
- **Ordre ou conseil :** tournure pouvant **remplacer l'impératif**. *Tu **prends** tes affaires et tu me **rejoins**.*

B QUELS SONT LES EMPLOIS DE L'IMPÉRATIF ?

- **Ordre ou défense : obligation** à la forme **affirmative** ou **négative**. ***Rentre** vite et **ne t'attarde pas**.*
- **Conseil : suggestion** dans **l'intérêt** de **l'interlocuteur**. ***Prends** plutôt ce gilet, il est bien chaud.*
- **Prière :** demande **polie**, formulée dans **l'intérêt** de **celui qui parle**. ***Attends**-moi, s'il te plaît.*

Je m'entraîne

1 Indiquez l'emploi des présents en gras.

1. Chaque été je **fais** un voyage. ....
   - Actuellement, je **vis** près de Paris. ....
2. Le village **est niché** dans une vallée.
   ....
   - Nous **partons** demain. ....
   - Le Pacifique **est** le plus grand des océans.
   ....
3. Tu **ressors** et tu **sonnes** avant d'entrer.
   ....
   - La famille mangeait quand la vitre **éclate**.
   ....
   - Le ciel **s'éclaircit** juste. ....

2 Indiquez l'emploi des verbes à l'impératif.

1. Fais vite tes devoirs.
   ....
   - Ne perds pas ton temps.
   ....
2. Va chez ce boulanger, le pain est meilleur.
   ....
   - Ne prends pas toute la place, tu me gênes.
   ....
3. Ne m'en veux pas, je n'ai pas fait exprès.
   ....
   - Ne touche pas à ce plat, il est très chaud.
   ....

3 Lisez le texte et répondez aux questions.

Le narrateur, qui vit au XIXe siècle, imagine à quoi ressemblera un journal, L'Époque, *en 1950.*

Régulièrement, le journal paraît quatre fois par jour, à huit heures du matin, à midi, à six heures et à minuit : mais dès qu'un événement quelconque se produit, un supplément en porte aussitôt la nouvelle aux abonnés. De plus, deux fois par semaine, *L'Époque* publie un numéro extraordinaire typographique[1] et photographique.

Les anciens journaux illustrés, qui suffisaient à nos simples aïeux du siècle dernier, ont tous été remplacés par des journaux photographiques [...]. *L'Époque illustrée* est le meilleur de tous les journaux photographiques.

Albert Robida, *Le Vingtième* (1883).

1. Composé en caractères d'imprimerie.

a) À quel temps sont les verbes soulignés ? Identifiez son emploi.

b) Soulignez en rouge les expressions du texte qui vous ont permis de répondre.

c) Soulignez en bleu le seul verbe au présent d'une autre valeur. Indiquez-la et justifiez.

Le sens de la phrase doit rester le même !

4 Indiquez l'emploi des verbes en gras. Puis réécrivez les phrases à un autre temps ou mode.

1. Nous **arrivons** demain :

• **Faites** le quiz :

2. Elle **finit** juste son repas.

• Je m'endormais tranquillement, le téléphone **sonne**.

3. Tu **prends** ton temps, rien ne presse.

• **Laissez-moi** aller à l'anniversaire de Joseph.

5 Construisez une phrase où le verbe proposé a la valeur indiquée.

1. Jouer (présent d'habitude) :

2. Déménager (futur proche) :

3. Tomber (présent de narration) :

6 J'applique pour lire

Georges Duroy, journaliste débutant, se présente chez les Forestier, croyant qu'il va y trouver Mme Forestier.

Duroy n'avait point songé que le mari pouvait être là. [...] Duroy, s'arrêtant sur le seuil, murmura :

« Je vous demande bien pardon ; je vous dérange ? »

Et son ami, ayant tourné la tête, une tête furieuse, grogna : « Qu'est-ce que tu veux encore ? Dépêche-toi, nous sommes pressés. »

L'autre interdit, balbutiait[1] : « Non, ce n'est rien, pardon. »

Mais Forestier, se fâchant : « Allons, sacrebleu[2] ! ne perds pas de temps ; [...]

Et Duroy, rougissant, bégayait : « Excusez-moi... j'avais cru... j'avais pensé... ».

Guy de Maupassant, *Bel-Ami* (1885).

1. Articuler d'une manière hésitante.
2. Interjection traduisant l'énervement.

a) Soulignez en bleu les verbes au présent de l'indicatif. Quel est leur emploi ?

b) Soulignez en rouge les verbes au présent de l'impératif. Quels sont leurs emplois ?

c) En quoi les emplois de l'impératif traduisent-ils l'état d'esprit des personnages ?

7 J'applique pour écrire

Imaginez à votre tour, comme le narrateur de l'exercice 3, comment les hommes seront informés au XXIIe siècle.

Consigne
• 20 lignes au moins
• récit au présent avec 4 emplois illustrés

Chacun son rythme

Cochez la couleur que vous avez le mieux réussie.

- Relevez de nouveaux défis ! → exercices 1, 2, 3 p. 28
- Améliorez vos performances ! → exercices 4, 5 p. 28
- Confirmez votre réussite ! → exercices 6, 7, 8 p. 28-29

Chacun son rythme

Le présent de l'indicatif et de l'impératif

1. *Quiz* Cochez les phrases vraies.

- ☐ Le présent de l'impératif est toujours semblable au présent de l'indicatif.
- ☐ Les verbes des 1er et 2e groupes ont les mêmes terminaisons au présent.
- ☐ Il n'y a que trois personnes à l'impératif.
- ☐ Les terminaisons du 3e groupe sont le plus souvent *-s, -s, -t, -ons, -ez, -ent.*

2. *Méli-mélo* Utilisez ces terminaisons en désordre pour compléter les phrases.

e • ds • x • s • issez • ez

1. Peu……-tu me rejoindre ?
2. Ta sœur et toi grand…… très vite.
3. Je l'atten…… avec impatience.
4. Tu attein…… maintenant un excellent niveau.
5. Où mett……-vous ce meuble ?
6. Cette solution offr…… beaucoup d'avantages.

3. *Chasse aux intrus* Barrez les formes qui ne peuvent pas être des impératifs.

Appelles • reviens • essayons • offres • allez • racontez • avez • écoutes • regarde • oublions • restes

4. *Range-verbes* Classez ces formes verbales dans le tableau.

aie • venez • vas • lis • allons • sache • avez • es • prends • sois • sont • ai

Présent de l'indicatif	
Présent de l'impératif	
Présent de l'indicatif et de l'impératif	

5. *Lettres mêlées* Remettez les lettres en ordre pour trouver cinq infinitifs que vous conjuguerez au présent de l'indicatif dans les phrases.

elpraepr • irovur • royetunro • eruesprndr • daercinr

1. J'…………………… mes fenêtres chaque matin.
2. Leila …………………… d'arriver en retard.
3. Je te …………………… que nous avons un rendez-vous à dix heures.
4. Les feuilles d'automne …………………… avant d'atteindre le sol.
5. Désolée, je te …………………… en plein sommeil.

6. *Charade* Résolvez la charade puis utilisez le verbe au présent à la 2e personne du singulier dans une phrase à l'indicatif et une autre à l'impératif.

Mon premier est un chiffre ou un article indéfini.

……………………

Mon deuxième est notre planète.

……………………

Mon troisième est le lieu où paissent les vaches.

……………………

Mon quatrième est la vingtième lettre de l'alphabet. ……

Mon tout est l'infinitif d'un verbe du 1er groupe.

……………………

1. Phrase à l'impératif : ……………………
2. Phrase à l'indicatif : ……………………

7. *Pyramide* Complétez cette pyramide à l'aide des verbes à l'impératif puis utilisez-les dans une phrase de votre composition.

1. 2e pers. du sing. du verbe signifiant *se rendre dans un lieu*.
2. 2e pers. du sing. d'un verbe joyeux.
3. 2e pers. du sing. d'un verbe d'état qui est aussi un auxiliaire.
4. 2e pers. du sing. du contraire de *partir*.
5. 1re personne du pluriel d'un verbe apprécié des enfants.
6. 2e personne du pluriel d'un verbe pratiqué chaque soir.

Phrase 1 : ……………………

Phrase 2 : ……………………

Phrase 3 : ……………………

Phrase 4 : ……………………

Phrase 5 : ……………………

Phrase 6 : ……………………

Chacun son rythme

8. *Remue-méninges* **Barrez les mots qui ne sont pas des verbes à l'infinitif, puis utilisez chaque verbe dans une phrase au présent de l'indicatif ou de l'impératif.**

Jeurapidevergerrésoudregentilnouveauattendretasseassiette employerordinateurqualitérefaire

1. ....
2. ....
3. ....
4. ....

Les emplois du présent de l'indicatif et de l'impératif

9. *Quiz* **Cochez les phrases vraies.**

- ☐ Le présent de l'indicatif peut exprimer le futur proche.
- ☐ Le présent de l'impératif peut s'utiliser pour une description.
- ☐ Le présent de l'indicatif peut s'utiliser pour une action habituelle.
- ☐ Le présent de l'impératif peut s'utiliser pour donner un conseil.

10. *Chasse aux intrus* **Barrez les phrases qui n'illustrent pas l'emploi du présent indiqué dans chaque liste.**

1. **Actualité.** Les hirondelles sont des oiseaux migrateurs. • Je suis en 4ᵉ.
2. **Habitude.** J'arrose cette plante une fois par semaine. • Je ne peux pas te répondre, je conduis.
3. **Vérité générale.** Le soleil se lève à l'est et se couche à l'ouest. • Je n'aime pas cette nouvelle coupe de cheveux.
4. **Futur proche.** J'aime beaucoup la littérature fantastique. • Je dors chez Célia ce soir.
5. **Description.** La maison comporte deux étages, elle est entourée d'un magnifique parc. • Le Mont-Blanc est le point culminant de l'Europe.

11. *Méli-mélo* **Replacez les emplois mélangés de l'impératif présent à côté de la phrase correspondante.**

ordre • conseil • défense • prière • ordre • conseil

1. Range immédiatement ta chambre. ....
2. Ne reprends pas de dessert. ....
3. Mets-toi sur la gauche, tu verras mieux. ....
4. Arrête de mentir. ....
5. Repose-toi un peu, tu as l'air fatiguée. ....
6. Prête-moi un stylo, s'il te plaît, j'ai oublié le mien. ....

12. *Jeu du pendu* **Retrouvez les verbes conjugués au présent (un tiret par lettre), puis indiquez leur emploi.**

1. Nous A _ _ _ _ _ _ _ S à l'arrivée de la course.
....
2. La chouette H _ _ _ _ E.
....
3. Nous D _ _ _ _ _ _ _ S toujours à vingt heures.
....
4. Mes parents R _ _ _ _ _ _ T de vacances ce soir.
....
5. Toute la famille pique-niquait au bord de la rivière, soudain mon petit frère T _ _ _ E à l'eau.
....

13. *Range-phrases* **Classez les phrases par leur numéro dans la bonne case du tableau.**

1. Je m'entraîne deux fois par semaine.
2. Rentre sans bruit, je vais me coucher tôt.
3. Une exposition prolongée au soleil nuit à la santé.
4. Couvre-toi bien, il fait froid en altitude.
5. Je te rejoins dans cinq minutes.
6. Les baleines appartiennent à la famille des cétacés.
7. Relis avec soin ta copie avant de la rendre.
8. La séance commence dans une heure.

Conseil	Prière	Habitude	Vérité générale	Futur proche

14. *Grille* **Trouvez dans cette grille cinq verbes à l'infinitif que vous utiliserez dans cinq phrases illustrant les emplois proposés (plusieurs solutions possibles).**

R	I	R	E	V	F
J	B	O	I	R	E
L	L	U	I	R	E
N	I	G	E	C	T
L	F	I	H	J	X
V	C	R	I	E	R

1. **Défense :** ....
2. **Ordre :** ....
3. **Habitude :** ....
4. **Vérité générale :** ....
5. **Description :** ....
....

10 L'imparfait et le passé simple de l'indicatif

RÉVISIONS

RÉPONSES P. 127-128

Je sais conjuguer les verbes à l'imparfait

Verbes	Terminaisons	Exemples
Tous les verbes	*-ais, -ais, -ait, -ions, -iez, -aient* Radical de la 1re personne du pluriel du présent (sauf *être*)	*je chantais, tu prenais, elle finissait, nous croyions, vous pliiez, elles **étaient***

1 Conjuguez les verbes à l'imparfait.

a. Je (ranger) ....

b. Tu (placer) ....

c. Nous (essayer) ....

d. Vous (vérifier) ....

e. Je (disparaître) ....

f. Elle (faire) ....

g. Je (résoudre) ....

h. Elles (coudre) ....

2 Conjuguez les verbes entre parenthèses à l'imparfait.

Le texte décrit la tournée d'un facteur à la campagne.

Il (entrer) .... dans les fermes par la barrière de bois plantée dans les talus qu'(ombrager) .... deux rangées de hêtres, et saluant par son nom le paysan : « Bonjour, maît' Chicot », il lui (tendre) .... son journal *le Petit Normand*. Le fermier (essuyer) .... sa main à son fond de culotte, (recevoir) .... la feuille de papier et la (glisser) .... dans sa poche. […] Le chien, logé dans un baril[1] […], (japper) .... avec fureur en tirant sur sa chaîne ; et le piéton, sans se retourner, (repartir) .... de son allure militaire, en allongeant ses grandes jambes...

1. Petit tonneau.

Guy de Maupassant, *Le Crime au père Boniface*, publié dans le quotidien *Gil Blas* (24 juin 1884).

Je sais conjuguer les verbes du 1er groupe au passé simple

Verbes	Terminaisons	Exemples
Verbes du 1er groupe + *aller*	*-ai, - as, - a, -âmes, -âtes, -èrent* Radical de l'infinitif	*je jouai, tu allas, nous jouâmes, elles dansèrent*

3 Transposez ces formes verbales au passé simple.

a. J'espère. ....

b. Tu effaces. ....

c. Elle va. ....

d. Elle envoie. ....

e. Il change. ....

f. Vous dialoguez. ....

g. J'appelle. ....

h. Tu rejettes. ....

i. Il bégaie. ....

j. Elle achète. ....

Je sais conjuguer les verbes du 2e groupe et certains verbes du 3e groupe au passé simple

Verbes	Terminaisons	Exemples
• Verbes du 2e groupe • Certains verbes du 3e groupe : *partir, faire, dire, mettre, prendre…*	*-is, -is, -it, - îmes, -îtes, -irent* • Verbes du 2e groupe + quelques verbes du 3e groupe : radical de l'infinitif. • Autres verbes : radical modifié.	*je finis, tu partis, elle prit, nous mîmes, vous dîtes…* *elles firent, elle naquit…*

4 Conjuguez les verbes au passé simple.

a. Je (sourire) ....

b. Tu (fuir) ....

c. Elle (conduire) ....

d. Nous (écrire) ....

e. Vous (prendre) ....

f. Je (craindre) ....

5 Transposez ces formes verbales au passé simple.

a. Je réussissais. ....

b. Tu disais. ....

c. Tu voyais. ....

d. Elle faisait. ....

e. Je mettais. ....

f. Nous apprenions. ....

Je sais conjuguer les autres verbes du 3e groupe au passé simple

Verbes	Terminaisons	Exemples
Autres verbes du 3e groupe : *courir, mourir, pouvoir, vouloir, croire, avoir, être…*	*-us, -us, -ut, -ûmes, -ûtes, -urent* • Radical de l'infinitif ou radical modifié	*je courus, tu voulus, elle mourut, nous eûmes, vous crûtes, elles furent, il vécut…*
***Tenir, venir* + leurs composés :** *venir, devenir, tenir, retenir…*	*-ins, -ins,- int, -înmes, -întes, -inrent* • Radical abrégé	*je vins, tu retins, nous survînmes…*

6 Conjuguez les verbes au passé simple.

a. Je (savoir) ……………………
b. Tu (avoir) ……………………
c. Elle (courir) ……………………
d. Nous (revenir) ……………………
e. Tu (être) ……………………
f. Tu (apparaître) ……………………
g. Vous (retenir) ……………………
h. Elle (lire) ……………………
i. Je (résoudre) ……………………
j. Ils (vouloir) ……………………
k. Tu (parvenir) ……………………
l. Elle (tenir) ……………………

7 Complétez ce tableau.

Présent	Imparfait	Passé simple
tu mens		
	je prenais	je pris
ils font		
		je pliai
elle va		
vous payez		
	elles parcouraient	
nous devenons		
	ils savaient	
		tu ris
	tu pouvais	
elle reçoit		

8 Transposez ces formes verbales de l'imparfait au passé simple.

a. je devenais ……………………
b. elles recevaient ……………………
c. nous devions ……………………
d. je connaissais ……………………
e. tu buvais ……………………
f. il vivait ……………………

9 Conjuguez à l'imparfait (I) ou au passé simple (PS) les verbes entre parenthèses.

Il (distribuer, PS) …………… ses imprimés et ses lettres dans le hameau de Sennemare, puis il se (remettre, PS) …………… en route à travers champs pour porter le courrier du percepteur[1] qui (habiter, I) …………… une petite maison isolée à un kilomètre du bourg.

C'(être, I) …………… un nouveau percepteur, M. Chapatis, arrivé la semaine dernière et marié depuis peu.

Il (recevoir, I) …………… un journal de Paris, et, parfois, le facteur Boniface, quand il (avoir, I) …………… le temps, (jeter, I) …………… un coup d'œil sur l'imprimé, avant de le remettre au destinataire.

Donc, il (ouvrir, PS) …………… sa sacoche, (prendre, PS) …………… la feuille, la (faire, PS) …………… glisser hors de sa bande, la (déplier, PS) ……………, et se (mettre, PS) …………… à lire tout en marchant. La première page ne l'(intéresser, I) …………… guère ; la politique le (laisser, I) …………… froid ; il (passer, I) …………… toujours la finance, mais les faits divers le (passionner, I) …………… .

1. Fonctionnaire chargé de percevoir les impôts.

Guy de Maupassant, *Le Crime au père Boniface*, publié dans le quotidien *Gil Blas* (24 juin 1884).

10 ## J'applique pour écrire

À votre tour, rédigez un paragraphe au passé pour décrire un personnage en action, dans l'exercice de ses fonctions ou d'une activité de loisir.

Consigne
- 10 lignes
- alternance de verbes à l'imparfait et au passé simple

11 Les emplois de l'imparfait et du passé simple dans un récit

J'observe

Elle **entra** dans le magasin et **poussa** un cri d'admiration : une vitrine remplie de bijoux *s'offrait* à ses yeux, les bagues, les colliers, les bracelets *scintillaient* de tous leurs feux.

À quel temps sont les verbes en gras ? ....

À quel temps sont les verbes en italiques ? ....

Quel temps est utilisé pour une description ? ....

Quel temps est utilisé pour les actions du personnage ? ....

Je retiens

L'imparfait et le passé simple s'utilisent en alternance dans un récit au passé.

A QUELS SONT LES EMPLOIS DE L'IMPARFAIT ?

- **Description** (du décor, d'un personnage).
  *Une vaste plaine **s'étendait** sous nos yeux.*
- **Habitude** ou **répétition**.
  *L'an dernier, j'**allais** à la piscine tous les mercredis. Elle **courait** sans cesse.*
- **Second plan :** actions ou situation **en cours**, dont la **durée** est **indéterminée**, en arrière-plan de l'action principale.
  *Tout le monde **bavardait** lorsque le professeur entra.*

B QUELS SONT LES EMPLOIS DU PASSÉ SIMPLE ?

- **Action unique, bien datée.** *Ce jour-là, il se **leva** à six heures.*
- **Action d'une durée connue.** *La guerre **dura** cent ans.*
- **Premier plan : actions principales** du récit.
  *Notre héros **entra** dans la maison, il **retrouva** tous les objets intacts.*

Je m'entraîne

1 Identifiez les emplois de l'imparfait.

1. Elle **empruntait** toujours le même chemin.

....

2. La plage **était** déserte, le soleil **brillait** déjà.

....

3. Il **neigeait** depuis deux jours, le jardin **était recouvert** d'un épais tapis blanc.

....

2 Identifiez les emplois du passé simple.

1. Elle **partit** à huit heures et **arriva** à dix heures.

....

2. Il **resta** pendant trois jours.

....

3. Mes amis **s'installèrent** chez moi une journée.

....

3 Conjuguez les verbes au passé simple ou à l'imparfait. Puis justifiez leurs emplois.

1. Chaque jour, le vieil homme (acheter) .... son journal au kiosque du coin mais hier, il ne (passer) .... pas.

....

2. Tous les enfants (dormir) .... lorsque l'orage (éclater) ....

....

....

....

3. La petite maison (être) .... accueillante ; nous y (vivre) .... dix ans, mais un jour nous (déménager) ....

....

....

4 **Lisez le texte et répondez aux questions.**

Denise arrive à Paris avec ses deux frères.

Elle tenait par la main Pépé, et Jean la suivait, tous les trois brisés du voyage, effarés[1] et perdus au milieu du vaste Paris, le nez levé sur les maisons, demandant à chaque carrefour la rue de la Michodière, dans laquelle leur oncle Baudu demeurait. *Mais, comme elle débouchait enfin sur la place Gaillon, la jeune fille s'arrêta net de surprise.*

– Oh ! dit-elle, regarde un peu, Jean !

Et ils restèrent plantés, serrés les uns contre les autres, tout en noir, achevant les vieux vêtements du deuil de leur père. [...]

C'était, à l'encoignure[2] de la rue de la Michodière et de la rue Neuve-Saint-Augustin, un magasin de nouveautés dont les étalages **éclataient** en notes vives, dans la douce et pâle journée d'octobre.

Émile Zola, *Au Bonheur des dames* (1883).

1. Qui éprouve un effroi mêlé de surprise.
2. Angle intérieur formé par la rencontre de deux pans de mur.

a) À quel temps sont les verbes en gras ? Quel est leur emploi ?

b) À quels temps sont les verbes de la phrase en italiques ? Quels sont leurs emplois ?

c) Dans le reste du texte, soulignez en bleu les verbes à l'imparfait et en rouge les verbes au passé simple, puis indiquez leurs emplois.

5 *J'applique pour lire*

À trois heures du matin, le cotillon[1] commença. Emma[2] ne savait pas valser. [...]

Cependant, un des valseurs, qu'on (appeler) .... familièrement *vicomte*, et dont le gilet très ouvert (sembler) .... moulé sur la poitrine, (venir) .... une seconde fois encore inviter Mme Bovary [...].

Ils commencèrent lentement, puis allèrent plus vite. Ils tournaient : tout tournait autour d'eux, les lampes, les meubles, les lambris, et le parquet, comme un disque sur un pivot. En passant auprès des portes, la robe d'Emma, par le bas, s'ériflait[3] au pantalon ; leurs jambes entraient l'une dans l'autre ; il baissait ses regards vers elle, elle levait les siens vers lui ; une torpeur[4] la prenait, elle s'arrêta. Ils repartirent ; et, d'un mouvement plus rapide, le vicomte, l'entraînant, disparut avec elle jusqu'au bout de la galerie, où, haletante, elle faillit tomber, et, un instant, s'appuya la tête sur sa poitrine.

Gustave Flaubert, *Madame Bovary* (1856).

1. Dernière danse, très enlevée, d'un bal.
2. Prénom de Mme Bovary.
3. Effleurait.
4. Somnolence.

a) Justifiez les temps des verbes utilisés dans la première ligne.

b) Conjuguez à l'imparfait ou au passé simple les verbes entre parenthèses.

c) Justifiez les emplois de l'imparfait et du passé simple dans le troisième paragraphe. Que mettent-ils en valeur ?

6 *J'applique pour écrire*

Imaginez, vous aussi, dans un récit au passé, un ou plusieurs personnages découvrant un nouveau lieu ou tentant une nouvelle expérience.

Consigne
- 20 lignes
- alternance de l'imparfait et du passé simple
- récit à la 3e ou 1re personne

Cochez la couleur que vous avez le mieux réussie.

- Relevez de nouveaux défis ! → exercice 7 p. 36
- Améliorez vos performances ! → exercice 8 p. 36
- Confirmez votre réussite ! → exercices 9, 10 p. 37

Chacun son rythme

12 Conjugaison et emplois du futur de l'indicatif

J'observe

Cet hebdomadaire paraît-il aujourd'hui ? - Non, il **paraîtra** demain.
Tu **achèteras** mon journal en sortant du collège.

À quel temps sont les verbes en gras ? ....

Quelle lettre précède la terminaison ? ....

Quel verbe exprime un ordre ? ....

Je retiens

A COMMENT CONJUGUE-T-ON UN VERBE AU FUTUR ?

- Les **terminaisons** sont les **mêmes pour les trois groupes** :

  [r] + *-ai, -as, -a, -ons, -ez, -ont*

- Le radical est l'**infinitif complet** pour les **1er et 2e groupes** (sauf pour les verbes *envoyer* et *renvoyer*) et **certains verbes du 3e groupe** :

  je chanterai, tu finiras, elle partira...

- Pour les **autres verbes**, le **radical** est **abrégé ou modifié**, parfois terminé par **deux *r*** :

  je vivrai (vivre), tu sauras (savoir), elle verra (voir), nous saurons (savoir)

B QUELS SONT LES EMPLOIS DU FUTUR ?

- **Action à venir présentée comme probable ou certaine.**

  Nous irons en Grèce cet été ; il sera certainement chez lui.

- **Ordre, défense, conseil, promesse.**

  Tu te mettras au travail en arrivant. Vous vérifierez bien la fermeture des portes, je reviendrai très vite.

- **Action soumise à une condition exprimée au présent.**

  Si tu le demandes gentiment, tes parents te donneront l'autorisation.

Je m'entraîne

Pour les verbes en *-eler, -eter, -yer, emer...*, les règles sont les mêmes qu'au présent.

1 Conjuguez au futur ces verbes des 1er et 2e groupes.

1. je (jouer) ....
- tu (grandir) ....
- elle (plier) ....
- nous (réussir) ....

2. j'(espérer) ....
- tu (soulever) ....
- elle (franchir) ....
- vous (essayer) ....
- elles (trier) ....

3. j'(appeler) ....
- tu (rejeter) ....
- elle (essuyer) ....
- nous (acheter) ....
- elles (geler) ....

2 Conjuguez au futur ces verbes du 3e groupe.

Attention : Les verbes du 3e groupe au présent en *-e* ont un futur en *-erai...*

1. je (sentir) ....
- tu (mettre) ....
- elle (croire) ....
- vous (apprendre) ....

2. je (vouloir) ....
- tu (pouvoir) ....
- elle (être) ....
- vous (venir) ....

3. je (cueillir) ....
- tu (envoyer) ....
- elle (aller) ....
- nous (courir) ....

3 Lisez le texte et répondez aux questions.

Tout en jouant au bilboquet, Forestier, directeur du journal, explique à Georges Duroy, jeune journaliste, ce qu'il devra faire.

« Voilà. Tu (venir) …………… ici tous les jours à trois heures et je te di…………… les courses et les visites qu'il (falloir) …………… faire, soit dans le jour, soit dans la soirée, soit dans la matinée. – Un, – je vais te donner d'abord une lettre d'introduction pour le chef du premier bureau de la préfecture de police, – deux, – qui te met…………… en rapport avec un de ses employés. Et tu t'arrange…………… avec lui pour toutes les nouvelles importantes – trois, – […]. Pour tout le détail, tu t'adresses …………… à Saint-Potin qui est au courant, – quatre, – tu le (voir) …………… tout à l'heure ou demain. Il faut …………… surtout t'accoutumer à tirer les vers du nez des gens que je t'envoie …………… voir. »

D'après Guy de Maupassant, *Bel-Ami* (1885).

- a) **Mettez au futur les verbes sans terminaison.**
- b) **Transposez au futur les verbes soulignés.**
- c) **Conjuguez au futur les infinitifs entre parenthèses.**

4 Transposez ces formes verbales au futur.

1. elle remue : ……………
- nous jetons : ……………

2. je pris : ……………
- elle fut : ……………

3. elle disparut : ……………
- je fis : ……………

5 Transposez ces ordres ou défenses au futur.

1. Prends le pain et reviens vite.

……………

2. Écris une lettre et envoie-la à ta grand-mère.

……………

……………

3. Résous ce problème et explique-le à ton frère.

……………

……………

6 Indiquez l'emploi des futurs soulignés.

1. Nous serons là pour déjeuner.

……………

2. Tu mettras le rôti au four vers midi.

……………

3. Si tu t'entraînes bien, tu réussiras l'épreuve.

……………

- Je ne t'oublierai pas. ……………

7 *J'applique pour lire*

Forestier confie Duroy à Saint-Potin.

« Tu **emmèneras** avec toi le jeune Duroy ici présent, et tu lui **dévoileras** les arcanes[1] du métier.

– C'est entendu. »

Puis se tournant vers son ami, Forestier ajouta :

« As-tu apporté la suite sur l'Algérie ? […]

– Non, […] je n'ai pas pu… »

L'autre leva les épaules d'un air mécontent :

« Si tu n'es pas plus exact que ça, tu rateras ton avenir, toi. Le père Walter[2] comptait sur ta copie. Je vais lui dire que ce sera pour demain. Si tu crois que tu seras payé pour ne rien faire, tu te trompes. »

Guy de Maupassant, *Bel-Ami* (1885).

1. Les secrets.
2. Le patron du journal.

a) **Identifiez l'emploi des verbes au futur en gras.**

……………

b) **Soulignez les autres futurs du texte et identifiez leurs emplois.**

……………

……………

……………

……………

c) **Quel personnage utilise les verbes au futur ? Quel trait cela révèle-t-il ?**

……………

……………

……………

……………

……………

8 *J'applique pour écrire*

À votre tour, rédigez un dialogue dans lequel un personnage explique à un autre une mission ou activité future.

Consigne
- 15 lignes
- au moins 3 emplois différents du futur

Cochez la couleur que vous avez le mieux réussie.

- ☐ Relevez de nouveaux défis ! → exercices 11, 12 p. 37
- ☐ Améliorez vos performances ! → exercice 13 p. 37
- ☐ Confirmez votre réussite ! → exercices 14, 15 p. 37

Chacun son rythme

Chacun son rythme

L'imparfait et le passé simple

1. *Quiz* Cochez les phrases vraies.

- ☐ Les terminaisons de l'imparfait sont les mêmes pour tous les groupes.
- ☐ Les terminaisons du passé simple sont les mêmes pour les 2e et 3e groupes.
- ☐ La 1re personne du singulier des verbes du 1er groupe est en *a*.
- ☐ Il y a un accent circonflexe au passé simple, aux deux premières personnes du pluriel.

2. *Méli-mélo* Ces terminaisons d'imparfait et de passé simple ont été mélangées. Classez-les dans le tableau.

ais • a • as • ions • is • ait • iez • âmes • îtes • us • aient • int • inrent

Terminaisons d'imparfait	Terminaisons de passé simple

3. *Chasse aux intrus* Barrez les formes verbales qui ne peuvent être ni des imparfaits ni des passés simples.

je partis • tu chantais • elle écrit • tu grandis • nous plions • vous voyiez • elles chantèrent • elles essaient • je devins • ils revenaient • elle réfléchit • je conduis • elle écouta

4. *Range-verbes* Classez ces verbes dans le tableau selon leur terminaison au passé simple (PS).

aller • retenir • voir • vivre • jouer • être • devenir • dire • ouvrir • guérir • recevoir • parler • lire • naître• revenir

PS en *-a-*	
PS en *-i-*	
PS en *-u-*	
PS en *-in-*	

5. *Lettres mêlées* Remettez les lettres en ordre pour trouver cinq verbes à l'infinitif que vous conjuguerez au passé simple.

rsaeyse • eipsuvorur • océture • eacropveir • reviedn

1. Nous .... son exposé avec intérêt.
2. Le spectacle se .... pendant deux heures.
3. La randonnée .... très difficile à l'approche du sommet.
4. J'.. , mais en vain, de les rattraper.
5. Les enfants .... la mer en poussant des cris de joie.

6. *Grille* Retrouvez dans cette grille cinq verbes à l'infinitif que vous conjuguerez à l'imparfait.

P	L	A	C	E	R
A	I	H	O	R	I
Y	J	E	U	I	R
E	K	T	R	A	E
R	V	I	I	F	T
H	C	E	R	L	N

1. Les élèves se .... dans la classe.
2. Nous .... aux éclats en les entendant.
3. Les joueurs .... le tour du stade pour s'entraîner.
4. Vous .... vos places à notre arrivée.
5. Je .... chaque matin autrefois.

Les emplois de l'imparfait et du passé simple dans un récit

7. *Quiz* Cochez les phrases vraies.

- ☐ L'imparfait s'utilise pour des descriptions.
- ☐ L'imparfait et le passé simple ne doivent pas être utilisés ensemble dans un récit.
- ☐ Le passé simple s'utilise pour les actions principales.
- ☐ Le passé simple s'utilise pour une durée indéterminée.

8. *Grille* Trouvez dans cette grille quatre verbes à l'infinitif que vous utiliserez à l'imparfait ou au passé simple (plusieurs possibilités).

D	I	R	E	M	E
I	E	F	A	E	N
T	J	G	R	T	T
E	N	V	P	F	R
X	I	V	L	O	E
V	R	Ê	V	E	R

1. **Habitude :** ....
2. **Action datée :** ....
3. **Action d'une durée définie :** ....
4. **Action d'une durée indéterminée :** ....

Chacun son rythme

9. *Labo des mots* **Complétez ce tableau.**

Temps	Emplois	Exemples
Imparfait		Elle chantait chaque soir à l'Opéra.
	Durée connue	
	Description	
Passé simple		Elle monta dans le train à huit heures.

10. *Remue-méninges* **Barrez les mots qui ne peuvent pas désigner un emploi de l'imparfait ou du passé simple, puis illustrez chaque emploi par une phrase de votre choix.**

résuméhabitudevéritéinventiondescriptionpagefuturproche
duréeconnuepasséprésentactiondatéeeintérêt

1. ....

2. ....

3. ....

4. ....

Conjugaison et emplois du futur de l'indicatif

11. *Quiz* **Cochez les phrases vraies.**

☐ Au futur, le radical se termine toujours par un *r*.
☐ Les terminaisons sont les mêmes qu'à l'imparfait.
☐ Le futur peut s'utiliser pour un ordre ou une défense.
☐ Le futur s'utilise parfois pour des actions passées.

12. *Jeu du pendu* **Retrouvez le verbe conjugué au futur qui complète ces phrases.**

1. Pour ton anniversaire, je P_ _ _ _ _ _ _ ma nouvelle robe.
2. Ma mère me D _ _ _ _ _ _ _ en voiture devant le collège.
3. Tu me R _ _ _ _ _ _ mon livre demain.
4. Il P _ _ _ _ _ _ sans doute dans la soirée.

13. *Méli-mélo* **Les verbes au futur et leurs emplois ont été mélangés. Replacez-les correctement.**

attarderez • action certaine à venir • action soumise à une condition • sortirons • rapporterai • défense • jouerons • promesse

1. Si tu arrives tôt, nous .... aux cartes. ....
2. Nous .... du cinéma vers 22 heures. ....
3. Vous ne vous .... pas en chemin, nous sommes pressés. ....
4. Je te .... un souvenir de mon séjour en Inde. ....

14. *Pyramide* **Complétez cette pyramide à l'aide des définitions. Puis utilisez les verbes dans une phrase au futur.**

1. Partir en courant. 2. Contraire de *pousser*. 3. Contraire d'*ignorer*. 4. Laisser. 5. Tomber du ciel.

F _ _ _
T _ _ _ _
S _ _ _ _ _
Q _ _ _ _ _ _
P _ _ _ _ _ _ _

Phrase 1 : ....

Phrase 2 : ....

Phrase 3 : ....

Phrase 4 : ....

Phrase 5 : ....

15. *Charade* **Résolvez la charade, puis utilisez le verbe dans une phrase au futur avec l'emploi indiqué**

Mon premier comporte douze mois. ....

Mon deuxième est une partie du corps qui soutient la tête. ....

Mon troisième est un rongeur. ....

Mon quatrième est la septième lettre de l'alphabet. ....

Mon tout est un verbe du 1er groupe à l'infinitif. ....

Phrase au futur (action soumise à une condition) :

....

13 Conjugaison et emplois des temps composés

J'observe

Nous **avons passé** un excellent séjour. Dès que nous **serons rentrés**, nous vous appellerons.

Comment sont constituées les formes verbales en gras ? ……………………………………………………………
……………………………………………………………………………………………………

Je retiens

A COMMENT CONJUGUE-T-ON UN VERBE À UN TEMPS COMPOSÉ ?

• À un temps composé, on conjugue l'**auxiliaire** (*avoir* ou *être*) et on ajoute le **participe passé**.

*j'**ai vu**, tu **étais allée***

• On distingue **quatre temps composés** à l'indicatif.

Temps	Temps de l'auxiliaire	Exemples
Passé composé	présent	*j'ai aimé, elle est venue*
Plus-que-parfait	imparfait	*tu avais pris, nous étions allées*
Passé antérieur	passé simple	*il eut voulu, elles furent tombées*
Futur antérieur	futur simple	*vous aurez fini, ils seront partis*

B QUELS SONT LES EMPLOIS DES TEMPS COMPOSÉS ?

• Les temps composés s'utilisent pour une **action** présentée comme **accomplie**, **achevée** (dans le présent, le passé ou le futur) : *nous **sommes arrivés**, vous **aviez souffert**, il **aura** tout **fait**.*

• Les temps composés expriment aussi l'**antériorité** d'une **action accomplie avant une autre** exprimée au **temps simple correspondant** (temps de l'auxiliaire) :

*Il sort quand il **a fini** son repas. / Elle lisait le journal qu'elle m'**avait emprunté**. / Elle retira son manteau aussitôt qu'elle **fut rentrée**. / Lorsque nous **aurons posé** nos bagages, nous irons nous baigner.*

Je m'entraîne

L'auxiliaire sera conjugué au temps du verbe de la proposition principale.

1 Conjuguez le verbe entre parenthèses au temps composé qui convient.

1. J'admire le cadeau que tu m'(acheter) ……………………………………………… .
• Elle passait nous voir dès qu'elle (achever) ……………………………………………… son repas.

2. Quand j'(finir) ……………………………… ce livre, je te le prêterai.
• Personne ne me (dire) ……………………………… que la séance commençait à 18 heures.

3. Une fois qu'ils (interroger) ……………………………… tout le monde, ils comprirent la vérité.
• Lorsqu'ils (se doucher) ……………………………… , ils viendront.

2 Indiquez l'emploi des temps composés soulignés.

1. J'ai fait mes devoirs. ………………………………………………
• Écoute ce qu'elle a dit. ………………………………………………

2. Nous n'avions pas entendu qu'elle nous appelait. ………………………………………………
• Nous avions tout compris. ………………………………………………

3. Elle aura repeint toute les pièces. ………………………………………………
• Après que tous les détails eurent été réglés, nous rentrâmes. ………………………………………………

3 Lisez le texte et répondez aux questions.

Maître Saval, notaire originaire de Normandie, arrive à Paris.

Il **avait endossé**[1] chez lui la tenue de soirée, habit noir et cravate blanche, qu'il dissimulait sous son pardessus[2] au col relevé.

[Dès qu'il eut mis le pied rue d'Amsterdam, il se sentit tout joyeux]. Il se disait :

« Décidément l'air de Paris ne ressemble à aucun air. […] »

Mais tout à coup une idée le frappa ....
Il avait entendu .... citer de petits cafés du boulevard extérieur où se réunissaient .... des peintres déjà connus, des hommes de lettres, même des musiciens, et il se mit .... à monter vers Montmartre d'un pas lent. […]

Il entra .... au « Rat Mort », alléché par le titre.

Guy de Maupassant, « Une soirée », *Le Colporteur* (1900).

1. Revêtu, mis.
2. Manteau.

a) **À quel temps est le verbe en gras ? Justifiez son emploi.**

....

....

....

b) **Soulignez en bleu le verbe à un temps composé dans le passage entre crochets. Identifiez et justifiez ce temps. Réécrivez la phrase en remplaçant *il se sentit* par *il se sentira*.** ....

....

....

....

....

c) **Soulignez en rouge le verbe à un temps composé après le passage entre crochets. Identifiez et justifiez ce temps. Remplacez *frappa* par *frappe* et changez le temps dans la fin du texte.**

....

....

4 Je prépare la dictée

Mouret, patron du grand magasin Au Bonheur des dames, *dirige la mise en place d'un étalage.*

Il (prendre) .... les pièces, il les jetait, il les froissait en tirait des gammes éclatantes. Tous en **convenaient**, le patron était le premier étalagiste de Paris, […], qui (fonder) .... l'école du brutal et du colossal dans la science de l'étalage. […]

– Voilà, cria Mouret, quand il *eut fini*. […]

Justement, comme il rejoignait Bourdoncle et Robineau[1], une femme arrivait, qui resta quelques secondes plantée et suffoquée devant l'étalage. C'était Denise[2]. […] elle (ne point oser) .... jusque-là se risquer dans le hall des soieries, dont le haut plafond vitré, les comptoirs luxueux, l'air d'église lui **faisaient** peur. Puis, quand elle y était enfin **entrée** […], elle avait comme **buté** tout d'un coup contre l'étalage de Mouret.

Émile Zola, *Au Bonheur des dames* (1883).

1. Employés du magasin.
2. Jeune fille qui souhaite devenir vendeuse.

a) **Conjuguez au plus-que-parfait les verbes entre parenthèses et justifiez leur emploi.**

....

....

b) **Identifiez le temps du verbe en italiques et justifiez son emploi.** ....

....

....

c) **Justifiez l'accord des verbes et des participes en gras.** ....

....

....

....

....

....

....

....

5 J'applique pour écrire

Aimez-vous les villes avec leurs cafés et leurs grands magasins ? Justifiez votre point de vue dans un paragraphe argumenté.

Consigne
- 15 lignes environ
- au moins 4 verbes à un temps composé

Chacun son rythme

Cochez la couleur que vous avez le mieux réussie.

- ☐ Relevez de nouveaux défis ! → exercices 1, 2 p. 44
- ☐ Améliorez vos performances ! → exercice 3 p. 44
- ☐ Confirmez votre réussite ! → exercice 4 p. 44

14 Conjugaison et emplois du présent et du passé du conditionnel

J'observe

Une nouvelle version de ce smartphone sortira le 1er octobre.
Une nouvelle version de ce smartphone **sortirait** le 1er octobre.

Quel verbe est au futur ? ....

Quel temps a la même terminaison que le verbe en gras ? ....

Quelle phrase présente l'action comme incertaine ? ....

Je retiens

A COMMENT CONJUGUE-T-ON UN VERBE AU PRÉSENT ET AU PASSÉ DU CONDITIONNEL ?

- **Conditionnel présent** = radical du **futur** + terminaison de l'**imparfait**.
  je mangerais, tu finirais, elles prendraient
- **Conditionnel passé** = auxiliaire **avoir** ou **être** au **conditionnel présent** + **participe passé**.
  j'aurais voulu, elle serait allée

B QUELS SONT LES EMPLOIS DU CONDITIONNEL ?

- Un **fait incertain** (fréquent dans la presse).
  *La tempête **ferait** rage sur les côtes bretonnes.*
- Une **hypothèse** ou un **fait soumis à une condition** (parfois sous-entendue).
  *Il **aurait fait** un pas de plus* (*s'il **avait fait** un pas de plus* = hypothèse),
  *il **serait tombé** dans le ravin* (= fait soumis à une condition).
- Un fait **imaginaire** (souvent envisagé par jeu).
  *Je **volerais** comme un oiseau et je **ferais** le tour du monde.*
- Le **futur dans le passé** (remplacement du futur dans un texte au passé).
  *Je ne pensais pas qu'elle **réussirait** aussi bien.*
- Une demande **polie** ou un conseil **atténué**.
  ***Voudriez**-vous vous asseoir ? Tu **devrais** faire attention.*

Je m'entraîne

1 Conjuguez ces verbes au conditionnel présent et passé.

1. je (danser) ....
   - tu (rougir) ....
   - elle (partir) ....
   - nous (dire) ....
2. il (voir) ....
   - nous (mettre) ....
   - elle (aller) ....
   - vous (boire) ....
3. vous (savoir) ....
   - ils (faire) ....
   - j'(apercevoir) ....
   - tu (essuyer) ....

2 Réécrivez ces phrases au conditionnel pour les transformer en informations incertaines.

1. Zoé joue très bien du piano.
   ....
   - Ils habitent tout près d'ici.
   ....
2. Sa sœur vit en Angleterre.
   ....
   - Les voisins n'ont rien entendu.
   ....
3. La représentation a connu du succès.
   ....
   - Notre commande est arrivée. ....
   ....

3 Lisez le texte et répondez aux questions.

Depuis vingt ans, le père Merlier était maire de Rocreuse. [...] Aujourd'hui, sa femme était défunte, il restait veuf avec sa fille Françoise. Sans doute, il (pouvoir) .... se reposer, laisser la roue du moulin dormir dans la mousse ; mais il (s'ennuyer trop) ...., et la maison lui (sembler) .... morte. Il travaillait toujours, pour le plaisir. [...]

Françoise Merlier venait d'avoir dix-huit ans. [...] De l'autre côté de la Morelle, vivait un grand garçon, que l'on nommait Dominique Penquer. Il n'était pas de Rocreuse. [...] On le traitait vaguement de braconnier[1]. En tout cas, il était paresseux, car on le trouvait souvent endormi dans l'herbe à des heures où il (devoir) .... travailler. [...] Or, un beau matin, Françoise avait déclaré au père Merlier qu'elle aimait Dominique et que jamais elle ne **consentirait**[2] à épouser un autre garçon.

Émile Zola, *L'Attaque du moulin* (1880).

1. Chasseur dans l'illégalité. 2. Accepter.

a) Quels sont le temps et l'emploi du verbe en gras ?

....

....

....

b) Conjuguez au conditionnel passé les verbes entre parenthèses.

c) Quel est l'emploi de ces verbes ?

....

....

....

4 Quels sont les emplois des verbes au conditionnel en gras ?

1. Les orages **arriveraient** en fin de journée.

....

2. Elle nous a affirmé qu'elle ne **recommencerait** plus.

....

• Je **serais** un prince, et j'**épouserais** une princesse !

....

3. Tu le **voudrais**, tu ne t'y **prendrais** pas autrement.

....

• Je **participerais** bien à votre sortie. ....

....

5 J'applique pour lire

Nantas, un jeune provincial, pensait faire fortune à Paris. Mais toutes ses recherches ont été vaines.

Cette fois, c'était la fin. Nantas se demandait comment il se **tuerait**. [...] Et il s'assit de nouveau, en jurant qu'il se **précipiterait** de la fenêtre, lorsqu'il **ferait** nuit noire.

Cependant, sa fatigue était telle, qu'il s'endormit sur sa chaise. Brusquement, il fut réveillé par un bruit de voix. C'était sa concierge qui introduisait chez lui une dame. [...] elle se nomma :

« Mlle Chuin... Je viens, monsieur, pour vous entretenir d'une affaire importante. [...]

<u>Éprouveriez</u>-vous quelque répugnance à vous marier ?

– Me marier ! s'écria Nantas. Eh ! bon Dieu ! qui *voudrait* de moi, Madame ?... Quelque pauvre fille que je ne *pourrais* seulement pas nourrir.

– Non, une jeune fille très belle, très riche, magnifiquement apparentée... »

Émile Zola, *Nantas* (1878).

a) Quel est l'emploi des conditionnels en gras ?

....

b) Quel est l'emploi du conditionnel souligné ? Pourquoi Mlle Chuin l'utilise-t-elle ?

....

....

....

c) Quel est l'emploi des conditionnels en italiques ? En quoi correspondent-ils à l'état d'esprit de Nantas ?

....

....

....

....

....

6 J'applique pour écrire

Imaginez une suite au texte de l'exercice 5.

Consigne
- 15 lignes
- verbes au futur
- au moins 3 verbes au conditionnel illustrant 3 emplois différents

Cochez la couleur que vous avez le mieux réussie.

Relevez de nouveaux défis ! → exercices 5, 6 p. 44
Améliorez vos performances ! → exercices 7, 8 p. 44
Confirmez votre réussite ! → exercices 9, 10 p. 44-45

Chacun son rythme

15 Conjugaison et emplois du subjonctif présent

J'observe

Il faut qu'il **vienne** ; pourvu qu'il **arrive** vite ! Je ne veux pas qu'elle **voie** cela.

Les verbes en gras ont-ils la même terminaison ? ....

Appartiennent-ils au même groupe ? ....

Sont-ils utilisés pour des faits réels ? ....

Je retiens

A COMMENT CONJUGUE-T-ON UN VERBE AU SUBJONCTIF PRÉSENT ?

- **Tous les verbes** (sauf *avoir* et *être*) ont les **mêmes terminaisons** :

  -e, -es, -e, -ions, -iez, -ent

- Le **radical** est le plus souvent celui de la **3e personne du pluriel du présent de l'indicatif.**

  *que je **finisse**, qu'il **parte** / que je **sois**, qu'elle **ait*** (exceptions)

B QUELS SONT LES EMPLOIS DU SUBJONCTIF ?

Contrairement à l'indicatif, le subjonctif s'utilise pour des **faits non réels**.

Dans une proposition indépendante ou principale :

- **ordre, défense, conseil** (à la 3e pers., en remplacement de l'impératif), **souhait, étonnement ou indignation.**

  *qu'il **sorte**, qu'il ne **revienne** pas, qu'il m'**appelle**, qu'il **puisse** agir ainsi ?*

Dans une subordonnée introduite par que :

- après des verbes de **volonté, souhait, doute, sentiment**, exprimant une **possibilité** ou après une proposition principale **interrogative** ou **négative**.

  *Je veux que tu **écoutes** ; elle craint que nous ne **venions** pas ; je ne pense pas qu'elle **soit** là.*

Dans d'autres subordonnées :

- après des conjonctions telles que *avant que, jusqu'à ce que, pour que, afin que, bien que, à supposer que*.

  *Faisons une photo **avant que** tu **partes**.*

  *Prépare tes affaires ce soir **afin que** nous n'**ayons** pas de problèmes demain.*

Je m'entraîne

1 Conjuguez ces verbes au subjonctif présent.

1. que je (penser) ....
   - que tu (réfléchir) ....
   - qu'elle (prendre) ....
2. que nous (envoyer) ....
   - que vous (faire) ....
   - qu'elles (pouvoir) ....
3. que je (savoir) ....
   - qu'il (résoudre) ....
   - que tu (voir) ....

Trouver le radical du subjonctif est facile en plaçant *il faut que* avant le verbe.

2 Indiquez l'emploi des subjonctifs dans ces propositions indépendantes ou principales.

1. Qu'il écoute attentivement ! ....
   - Qu'ils ne recommencent jamais ! ....
2. Qu'elle se repose un peu avant de partir ! ....
   - Que mes amis viennent à mon secours ! ....
3. Puisses-tu avoir raison ! ....
   - Qu'elle parvienne à battre le record du monde ! ....

3 Lisez le texte et répondez aux questions.

Argan, malade imaginaire, craint de ne pas avoir pris assez de remèdes pour le mois en cours.

Je ne m'étonne pas si je ne me porte pas si bien ce mois-ci que l'autre. Je le dirai à Monsieur Purgon[1] afin qu'il (mettre) .... ordre à cela. Allons, qu'on m'**ôte** tout ceci. Il n'y a personne ? J'ai beau dire, on me laisse toujours seul [...]. Est-il possible qu'on **laisse** comme cela un pauvre malade tout seul ! Drelin, drelin, drelin : voilà qui est pitoyable[2] !

Molière, *Le Malade imaginaire*, acte I, scène 1 (1673).

1. Le médecin.
2. Déplorable, lamentable, inadmissible.

a) Conjuguez au subjonctif présent le verbe entre parenthèses.

b) Conjuguez ce même verbe aux autres personnes puis justifiez son emploi.

c) Justifiez les emplois des deux subjonctifs en gras.

4 Indiquez l'emploi des subjonctifs dans ces propositions subordonnées.

1. Je souhaite que tous mes amis soient réunis ce jour-là.

2. Essayez d'être là avant que la fête soit finie.

3. Bien qu'il soit très tard, nous passerons vous voir.

4. Je ne pense pas qu'il soit malade.

5 J'applique pour lire

MAÎTRE BLAZIUS – Que ceux qui veulent apprendre une nouvelle d'importance, m'**apportent** ici premièrement un verre de vin frais. [...] Vous saurez, mes enfants, que le jeune Perdican, fils de notre seigneur, vient d'atteindre à sa majorité, et qu'il est reçu docteur[1] à Paris. [...] Vous sentez que cela me fait quelque honneur, à moi, qui suis son gouverneur depuis l'âge de quatre ans ; ainsi donc, mes bons amis, apportez une chaise *que* je descende un peu de cette mule-ci sans me casser le cou ; la bête est tant soit peu rétive[2], et je ne serais pas fâché de boire encore une gorgée avant d'entrer.

LE CHŒUR[3] – [...] Puissions-nous retrouver l'enfant dans le cœur de l'homme !

Alfred de Musset, *On ne badine pas avec l'amour* (1834).

1. Il a obtenu son doctorat.
2. Rebelle.
3. Un groupe de villageois.

a) Quel est l'emploi du verbe au subjonctif en gras ?

b) Par quelle conjonction peut-on remplacer celle en italiques ? Déduisez-en le mode du verbe *descende*.

c) En quoi les verbes *apportent* et *descende* soulignent-ils deux caractéristiques comiques de Maître Blazius ?

d) Relevez le verbe au subjonctif dans la réplique du chœur et indiquez son emploi.

6 J'applique pour écrire

Rédigez un monologue où un personnage donne des instructions au subjonctif. Vous devrez nommer le personnage, expliquer dans une didascalie sa situation et à qui il s'adresse (par exemple, un maître s'adresse à ses domestiques avant un départ en voyage ou un guide à son groupe avant une randonnée...).

Consigne
- 10 lignes
- au moins 3 verbes au subjonctif exprimant un ordre ou une défense à la 3e personne
- 2 autres verbes au subjonctif

Chacun son rythme

Cochez la couleur que vous avez le mieux réussie.

Relevez de nouveaux défis ! → exercices 11, 12 p. 45
Améliorez vos performances ! → exercices 13, 14 p. 45
Confirmez votre réussite ! → exercices 15, 16 p. 45

Chacun son rythme

Conjugaison et emplois des temps composés

1. *Quiz* **Cochez les phrases vraies.**

- [ ] Les temps composés sont constitués de l'auxiliaire *avoir* et d'un participe passé.
- [ ] Il y a autant de temps simples que de temps composés.
- [ ] Les temps composés présentent les actions comme accomplies.
- [ ] Le participe passé s'accorde toujours avec le sujet.

2. *Bouche-trous* **Complétez ce tableau.**

Temps simples	Temps composés
présent	
	plus-que-parfait
passé simple	
futur	

3. *Lettres mêlées* **Remettez les lettres dans l'ordre, pour trouver l'infinitif de verbes que vous conjuguerez au temps composé voulu par le contexte.**

1. Je me demandais souvent pourquoi mes parents (srihoci) .... de vivre dans ce lieu isolé.
2. Lorsque nous (riaproucr) .... dix kilomètres, nous ferons une pause.
3. Dès que le soleil (atîdrprasie) ...., ils rentrèrent chez eux.
4. Veux-tu goûter ce gâteau que j' (rnefonicntoce) .... ce matin ?

4. *Charade* **Résolvez cette charade. Vous trouverez un verbe conjugué qui vous permettra de compléter la phrase. Vous justifierez l'emploi de ce temps composé.**

Mon premier est un moyen de transport. ....

Mon deuxième est une note de musique. ....

Mon troisième enjambe une rivière. ....

Mon quatrième est un article partitif. ....

Phrase : Il ne savait pas que nous .... déjà .... à son invitation.

Temps composé : ....

Emploi : ....

Conjugaison et emplois du conditionnel

5. *Quiz* **Cochez les phrases vraies.**

Le conditionnel :

- [ ] remplace le futur dans les textes au passé.
- [ ] s'utilise pour des informations dont on est sûr.
- [ ] s'utilise pour des faits imaginaires.
- [ ] s'utilise pour des actions soumises à une condition.

6. *Chasse aux intrus* **Barrez les verbes qui ne sont pas au conditionnel.**

je partirais • tu dormiras • ils viendraient • tu espérais • nous mangerions • vous couriez • elle rougirait • elles agissaient • tu apprendras • tu aurais fini • ils pourraient • nous aurons pris • ils aimeraient

7. *Verbes à la loupe* **Soulignez une fois les conditionnels d'information incertaine et deux fois les conditionnels de demande polie.**

1. Un tremblement de terre dévasterait actuellement le Chili.
2. Pourriez-vous patienter cinq minutes ?
3. Je ne voudrais pas vous déranger.
4. Les manifestations auraient cessé.

8. *Remue-méninges* **Barrez les verbes au conditionnel, puis trouvez 2 emplois du conditionnel que vous illustrerez dans 2 phrases.**

futurmangeraisdanspourraisleriraissauraientpasséauraient actionserionssoumisepartiraitiriezouvriraitàviendraitune parcourraisconditionvoudrionsentendriezplierez

1. ....

2. ....

9. *Labo des mots* **Complétez le tableau.**

Phrases	Emplois du conditionnel
Je ne savais pas qu'il arriverait si vite.	
	fait incertain
Si tu avais le temps, tu nous rejoindrais.	

10. *Charade* **Résolvez la charade puis complétez la phrase avec le verbe trouvé en précisant l'emploi du conditionnel.**

Mon premier est une boisson. ……………………

Mon deuxième est un article défini ou un pronom personnel pluriel. ……………………

Mon troisième est le contraire de « vrai ». ……………………

Mon quatrième est la première partie d'une négation. ……………

Mon cinquième est un poisson plat. ……………………

Mon tout est un verbe au conditionnel qui désigne un moyen de communiquer. ……………………

Phrase : Elle te …………………… si elle avait besoin de toi.

……………………………………………

Conjugaison et emplois du subjonctif présent

11. *Quiz* **Cochez les phrases vraies.**

Le subjonctif présent :

- [ ] a des terminaisons qui varient selon les groupes.
- [ ] a des terminaisons en *-ions* et *-iez* aux deux premières personnes du pluriel.
- [ ] s'utilise pour des faits réels.
- [ ] remplace l'impératif à la 3ᵉ personne.

12. *Chasse aux intrus* **Barrez les verbes qui ne peuvent pas être au subjonctif présent.**

appelle • voyons • croie • finit • venez • vienne • parte • sentions • arrivent • allons • espériez • essaient • saviez • écoutez • rie • entend • prennent • devons • réussisse • parvient

13. *Vrai ou faux* **Barrez la forme fausse puis justifiez votre réponse.**

1. Je ne veux pas qu'il croie / croit cela : ……………………
2. Il faut qu'elle court / coure vite : ……………………
3. Je sais qu'elle ne voit / voie pas bien : ……………………
4. Nous pensons qu'elle agit / agisse bien : ……………………

14. *Range-verbes* **Soulignez les verbes au subjonctif puis classez-les dans le tableau.**

qu'il sorte immédiatement • pourvu qu'il soit content • je ne veux pas qu'il te reconnaisse • il faut qu'il revienne • qu'ils ne restent pas dehors • je souhaite qu'il réussisse ! • il est nécessaire que vous réserviez vos places • il a ordonné que nous prenions la sortie de secours • vivement qu'on soit en vacances • pourvu qu'ils arrivent avant l'orage !

Ordre à la 3ᵉ personne	
Souhait	
Subordonnée dépendant d'un verbe de volonté ou de souhait	
Subordonnée dépendant d'un verbe d'obligation	

15. *Remue-méninges* **Barrez les mots qui ne sont pas des emplois du subjonctif, puis illustrez les 5 emplois trouvés dans une phrase.**

Dansruseordresubjonctifprésentdéfenseportefenêtresouhait gentillesseconseilrépétitionprière.

1. ……………………
2. ……………………
3. ……………………
4. ……………………
5. ……………………

……………………………………………

16. *Grille* **Retrouvez dans cette grille 6 verbes au subjonctif que vous utiliserez pour compléter les phrases. Précisez la valeur du subjonctif.**

A	I	T	G	N	E
H	I	O	A	N	C
Z	M	L	N	B	R
V	X	E	L	S	I
T	I	O	S	E	V
V	O	I	E	K	E

1. Qu'il s'en …………… : …………….
2. Pourvu qu'il …………… l'heure : …………….
3. Il faut que j'…………… à ma sœur : …………….
4. Je veux qu'elle …………… mon petit chien : …………….
5. Je crains qu'elle n'…………… du retard : …………….
6. Vivement qu'elle …………… nous voir : …………….

16 La formation des participes passés

J'observe

Je l'ai **appelé**, mais il n'a pas **répondu**.

Identifiez les mots en gras. ....

Ont-ils les mêmes terminaisons ? ....

À quels groupes appartiennent-ils ? ....

Je retiens

A COMMENT FORME-T-ON LES PARTICIPES PASSÉS DES VERBES DES 1er, 2e GROUPES ET DE CERTAINS VERBES DU 3e GROUPE ?

- On forme les participes passés de ces verbes à partir du **radical de l'infinitif + *-é*, *-i* ou *-u***.

  *chant**é**, fin**i**, part**i**, all**é**, cueill**i**, cour**u**…*

B COMMENT FORME-T-ON LES PARTICIPES PASSÉS DES AUTRES VERBES DU 3e GROUPE ?

- On forme les participes passés de ces verbes à partir du **radical modifié + *-u*, *-is*, *-it*, *-t*, *-s***.

  *p**u**, pr**is**, d**it**, pein**t**, clo**s**…*

Exceptions *avoir* → ***eu***, *être* → ***été***, *naître* → ***né***, *mourir* → ***mort***, *devoir* → ***dû*** (pas d'accent au pluriel ni au féminin)

C COMMENT REPÉRER FACILEMENT LES PARTICIPES TERMINÉS PAR UNE CONSONNE ?

- Les participes terminés par une consonne se repèrent en **mettant le participe au féminin**.

  *un mur **peint**, une fenêtre **peinte***

D COMMENT S'UTILISENT ET S'ACCORDENT LES PARTICIPES PASSÉS ?

- Les participes passés s'utilisent et s'accordent comme des **adjectifs qualificatifs**.

  *fini, fini**e**, fini**s**, fini**es***

- Les participes passés permettent de constituer les **formes verbales composées**. Ils **s'accordent** selon les **règles** associées à chaque **auxiliaire**. → ***Fiche 19***

  *Elle **est** venue. Elle **a** chanté.*

Je m'entraîne

1 Formez les participes passés des verbes suivants.

1. travailler : .... réunir : ....
sortir : .... valoir : ....
fuir : ....

2. dire : .... prendre : ....
mettre : .... défaire : ....
revoir : .... craindre : ....
vouloir : .... apercevoir : ....

3. ouvrir : .... boire : ....
conduire : .... savoir : ....
recevoir : .... écrire : ....
naître : .... vivre : ....

2 Formez puis accordez les participes des verbes entre parenthèses.

1. Des enfants (entourer) .... de leurs parents. • Une petite fille (partir) .... se promener. • Une tarte et un gâteau très (réussir) ....

2. Une leçon bien (apprendre) ....
• Une plage (recouvrir) .... d'algues.
• Des murs (repeindre) .... récemment.

3. Une somme (devoir) .... • Une expérience (vivre) .... par toute la famille. • Un collier et un bracelet (offrir) .... par ma mère.

3 **Lisez le texte et répondez aux questions.**

Julien arrive pour la première fois chez Mme de Rênal où il va occuper le poste de précepteur des enfants.

Mme de Rênal **eut (1)** tout d'abord l'idée que ce **pouvait (2)** être une jeune fille (déguiser) .... , qui **venait (3)** demander quelque grâce à M. le maire. Elle eut pitié de cette pauvre créature, (arrêter) .... à la porte d'entrée et qui évidemment n'osait pas lever la main jusqu'à la sonnette. Mme de Rênal s'approcha, (distraire) .... un instant de l'amer[1] chagrin que lui donnait l'arrivée du précepteur. Julien, <u>tourné</u>............... vers la porte, ne la **voyait (4)** pas s'avancer [...] [il] se tourna vivement et <u>frappé</u> .... du regard si <u>rempli</u>............... de grâce de Mme de Rênal, il oublia une partie de sa timidité. Bientôt, étonné de sa beauté, il oublia tout, même ce qu'il venait **faire (5)**. Mme de Rênal avait <u>répété</u>............... sa question.

1. Douloureux.

Stendhal, *Le Rouge et le Noir* (1830).

a) Accordez correctement les participes soulignés.

b) Formez et accordez les participes des verbes entre parenthèses.

c) Formez les participes des verbes en gras puis intégrez-les aux expressions ou verbes suivants.

1. nous avons .... **2.** elles ont .... **3.** elle est .... **4.** la montagne .... de la fenêtre **5.** une robe .... par ma sœur

4 **Complétez les formes verbales inachevées.**

Verbes conjugués et participes passés ont parfois des terminaisons homophones mais pas la même orthographe.

1. Tu accompl............... un très beau travail.
- Elle a accompl............... un beau parcours.
- Je ne répond............... rien.

2. Elle conn............... de grandes difficultés.
- Ces ruines sont très conn................
- Je m'inscr............... pour le prochain tournoi.

3. Une légère brise rafraîch... l'atmosphère.
- Cette pièce rafraîch............... par la climatisation est très agréable.
- As-tu écr............... ton nom ?

5 Je prépare la dictée

Claude, un jeune peintre parisien, rentre dans son atelier proche de la Seine.

C'était là que le peintre avait son atelier, dans les combles de l'ancien hôtel du Martoy, à l'angle de la rue de la Femme-sans-Tête. Le quai (entrevoir) .... était aussitôt (retomber) .... aux ténèbres et un formidable coup de tonnerre avait (ébranler) .... le quartier (endormir) ....

(Arriver) .... devant sa porte, une vieille porte ronde et basse, (barder[1]) .... de fer, Claude, (aveugler) .... par la pluie, tâtonna pour tirer le bouton de la sonnette ; et sa surprise fut extrême, il eut un tressaillement[2] en rencontrant dans l'encoignure[3], **collé** contre le bois, un corps vivant. Puis à la brusque lueur d'un second éclair, il **aperçut** une grande jeune fille, (vêtir) .... de noir, et déjà (tremper) ...., qui grelottait de peur. Lorsque le coup de tonnerre les eut *secoués* tous les deux, il s'écria :

« Ah bien ! Si je m'attendais... ! »

1. Recouverte.
2. Sursaut.
3. Angle formé par la rencontre de deux pans de mur.

Émile Zola, *L'Œuvre* (1886).

a) Formez les participes des verbes entre parenthèses et accordez-les.

b) Justifiez l'orthographe des deux mots en gras :

....

....

....

....

c) Avec quel auxiliaire le participe en italiques est-il utilisé ? Avec quel mot est-il accordé ? Où est placé ce mot ? Quels personnages remplace-t-il ?

....

....

....

....

6 J'applique pour écrire

Imaginez la suite du texte d'Émile Zola.

Consigne
- 15 lignes
- au moins 5 participes correctement orthographiés

Chacun son rythme

Cochez la couleur que vous avez le mieux réussie.

- Relevez de nouveaux défis ! → exercices 1, 2 p. 52
- Améliorez vos performances ! → exercices 3, 4 p. 52
- Confirmez votre réussite ! → exercice 5 p. 52

17 Les verbes pronominaux

J'observe

Je me **lève** toujours très tôt ; je **regarde** le paysage ; je le **connais.**

À quelle personne sont conjugués ces verbes ? ……………………

Quels verbes sont précédés de deux pronoms personnels ? ……………………

Quel verbe est précédé de deux pronoms de la même personne ? ……………………

Je retiens

A COMMENT RECONNAÎT-ON LES VERBES PRONOMINAUX ?

- Aux 1re et 2e personnes, le verbe conjugué est précédé de **deux pronoms de la même personne.**
  je me, tu te, nous nous…
- À la 3e personne, **le sujet** (pronom ou GN) est suivi **du pronom *se***. *Julie **se** regarde.*
- À l'**infinitif** et au **participe**, seul le **deuxième pronom** (*me, te, se, nous, vous*) est utilisé.
  ***se** souvenir, en **me** levant…*

B QUELLES SONT LES PARTICULARITÉS DE CONJUGAISON DES VERBES PRONOMINAUX ?

- Pour conjuguer les verbes pronominaux aux **temps composés**, on n'utilise que l'**auxiliaire *être***.
  *Elle s'**est** souvenue.*
- Pour conjuguer ces verbes à l'**impératif**, on relie le **deuxième pronom** au verbe par un trait d'union.
  *Souviens-**toi**.*

C QUELS SONT LES DIFFÉRENTS VERBES PRONOMINAUX ?

- **Les verbes essentiellement pronominaux** (**toujours** pronominaux ou de **sens différent** de l'habituel).
  *Ils **se souviennent** de toi. Il **s'est mis** (= commencer ≠ poser) à pleuvoir.*
- **Les verbes pronominaux de sens réfléchi** (le sujet exerce l'**action sur lui-même**).
  *Je **me lave**.*
- **Les verbes pronominaux de sens réciproque** (les sujets exercent l'**action les uns sur les autres**).
  *Nous **nous parlons**.*
- **Les verbes pronominaux de sens passif** (le sujet **subit l'action**).
  *Ce produit **se vend** sur internet.*

Je m'entraîne

Si le 2e pronom n'est pas à la même personne que le sujet, ce n'est pas un verbe pronominal.

1 Soulignez les verbes pronominaux de ces phrases.

1. Je ne me sentais pas bien, le professeur m'a conseillé d'aller à l'infirmerie. • Nous nous étions perdus mais un promeneur nous a remis sur le bon chemin.

2. La sonnerie me réveille à sept heures, je me lève et me précipite à la salle de bains. • La nouvelle de ton exploit nous parvient et nous nous réjouissons.

3. Rappelle-toi cette journée exceptionnelle où nous nous sommes retrouvées. • Il m'a adressé un petit signe en s'en allant.

2 Transposez ces futurs en présents de l'impératif.

1. nous nous retrouverons : ……………………
- tu te rendras : ……………………
- vous vous regarderez : ……………………

2. tu ne te perdras pas : ……………………
- vous vous dépêcherez : ……………………
- nous nous enfuirons : ……………………

3. tu t'en iras : ……………………
- tu te rappelleras : ……………………
- nous nous arrêterons : ……………………

3 Lisez le texte et répondez aux questions.

Alors le vieux marquis de la Tour-Samuel, âgé de quatre-vingt-deux ans, se leva et vint s'appuyer à la cheminée. Il dit de sa voix un peu tremblante :

– Moi aussi, je sais une chose étrange, tellement étrange, qu'elle a été l'obsession de ma vie. [...] et il ne se passe pas un jour sans que je la revoie en rêve. [...]

C'était en 1827, au mois de juillet. Je me trouvais à Rouen, en garnison. Un jour, comme je me promenais sur le quai, je rencontrai un homme que je crus reconnaître sans me rappeler au juste qui c'était. Je fis, par instinct, un mouvement pour m'arrêter. L'étranger aperçut ce geste, me regarda et tomba dans mes bras.

Guy de Maupassant, *Apparition* (1883).

a) Soulignez une fois le verbe pronominal du 1er paragraphe, puis indiquez son sens. ....

b) Relevez un verbe pronominal dans le passage au discours direct, puis conjuguez-le au passé composé. ....

c) Soulignez deux fois les verbes pronominaux du dernier paragraphe. Quel verbe est essentiellement pronominal ? Quel est son sens ? Utilisez-le dans une phrase où il a un autre sens.

....

Un même verbe pronominal peut avoir deux sens différents en fonction du contexte.

4 Indiquez le sens des verbes pronominaux soulignés : essentiellement pronominal (E), réfléchi (REF), réciproque (REC), passif (P).

1. Je me regarde .... dans la glace.
- Les enfants se battent. ....
- Ma sœur s'est évanouie. ....

2. Ces petits bijoux se perdent .... facilement.
- Les enfants se sont perdus .... dans la forêt.

3. Nous nous sommes aperçues .... au milieu de la foule et nous nous sommes fait .... un petit signe. • Je me suis aperçue .... que je m'étais adressée .... à la mauvaise personne.

5 Je prépare la dictée

Le narrateur décrit la peur inexplicable dont il est victime.

Je me retourne brusquement parce que j'ai peur de ce qui est derrière moi, bien qu'il n'y ait rien et que je le sache.

[Je m'agite, ... je sens mon effarement grandir ; et je m'enferme .... dans ma chambre ; et je m'enfonce .... dans mon lit, et je me cache .... sous mes draps] [...].

Cela a commencé l'an dernier d'une singulière[1] façon.

C'était en automne, par un soir humide. Quand ma bonne fut partie, après mon dîner, je me demandai ce que j'allais faire. [...]

Je me sentais seul. Mon logis me paraissait vide comme il n'avait jamais été. Une solitude infinie et navrante[2] m'entourait. Que faire ? Je m'assis. Alors une impatience nerveuse me courut dans les jambes. Je me relevai, et je me remis à marcher.

1. Étonnante, étrange.
2. Pénible, désolante.

Guy de Maupassant, *Lui* (1883).

a) Soulignez tous les verbes pronominaux.

b) Réécrivez les verbes du passage entre crochets au passé composé (le narrateur est un homme).

c) Relevez un verbe essentiellement pronominal. Quel est le sens de tous les autres verbes pronominaux ? Que mettent-ils en valeur ?

....

6 J'applique pour écrire

Vous avez un jour ressenti une grande peur, justifiée ou non. Racontez cet épisode. Vous préciserez les circonstances et décrirez ce que vous avez fait et ce que vous avez éprouvé.

Consigne
- 20 lignes
- au moins 4 verbes pronominaux de 2 sens différents

Chacun son rythme

Cochez la couleur que vous avez le mieux réussie.

- ☐ Relevez de nouveaux défis ! → exercices 6, 7, 8 p. 52
- ☐ Améliorez vos performances ! → exercice 9 p. 53
- ☐ Confirmez votre réussite ! → exercice 10 p. 53

18 La forme impersonnelle et la forme passive

J'observe

Cette maison a été détruite par un ouragan. **Il** ne reste plus rien.

Quel est le sujet du verbe souligné ? Qui fait l'action exprimée par ce verbe ?

....

Le pronom en gras remplace-t-il un mot ? ....

Je retiens

A QUELLES SONT LES CARACTÉRISTIQUES DE LA FORME IMPERSONNELLE ?

- À la forme impersonnelle, le **verbe** est toujours **précédé du pronom personnel *il*** qui ne remplace aucun mot. Il se conjugue à **tous les temps**, mais à **une seule personne**.

    Il faut partir. Il n'y aura personne.

- Certains verbes sont **toujours impersonnels** : *il faut, il pleuvait…*, d'autres ne le sont qu'**occasionnellement**.

    Il resta une part de gâteau (≠ il resta à la maison).

- Le **véritable sujet**, appelé **sujet logique**, est souvent **exprimé après le verbe**.

    Il manque trois élèves. (forme impersonnelle) = *Trois élèves manquent.* (forme personnelle)

B QUELLES SONT LES CARACTÉRISTIQUES DE LA FORME PASSIVE ?

- À la forme passive, le **sujet ne fait pas l'action**.
- La forme passive ne comporte que des **temps composés avec l'auxiliaire *être*** (temps simple ou composé).
- Les phrases passives incluent souvent un **complément d'agent** (introduit par *par* ou *de*) indiquant **qui fait l'action**.

    *Le puzzle **est terminé**. Ce puzzle **a été réalisé** par **ma grande sœur**.*

C COMMENT PASSER DE LA FORME PASSIVE À LA FORME ACTIVE ET INVERSEMENT ?

- Dans le passage de la forme passive à la forme active, **le complément d'agent** (ou ***on*** s'il n'est pas exprimé) **devient sujet et le sujet COD**.

    Cette série (sujet) ***est appréciée*** (verbe [temps composé]) *par toute la famille* (c. d'agent). → *Toute la famille* (sujet) ***apprécie*** (verbe [temps simple]) *cette série* (COD).

- Dans le passage de la forme active à la forme passive, **le COD devient sujet et le sujet complément d'agent**.

    Les enfants (sujet) ***ont construit*** (verbe [temps composé]) *cette cabane* (COD). → *Cette cabane* (sujet) ***a été construite*** (verbe [temps composé de 3 mots]) *par les enfants* (c. d'agent).

Je m'entraîne

Il faut replacer le sujet logique devant le verbe.

1 Réécrivez ces phrases à la forme personnelle.

1. Il est amusant de courir dans les vagues.

....

2. Il lui est arrivé une histoire incroyable.

....

3. Il me semble normal qu'il passe en premier.

....

2 Soulignez les formes impersonnelles.

1. Il faut réagir. • Il neige. • Il ne viendra pas.
2. Il se peut que nous partions vite.
   • Il n'est pas méchant.
3. Il me semble très gentil.
   • Il est inutile d'insister.
   • Il paraît en bonne santé.

3 **Lisez le texte et répondez aux questions.**

Un juge d'instruction, M. Bermutier, explique devant une assemblée comment un crime récent reste inexpliqué.

« Oui, madame, il est probable qu'on ne saura jamais rien. [...] Mais j'ai eu, moi, autrefois, à suivre une affaire où vraiment semblait se mêler quelque chose de fantastique[1]. Il a fallu l'abandonner, d'ailleurs, faute de moyens de l'éclaircir. [...] J'étais alors juge d'instruction à Ajaccio [...]. Or, j'appris un jour qu'un Anglais venait de louer pour plusieurs années une petite villa au fond du golfe. [...] Je voulus, en ma qualité de juge d'instruction, prendre quelques renseignements sur cet homme ; mais il me fut impossible de rien apprendre.

Guy de Maupassant, *La Main* (1883).

1. Surnaturel.

a) **Soulignez une fois un verbe toujours impersonnel et indiquez son temps. Puis conjuguez-le aux quatre temps simples de l'indicatif.**

b) **Relevez une forme impersonnelle dans la 1re phrase, puis indiquez le sujet logique.**

c) **Soulignez deux fois une autre forme impersonnelle. Exprimez ensuite la même idée sans avoir recours à cette forme.**

Attention : *par* et *de* n'introduisent pas que des compléments d'agent !

4 **Soulignez les formes passives et encadrez les compléments d'agent.**

1. Le voleur a été arrêté par les policiers.
- Tous les randonneurs sont passés par la forêt.

2. Un nouvel immeuble sera construit par ici.
- Toutes les feuilles sont tombées par terre.

3. Nous sommes très étonnés de sa réaction.
- Toutes les conditions sont réunies.

5 **Inversez la forme active/passive de ces phrases.**

1. La route est bloquée par la neige.

2. Ce train dessert toutes les gares.

3. Beaucoup de monde est attendu à ce concert.

6 *J'applique pour lire*

Un soir enfin, comme je passais devant sa porte, [...] il m'invita à entrer pour boire un verre de bière. [...]

Son salon était tendu de noir, de soie noire brodée d'or [...]. Mais au milieu du plus large panneau, [...] un objet noir se détachait [...] : une main noire desséchée, avec les ongles jaunes, les muscles à nu et des traces de sang ancien [...]. Je touchai ce débris humain qui avait dû appartenir à un colosse[1]. Les doigts, démesurément longs, étaient attachés par des tendons énormes que retenaient des lanières de peau par places [...].

Une année entière s'écoula. **Or, un matin, vers la fin de novembre, mon domestique me réveilla en m'annonçant que Sir John Rowell avait été assassiné dans la nuit.**

Guy de Maupassant, *La Main* (1883).

1. Géant.

a) **Soulignez en rouge les formes passives et encadrez les compléments d'agent (sauf dans la phrase en gras).**

b) **Dans la phrase en gras, soulignez une fois la forme passive et deux fois la forme active. Puis réécrivez-la en inversant les formes. Vous remplacerez *en m'annonçant* par *qui m'annonçait*.**

c) **Pourquoi le choix de Maupassant est-il préférable ?**

7 *J'applique pour écrire*

Racontez à votre tour une histoire effrayante. Vous pouvez vous inspirer d'un livre, d'un film ou d'un fait divers.

Consigne
- 20 lignes
- au moins 2 formes impersonnelles et 2 formes passives

Chacun son rythme

Cochez la couleur que vous avez le mieux réussie.

Relevez de nouveaux défis ! → exercices 11, 12 p. 53
Améliorez vos performances ! → exercices 13, 14 p. 53
Confirmez votre réussite ! → exercices 15, 16 p. 53

Chacun son rythme

La formation des participes passés

1. *Quiz* Cochez les phrases vraies.

- [ ] Le participe passé des verbes des 1er et 2e groupes a une terminaison en *-é*.
- [ ] Tous les participes passés se forment sur le radical de l'infinitif.
- [ ] Certains participes passés de verbes du 3e groupe se terminent par *-s* ou *-t*.
- [ ] Le participe passé peut s'utiliser comme un adjectif.

2. *Méli-mélo* Utilisez les terminaisons en désordre pour compléter les participes.

-é • -i • -is • -it• -ts • -ée • -ie

1. Ma sœur est arriv.................. trop tard.
2. Elle m'a rem................ la clé.
3. Ces gâteaux ont été fai.................. par mon petit frère.
4. Elle a grand............ dans cette maison.
5. Elle a particip................ au marathon.
6. Tu m'as d................ la vérité.
7. La fête est malheureusement fin................

3. *Chasse aux intrus* Barrez les formes verbales qui ne peuvent pas être des participes.

chanté • finis • saisit • dit • réussit • vue • courut • aperçus • défais • parvenue • répondis

4. *Range-mots* Classez ces verbes par leur numéro dans le tableau suivant leur terminaison au participe passé.

1. réunir 2. gagner 3. apercevoir 4. partir 5. revoir 6. aller 7. permettre 8. défaire 9. prédire 10. disparaître 11. clore 12. devenir 13. parcourir 14. définir 15. contenir

Terminaisons/Verbes	
en *-é*	
en *-i*	
en *-u*	
en *-s*	
en *-t*	

5. *Pyramide* Pour compléter cette pyramide, formez les participes passés masculin singulier correspondant aux définitions. Puis utilisez-les correctement accordés dans des phrases de votre invention.

1. Percevoir par les yeux.
2. Synonyme de *poser*.
3. Contraire de *aller*.
4. Contraire de *marcher lentement*.
5. Contraire de *faire*.

Participe masc. sg : ....

Participe fém. sg : ....

Participe masc. pl : ....

Participe fém. pl : ....

Participe fém. pl : ....

Les verbes pronominaux

6. *Chasse aux intrus* Barrez les verbes qui ne sont pas à la forme pronominale.

ils s'entendent bien • il m'entend bien • elle me regarde • je me regarde • ils se connaissent • je t'écoute • je m'aperçois • je me retiens • il me retient • je me rappelle • elle me rappelle • ils se voient

7. *Quiz* Cochez les phrases vraies.

À la forme pronominale :

- [ ] le verbe conjugué est précédé d'un ou deux pronoms.
- [ ] le verbe conjugué est précédé de deux pronoms de la même personne.
- [ ] les temps composés utilisent l'auxiliaire *être* ou *avoir*.
- [ ] certains verbes changent de sens.

8. *Range-mots* Classez les verbes à la forme pronominale dans le tableau.

elles se sont parlé • le cachemire se reconnaît au toucher • les enfants se sont enfuis en courant • il se douche en sifflotant • je me regarde dans le miroir • ils ne se sont même pas regardés • ce gâteau se mange à Noël • elles se sont évanouies

Essentiellement pronominal	Sens réfléchi	Sens réciproque	Sens passif
....	....	....	....
....	....	....	....
....	....	....	....
....	....	....	....

Chacun son rythme

9. *Lettres mêlées* **Remettez les lettres en ordre pour trouver l'infinitif d'un verbe que vous conjuguerez à la forme pronominale au temps indiqué.**

1. Passé composé : Ils (renomper) .... tout l'après-midi.

2. Plus-que-parfait : Vous ne (oapcverier) .... de son absence.

3. Impératif 2e pers sg : (vroeisun) .... de ton rendez-vous.

4. Futur : Nous (seirnegrne) .... sur place.

10. *Charade* **Résolvez la charade puis conjuguez le verbe obtenu au passé composé, à la forme pronominale, pour compléter la phrase.**

Mon premier a une baguette magique. ....

On dort dans **mon deuxième**. ....

On coupe du bois avec **mon troisième**. ....

Mon quatrième est une boisson. ....

Mon tout est un verbe à l'infinitif. ....

Phrase : Elles .... d'avoir choisi ce film magnifique.

La forme impersonnelle et la forme passive

11. *Quiz* **Cochez les phrases vraies.**

- ☐ À la forme impersonnelle, le sujet est toujours *il*.
- ☐ À la forme impersonnelle, le verbe est toujours au présent.
- ☐ Certains verbes n'existent qu'à la forme impersonnelle.
- ☐ À la forme passive, il y a des temps simples et des temps composés.
- ☐ À la forme passive, on n'utilise que l'auxiliaire *être*.

12. *Chasse aux intrus* **Barrez les phrases qui ne comportent pas de forme impersonnelle.**

il mange • il fait beau • il faut partir • il est génial • il est important que tu viennes • il y a trois retardataires • il pleut • il vaut mieux partir • il vaut une fortune • il paraît que c'est bien • il paraît en forme

13. *Range-mots* **Soulignez une fois les formes actives et deux fois les formes passives.**

il part • il est pris • elles ont été émerveillées • je suis allée • nous sommes venus • il sera puni • vous serez récompensés • tu es étonnée • ils sont partis • elle est tombée

14. *Grille* **Trouvez 7 participes passés dans cette grille. Utilisez-les pour compléter les phrases dont vous préciserez la forme.**

T	I	R	E	E	E
S	O	R	T	I	E
A	J	U	V	E	R
V	E	I	R	T	A
H	U	G	S	N	K
S	A	L	E	E	E

1. Ce film a été .... en Afrique. ....
2. Cette histoire est .... d'un fait réel. ....
3. Elle est .... à 16 heures. ....
4. Cette règle n'est pas très ....
5. Nous ne l'avons pas ....
6. Cette soupe était trop ....
7. Elle a .... toutes ses photos. ....

15. *Remue-méninges* **Complétez ce tableau.**

Phrases	Forme	Forme inverse
Il est impossible de passer par là.	impersonnelle	
		Une voiture a renversé cette dame.
	impersonnelle	Un petit ennui m'est arrivé.
La mairie a organisé une belle manifestation.		

16. *Charade* **Résolvez la charade, puis utilisez le verbe obtenu dans une phrase à la forme active et deux phrases à la forme passive.**

Mon premier est un jeu. ....

Mon deuxième est un bâtiment très haut. ....

Mon troisième est une partie du visage. ....

Mon tout est un verbe à l'infinitif. ....

1. Phrase à la forme active : ....

....

2. Phrases à la forme passive : ....

....

Bilan 19

Je sais accorder les participes passés

J'observe

Elle **est tombée** de vélo. Elle **a oublié** de freiner.

Quel est le sujet des verbes en gras ? ....

Quel participe s'accorde avec ce sujet ? ....

Quel est l'auxiliaire utilisé ? ....

Je retiens

A COMMENT S'ACCORDE LE PARTICIPE PASSÉ UTILISÉ COMME ADJECTIF ?

• Le participe passé utilisé comme adjectif s'accorde en genre et en nombre **avec le nom ou le pronom qu'il qualifie**.

une maison construite en 1900

B COMMENT S'ACCORDE LE PARTICIPE PASSÉ UTILISÉ AVEC L'AUXILIAIRE ÊTRE ?

• Le participe passé utilisé avec l'auxiliaire *être* s'accorde en genre et en nombre **avec le sujet**.

***Ta lettre** n'est pas parvenue jusqu'à nous. **Nous** n'avons pas été prévenus.*

C COMMENT S'ACCORDE LE PARTICIPE PASSÉ UTILISÉ AVEC L'AUXILIAIRE AVOIR ?

• Le participe passé utilisé avec l'auxiliaire *avoir* ne s'accorde **jamais avec le sujet**, mais en genre et en nombre **avec le COD placé avant le verbe**.

• Un COD peut être placé **avant le verbe**, dans une **phrase interrogative**, ou s'il est un **pronom**.

*Quels **amis** as-tu rencontrés ? Ces livres, je **les** ai tous lus.*

• Les participes passés des **verbes pronominaux de sens réfléchi** ou **réciproque** suivent ces règles (les autres types de verbes pronominaux s'accordent avec le sujet).

*Elle s'est cassé **la jambe**.* (COD placé après)
***Les livres qu'**elle s'est achetés.* (COD placé avant)
*Elles **se** sont rencontrées par hasard.* (COD = pronom *se*)

Je m'entraîne

1 Complétez, si nécessaire, les participes passés.

1. Où as-tu acheté .... ces fleurs ?
   • Ces romans, je les ai lu .... avec plaisir.
2. Nous avons ramassé .... des coquillages, et nous les avons posé .... sur notre serviette.
   • Quelle belle maison tu as construit .... !
3. Les rubans que ma sœur a attaché .... dans ses cheveux lui ont été donné .... par notre mère.
   • Ces lectures leur ont beaucoup plu ....
   • Quels souvenirs as-tu rapporté .... ?

2 Transposez ces phrases au passé composé.

1. Elle arrive trop tard.
....
2. Quelles fleurs mets-tu dans ce vase ?
....
3. À la fin du match, les joueurs se serrent la main.
....
• Les tartines que Julia se prépare me semblent appétissantes. ....
....

3 Lisez le texte et répondez aux questions.

M. et Mme Baudu expliquent à leur nièce comment Mouret est devenu patron du grand magasin Au Bonheur des dames.

Un garçon **tombé**........ du Midi à Paris, avec l'audace aimable d'un aventurier ; [...] puis la conquête brusque et inexplicable de madame Hédouin, qui lui avait **apporté**........ le Bonheur des dames [...].

– Et c'est lui qui l'a <u>tuée</u>. Oui, dans ses constructions ! Un matin, en visitant les travaux, elle est <u>tombée</u> dans un trou. [...]

Le Bonheur des dames (*fonder* : forme passive) .... en 1822 par les frères Deleuze. À la mort de l'aîné, sa fille, Caroline (*se marier*) .... avec le fils d'un fabricant de toile, Charles Hédouin ; et, plus tard, étant <u>devenue</u> veuve, elle (*épouser*) .... ce Mouret. Elle lui apportait donc la moitié du magasin. [...] si bien que lorsque Caroline (*laisser*) .... ses os dans les fondations, ce Mouret (*rester*) .... seul héritier, seul propriétaire du Bonheur.

Émile Zola, *Au Bonheur des dames* (1883).

a) Complétez, si nécessaire, les participes en gras puis justifiez votre choix.

....

....

....

....

....

b) Justifiez l'accord des participes soulignés.

....

....

....

....

c) Conjuguez au plus-que-parfait les verbes entre parenthèses.

4 Accordez si nécessaire les participes passés.

N'oubliez pas de chercher tout d'abord le sens du verbe pronominal.

1. Elle ne s'est pas souvenu........ du titre du film.
- Les enfants se sont enfui........ en courant.

2. Les deux chats se sont caché........ sous la table.
- Elle s'est donn........ beaucoup de mal pour te recevoir.

3. Elle s'est envelopp........ les épaules dans un châle.
- Les cadeaux qu'elles se sont offert........ ont étonn........ tout le monde.

5 *Je prépare la dictée*

Mathilde Loisel a perdu la rivière de diamants[1] *empruntée à son amie Jeanne Forestier. Elle a dû s'endetter lourdement pour racheter un autre bijou. Dix ans plus tard, elle retrouve son amie.*

Mme Loisel se sentit **émue**. Allait-elle lui parler ? Oui, certes. Et maintenant qu'elle avait **payé**, elle lui dirait tout. [...]

« Oh !... ma pauvre Mathilde, comme tu es **changée** !...

– Oui, j'ai eu... des jours bien durs depuis que je ne t'ai vu........ ; [...] Tu te rappelles bien cette rivière de diamants que tu m'as prêté........ pour aller à la fête du ministère ?

– Oui. Eh bien ?

– Eh bien, je l'ai perdu........ .

– Comment ! Puisque tu me l'as rapporté........ .

– Je t'en ai rapport........ une autre, toute pareille. Et voilà dix ans que nous la payons.

Guy de Maupassant, *La Parure* (1885).

1. Collier de diamants.

a) Justifiez l'accord des participes en gras.

....

....

....

....

....

....

....

b) Accordez les participes inachevés.

c) Justifiez vos accords.

....

....

....

....

....

....

....

6 *J'applique pour écrire*

Vous avez un jour, vous aussi, perdu un objet important. Racontez cet épisode et expliquez les conséquences de cette perte.

Consigne
- 20 lignes
- récit au passé composé
- au moins un participe avec COD placé devant

MÉTHODE 2 Comment distinguer forme passive et forme active avec *être* ?

L'auxiliaire *être* s'utilise à la forme active et à la forme passive.
Attention à ne pas confondre des formes verbales utilisant l'auxiliaire *être* et d'apparence semblable à la forme active et à la forme passive.

Je sais identifier les temps et différencier les sujets

- Les formes en apparence **semblables** sont constituées de l'**auxiliaire *être*** (**forme simple**) et du **participe passé**. *Je suis allée. Je suis coincée.*
  - À la forme **active**, le **sujet fait l'action**, et le **verbe** est à un **temps composé**.
    *Mes parents **sont sortis**.* (les parents ont fait l'action exprimée au passé composé)
  - À la forme **passive**, le **sujet n'agit pas**, et le **verbe** est à un **temps simple** (celui de l'auxiliaire).
    *La forêt **est** ravagée par le feu.* (la forêt subit l'action exprimée au présent)

Remarque : Les formes verbales avec l'**auxiliaire *avoir*** (forme simple) sont toujours à la **forme active** (A) et les formes verbales avec l'**auxiliaire *être*** (forme composée) sont toujours à la **forme passive** (P).
*Elles **ont** gagné* (A). *Ils ont **été** surpris* (P).

Je vérifie que j'ai bien compris

1 Soulignez en rouge les sujets des formes actives composées et en bleu les sujets des formes passives, puis indiquez le temps des verbes.

1. Nous sommes sorties très tôt. ....
2. Nous sommes réconfortés par vos paroles. ....
3. Pauline sera récompensée en fin d'année. ....
4. Elles ne sont pas allées jusqu'au bout. ....
5. Ils étaient apparus. ....
6. Les insectes étaient attirés par la lumière. ....
7. Tous leurs biens furent assurés. ....
8. Nous sommes attendus vers 20 heures. ....

2 Cochez les cases correspondant à ces formes verbales.

Verbes	Forme active	Forme passive	Présent	Passé composé
Il est né				
Il est revenu				
Elle est retrouvée				
Elle est consolée				
Elles sont parties				
Nous sommes inscrits				
Vous êtes aidés				

Je sais différencier les verbes

- Les verbes utilisant l'**auxiliaire *être*** à la forme **active** ne peuvent **pas se conjuguer** avec l'auxiliaire ***avoir***.
  *Elles **sont** parties.* (~~*elles ont parti…*~~ n'existe pas)
- Les verbes à la forme **passive** peuvent se **conjuguer** avec l'auxiliaire ***avoir*** à la forme **active**.
  *Nous **avons** été retenus par nos amis.* (*Nous **avons** retenu…* existe)

Je vérifie que j'ai bien compris

3 Barrez les verbes qui ne peuvent pas se conjuguer avec *avoir*.
Conjuguez les autres verbes avec cet auxiliaire au temps et à la personne de votre choix.

1. Le dessert est préparé par ma sœur. ....
2. Les vacances sont enfin arrivées. ....
3. Les vacances sont finies. ....
4. Nous sommes parvenus au sommet en deux heures. ....
5. Les enfants sont captivés par le film. ....
6. Les feuilles sont tombées. ....

4 **Identifiez le temps et la forme de ces verbes à un temps composé.**

1. Elles ne sont pas revenues. ....
2. Nous n'avions rien vu. ....
3. Elle n'a pas été touchée. ....
4. Je ne suis pas submergée. ....
5. Elles n'étaient pas prévenues. ....
6. Ils ne seront pas concernés. ....
7. Ils ne seront pas partis. ....
8. Tu fus encouragée. ....

Je sais inverser les formes

- Les verbes utilisant l'**auxiliaire *être*** à la forme **active** ne peuvent **pas** se mettre à la **forme passive**.
- Les verbes à la forme **passive** peuvent **toujours** se mettre à la **forme active**.

*Elles **sont** sorties par la fenêtre.* (on ne peut pas subir le fait de sortir)
*Elles **sont** accompagnées par des amis. → Des amis les accompagnent.*

Je vérifie que j'ai bien compris

5 **Cochez la case juste et transformez quand c'est possible.**

Phrases	Actives	Passives	Transformations
Mes amies étaient allées à la piscine.			
La plage était envahie par les algues.			
Nous sommes excités par cette perspective.			
Vous êtes partis beaucoup trop tard.			
Mon travail sera revu par le professeur.			

6 ***Bilan***

J'étais entré par désœuvrement[1] chez un de ces marchands de curiosités[2] dits marchands de bric-à-brac dans l'argot parisien [...]. J'étais suivi par le marchand qui surveillait mes coudes avec l'attention inquiète de l'antiquaire.

« Ne m'achèterez-vous rien aujourd'hui, monsieur ?

– Je voudrais une figurine qui pût me servir de serre-papier, car je ne puis souffrir tous ces bronzes de pacotille qui sont vendus par les papetiers. »

Tout à coup, j'aperçus un pied charmant que je pris d'abord pour un fragment de Vénus antique. Je fus surpris de sa légèreté ; ce n'était pas un pied de métal, mais bien un pied de chair, un pied embaumé, un pied de momie.

Je suis rentré chez moi fort content de mon acquisition, j'ai posé le pied de la divine princesse sur une liasse de papiers. J'étais très satisfait de cet embellissement, je suis descendu dans la rue et je suis allé me promener.

D'après Théophile Gautier, *Le Pied de momie* (1840).

1. Pour passer le temps. 2. Brocanteurs.

a) **Soulignez une fois les formes verbales composées à la forme active.**

b) **Soulignez deux fois les formes verbales composées à la forme passive.**

c) **Transposez à la forme active les formes passives.**

....

À RETENIR

- Formes **actives** avec l'auxiliaire ***être*** : le sujet **fait l'action** / transformation **impossible**.
- Formes **passives** avec l'auxiliaire ***être*** : le sujet **n'agit pas** / transformation **possible**.

20 Les types et formes de phrases

RÉVISIONS

RÉPONSES P. 128

Je sais reconnaître les trois types de phrases

Phrase déclarative	Phrase impérative	Phrase interrogative
• Transmet une idée, une constatation, une information… • Se termine par un point. ➤ *Il pleut. J'aime le chocolat.*	• Exprime un ordre, un conseil, une suggestion… • Se termine par un point. ➤ *Viens ici. Prends soin de toi.*	• Pose une question. • Se termine par un point d'interrogation. ➤ *Est-ce que tu seras là ?* ➤ *Où vas-tu ?*

1 Identifiez le type des phrases de ce dialogue.

LE BARON – Allons, Camille, embrasse ton cousin. ……………
CAMILLE – Excusez-moi. ……………
LE BARON – Un compliment vaut un baiser ; …………… embrasse-la, Perdican. …………… […]
Que fais-tu là, Camille, devant cette tapisserie[1] ? ……………
CAMILLE – Voilà un beau portrait, mon oncle. …………… N'est-ce pas une grand-tante à nous ?
……………
LE BARON – Oui, mon enfant, c'est ta bisaïeule[2]… …………… […] Et toi, Perdican, que fais-tu là devant ce pot de fleurs ? ……………

Alfred de Musset, *On ne badine pas avec l'amour* (1834).

1. Tableau décoratif en tissu. 2. Arrière-grand-mère.

Je sais utiliser la phrase interrogative

Interrogation totale : réponse par oui ou non.
➤ *Est-ce que tu nous rejoins ?*

Interrogation partielle : commence par un mot interrogatif.
➤ *Pourquoi es-tu en retard ?*

Construction :

Langue soutenue : inversion du sujet
➤ *Viendras-tu à mon anniversaire ?*

Langue courante : *est-ce que*
➤ *Est-ce que tu es prête ?*

Langue familière : point d'interrogation seul
➤ *Pourquoi tu es là ?*

2 Identifiez ces interrogations : totales (T) ou partielles (P)

a. Que fais-tu ? ……………

b. Est-ce que tout va bien ? ……………

c. As-tu pris tes clés ? ……………

d. À quoi penses-tu ? ……………

e. Quand rentrent-elles ? ……………

3 Identifiez le niveau de langue de ces phrases interrogatives. Puis transposez-les aux deux autres niveaux.

a. Pourquoi tu fais cette tête ? ……………

b. Est-ce qu'ils sont bien rentrés ? ……………

c. Comment fais-tu ? ……………

d. Tu es déjà arrivé ? ……………

e. Où est-ce que tu vas ? ……………

f. Combien ça coûte ? ……………

Je sais reconnaître la phrase à la forme exclamative

- Terminée par un **point d'exclamation**.
- **Renforce** le sens d'une phrase **déclarative** ou **impérative**.
- Exprime un **sentiment**, une **émotion** (joie, colère, étonnement...).

➤ *Ne recommence jamais !* impérative
➤ *Comme tu as grandi !* déclarative

4 Indiquez le type de ces phrases de forme exclamative, puis identifiez le sentiment ou l'émotion.

a. Range tout de suite ta chambre !

....

b. Mettons-nous vite à l'abri !

....

c. Elles se ressemblent comme deux gouttes d'eau !

....

d. Quel paysage majestueux !

....

e. Viens vite m'embrasser !

....

5

PERDICAN – Bonjour, mon père, ma sœur bien-aimée ! Quel bonheur ! que je suis heureux !
CAMILLE – Mon père et mon cousin, je vous salue.
PERDICAN – Comme te voilà grande, Camille ! et belle comme le jour.
LE BARON – Quand as-tu quitté Paris, Perdican ?
PERDICAN – Mercredi, je crois, ou mardi. Comme te voilà métamorphosée en femme ! Je suis donc un homme, moi ! Il me semble que c'est hier que je t'ai vue pas plus haute que cela.

Alfred de Musset, *On ne badine pas avec l'amour* (1834).

a) Soulignez en bleu les phrases à la forme exclamative. De quel type sont-elles ? Quels sentiments expriment-elles ?

....
....
....
....

b) Soulignez en rouge les phrases déclaratives.

c) Soulignez en vert la phrase interrogative et indiquez le type d'interrogation. ....

Je sais reconnaître la forme affirmative et la forme négative

Forme négative :

- **Tout type** de phrase contenant une **négation**.
- **Négation** : *ne (n') + pas, plus, rien, jamais, aucun, nul, personne, ni…*

➤ *Je ne vois rien. Qui n'a pas fini ?*

Forme affirmative :

- **Tout type** de phrase ne contenant **aucune négation**.

➤ *Venez ! Où vas-tu ? J'ai fini.*

6 Mettez ces phrases affirmatives à la forme négative.

a. Nous avons acheté des pommes.

....

b. Approche-toi de nous.

....

c. Pourquoi fais-tu tes devoirs maintenant ?

....

d. Il y a de l'eau dans le réfrigérateur.

....

7 Mettez ces phrases à la forme négative de façon à exprimer le contraire.

a. Nous avons tout visité. ....

b. Elle me contredit toujours. ....

c. Tout le monde était là. ....

d. Je veux ce bol et cette assiette. ....

....

e. J'ai pris toutes les valises. ....

8 Réécrivez ces phrases négatives en corrigeant les fautes.

a. Personne m'a prévenu. ....

b. Pourquoi est-ce qu'elle m'a pas répondu ? ....

....

c. Elle ne m'a pas apporté le livre et le cahier. ....

....

d. On a pas envie de sortir. ....

e. Les recherches sont pas encore terminées. ....

....

9 ***J'applique pour écrire***

Un ami a fait un voyage lointain et retrouve ses proches. Racontez ce retour sous la forme d'une scène de théâtre.

Consigne
- 15 lignes
- au moins 1 phrase de chaque type
- au moins 2 phrases exclamatives et 2 phrases négatives

21 Sujet, verbe et attribut

J'observe

Ma jeune sœur **est** une excellente danseuse. Nous **assistons** à tous ses spectacles.

Soulignez les sujets des verbes. Quel verbe en gras est un verbe d'état ? ....

Lequel est un verbe d'action ? ....

Quel groupe de mots apporte des précisions sur le sujet ? ....

Je retiens

A QUELLES SONT LES CARACTÉRISTIQUES DU SUJET ?

- Le sujet est **obligatoire** avec tous les **verbes conjugués** (sauf à l'impératif).
Il indique de **qui** ou de **quoi** parle le verbe (qui fait l'action à la **forme active**, qui la subit à la **forme passive**).

  __Le temps__ semble clair. __Ses enfants__ jouent. __Les spectateurs__ sont passionnés par la pièce.

- Les **classes grammaticales** du sujet sont : **nom** (GN), **pronom**, **infinitif** (groupe infinitif), **proposition subordonnée conjonctive**.

  Le __public__ applaudit. __Elles__ sont contentes. __Travailler__ m'ennuie.
  __Que nous soyons tous réunis__ me fait vraiment plaisir.

B QUELLES SONT LES CARACTÉRISTIQUES DE L'ATTRIBUT DU SUJET ?

- L'attribut du sujet est un élément **essentiel** de la phrase. Il apporte des **renseignements sur le sujet**.
- L'attribut du sujet se rencontre **après les verbes d'état** ou utilisés comme tels.

  être, sembler, s'appeler, arriver…

- Les **classes grammaticales** de l'attribut du sujet sont : **adjectif qualificatif**, **nom** (GN), **pronom**, **infinitif** (groupe infinitif), **proposition subordonnée conjonctive**.

  Ma sœur est tombée __amoureuse__. Ces enfants sont __les miens__. Souffler n'est pas __jouer__.

C QUELLES SONT LES RÈGLES D'ACCORD DU SUJET ET DE L'ATTRIBUT DU SUJET ?

- Le sujet **commande** l'accord du **verbe** en **nombre** et en **personne** : *__Vous__ êtes gentilles.*
- S'il y a plusieurs sujets, le verbe se met au pluriel (en cas de personnes différentes, la 2e l'emporte sur la 3e et la 1re sur la 2e) : *Une pomme et une poire __sont restées__ sur la table. __Toi et moi__ (= nous) __sommes__ enthousiastes.*
- Si le sujet est le **pronom relatif *qui***, le verbe s'**accorde avec l'antécédent** : *Moi qui __suis__ grande.*
- L'attribut du sujet s'accorde en **genre** et en **nombre** avec le sujet : *Tous les bagages sont __prêts__.*

Je m'entraîne

Les sujets sont parfois inversés.

1 Soulignez les sujets et indiquez leurs classes grammaticales.

1. La fête est maintenant finie. ....
   - Je ne les regarde pas. ....
2. Où vont tous ces gens ? ....
   - Te parler m'a fait du bien. ....
3. Bientôt, à cet emplacement, s'élèvera un immeuble de dix étages. ....
   - Qu'il n'ait pas osé me parler m'ennuie. ....

....

2 Soulignez les attributs du sujet et indiquez leurs classes grammaticales.

1. Ce bonnet est le mien. ....
   - Cette reprise semble urgente. ....
2. Paul et Leila passent pour d'excellents athlètes.

   ....
   - Crier n'est pas chanter. ....
3. Le plus drôle serait qu'elle ne soit pas là.

   ....
   - Ils sont partis furieux. ....

3 **Lisez le texte et répondez aux questions.**

Perdican retrouve Rosette qu'il n'a pas revue depuis son enfance.

ROSETTE – Croyez-vous que cela me fasse du bien, tous ces baisers que vous me donnez ?

PERDICAN – Quel mal y trouves-tu ? Je t'embrasserais devant ta mère. N'es-tu pas la sœur de Camille ?

ROSETTE – Des mots sont des mots, et des baisers sont des baisers. [...] moi, tout le monde m'embrasse sur les deux joues, et cela me chagrine.

PERDICAN – Que tu es jolie, mon enfant !

Alfred de Musset, *On ne badine pas avec l'amour* (1834).

a) **Soulignez en bleu tous les sujets de cet extrait.**

b) **Quelles sont leurs classes grammaticales ?**

....

....

c) **Soulignez en rouge les attributs du sujet et indiquez leurs classes grammaticales.** ....

....

4 **Soulignez les attributs du sujet.**

1. Ce bébé s'appelle Léon.
- J'ai appelé mes amis.
- Cette tarte paraît très appétissante.

2. Paul et Leila ont été élus délégués de classe.
- Nous allons élire un nouveau président .
- Ce magazine paraît tous les mercredis.

3. Elle a longtemps vécu à la campagne, elle y vivait très heureuse.
- Nous sommes tombés dans le piège.
- Nous sommes tombés malades en arrivant là-bas.

5 **Conjuguez les verbes entre parenthèses au présent de l'indicatif.**

1. Un stylo, une trousse et un cartable (traîner) .... sur le sol.
- À cet instant, (entrer) .... dans la pièce ma sœur et notre petit chat.

2. Mes parents et moi (aller) .... souvent au théâtre.
- Les routes qui (mener) .... à notre chalet (être) .... dégagées.

3. Elle et toi (devoir) .... être plus attentifs.
- Toi qui (avoir) .... beaucoup de temps libre, tu (pouvoir) .... faire ce long voyage.

6 ***Je prépare la dictée***

Dès les premiers pas dehors, je me sentis glacé jusqu'aux os. C'était une de ces nuits où la terre semble morte de froid. L'air gelé devient résistant, palpable[1] tant il fait mal ; aucun souffle ne l'agite ; il est figé, immobile ; il mord, traverse, dessèche, tue les arbres, les plantes, les insectes, les petits oiseaux eux-mêmes qui **tombent** des branches sur le sol dur, et **deviennent** durs aussi, comme lui, sous l'étreinte du froid.

La lune, à son dernier quartier, toute *penchée* sur le côté, toute pâle, paraissait défaillante[2] au milieu de l'espace, et si faible qu'elle ne pouvait plus s'en aller, qu'elle restait là-haut, *saisie*[3] aussi, *paralysée* par la rigueur du ciel.

Guy de Maupassant, « Amour », *Le Horla* (1887).

1. Que l'on peut toucher.
2. Faible, chancelante.
3. Prise, incapable de bouger.

a) **Soulignez en bleu les attributs du sujet et en rouge les sujets avec lesquels ils s'accordent.**

b) **Justifiez l'accord des verbes en gras.**

....

....

....

....

....

c) **Avec quel mot s'accordent les adjectifs en italiques ? Quelle est leur fonction ?**

....

....

....

....

7 ***J'applique pour écrire***

Décrivez, contrairement au texte de Maupassant, un lieu sous une chaleur accablante.

Consigne
- 10 lignes
- 3 classes grammaticales de sujets différentes
- au moins 3 attributs du sujet de 2 classes grammaticales différentes

Cochez la couleur que vous avez le mieux réussie.

Relevez de nouveaux défis ! → exercices 6, 7 p. 64
Améliorez vos performances ! → exercices 8, 9 p. 64-65
Confirmez votre réussite ! → exercices 10, 11 p. 65

Chacun son rythme

22 Les compléments d'objet (COD, COI)

J'observe

Cet enfant ressemble **à son père**. Nous avons fait **une agréable promenade**.

Peut-on supprimer les groupes de mots en gras ? ....

Lequel de ces groupes est introduit par une préposition ? ....

Je retiens

A QUELLES SONT LES CARACTÉRISTIQUES DES COMPLÉMENTS D'OBJET (CO) ?

• Les compléments d'objet sont des compléments **essentiels** qui indiquent **sur qui** ou **sur quoi** s'exerce **l'action** exprimée par le verbe. On ne peut **ni les déplacer ni les supprimer** (la phrase n'aurait aucun sens ou un sens très différent). *J'ai rencontré* ***Anatole****. Je l'ai rencontré. (~~Anatole j'ai rencontré~~)*

• On peut **remplacer** les compléments d'objet par un **pronom personnel**.

B QUELLES SONT LES CARACTÉRISTIQUES DU COMPLÉMENT D'OBJET DIRECT (COD) ?

• Le complément d'objet direct n'est introduit par **aucune préposition**.

• Les **classes grammaticales** du complément d'objet direct sont :
nom (ou GN), **pronom**, **infinitif** (ou GI), **proposition subordonnée**.

• À la 3e personne, le complément d'objet direct peut être **remplacé** par les **pronoms personnels** ***le, la, les***.

J'aime ***le chocolat****. Je veux* ***venir****. Je crois* ***qu'elle est là****. Je* ***le*** *crois.*

C QUELLES SONT LES CARACTÉRISTIQUES DU COMPLÉMENT D'OBJET INDIRECT (COI) ?

• Le complément d'objet indirect est introduit par une **préposition** (***à, de, au, du, des***...).

• Les **classes grammaticales** du complément d'objet indirect sont : **nom** (ou GN), **pronom**, **infinitif** (ou GI).

• À la 3e personne, le complément d'objet indirect peut être **remplacé** par les **pronoms personnels** ***lui, leur, en, y***.

Elle a succédé ***à son père****. Elle* ***lui*** *a succédé. Je songe* ***à partir****.*

• **Attention !** Certains verbes sont complétés par **2 compléments d'objet** (COD + COI ou COI + COI).
Le 2e complément peut alors être supprimé.

J'ai parlé ***de notre projet à mon père****. (j'ai parlé de notre projet* a un sens*)*

Je m'entraîne

1 Soulignez en bleu les COD et en rouge les COI. Puis indiquez leurs classes grammaticales.

1. Les élèves du club ont joué une pièce de Molière. J'ai assisté à ce spectacle.

....

2. Les parents avaient participé à la confection des costumes. Nous les avons remerciés.

....

3. Nous leur avons adressé nos félicitations. Nous leur avons dit qu'ils pouvaient être fiers.

....

....

....

2 Réécrivez ces phrases en remplaçant les COD et COI soulignés par des pronoms personnels.

1. Je connais bien cet enfant.

....

• Je n'ai pas téléphoné à ma mère.

....

2. J'espère partir très tôt. ....

• Le spectacle n'a pas plu à mes parents.

....

3. J'ai expliqué l'itinéraire à mes parents.

....

• J'ai invité mes amis à venir à la piscine.

....

3 **Lisez le texte et répondez aux questions.**

Le narrateur fait un voyage en Corse. L'habitante d'un village lui offre l'hospitalité.

« Maria, continua Mme **de Franchi**, (..), conduisez monsieur à la chambre de Louis. Allumez du feu à l'instant même, et portez de l'eau chaude. Pardon, continua-t-elle en se retournant de mon côté, tandis que la servante s'apprêtait à suivre ses instructions. Je sais **que le premier besoin du voyageur fatigué est l'eau et le feu** (..). Veuillez suivre cette fille, monsieur. Demandez-lui **les choses qui pourraient vous manquer** (..). »

Alexandre Dumas, *Les Frères corses* (1844).

a) **Indiquez la fonction des mots ou groupes soulignés.** ....

b) **Soulignez en bleu les COI et indiquez leurs classes grammaticales.**

....

....

c) **Indiquez la fonction des groupes en gras et précisez leurs classes grammaticales.**

4 **Soulignez en bleu les COD, en rouge les attributs du sujet et en vert les sujets inversés.**

L'attribut du sujet apporte des précisions sur le sujet.

1. Nous avons fait un gâteau, il semble très réussi.
- Voulez-vous venir ?

2. Je vous rejoindrai plus tard.
- Ainsi s'achève l'histoire.
- Elle a été nommée directrice.

3. Bientôt arriveront enfin les jours d'automne.
- Nous sommes partis joyeux.
- Nous espérions les retrouver.

5 **Complétez ces phrases en respectant les consignes.**

1. Le jardinier a tondu (groupe nominal COD) ....

2. Dis (2 groupes nominaux : 1 COD et 1 COI) ....
- Je pense souvent (COI pronom personnel) ....

3. J'ai rappelé (1 groupe nominal COI et 1 proposition COD) ....
- Nos parents .... ont autorisés .... (1 pronom personnel COD et 1 groupe infinitif COI) ....

6 ***J'applique pour lire***

Pendant un demi-siècle, les bourgeoises de Pont-l'Évêque envièrent à Mme **Aubain** sa servante Félicité.

Pour cent francs par an, elle faisait la cuisine et le ménage, cousait, lavait, repassait, savait brider un cheval, engraisser les volailles, battre le beurre, et resta fidèle à sa maîtresse – qui cependant n'était pas une personne agréable.

Elle avait épousé un beau garçon sans fortune, mort au commencement de 1809, en **lui** laissant deux enfants très jeunes avec une quantité de dettes. Alors elle vendit ses immeubles, [...] et elle quitta sa maison de Saint-Melaine pour en habiter une autre moins dispendieuse[1], ayant appartenu à **ses ancêtres** et placée derrière les halles.

En toute saison elle [Félicité] portait *un mouchoir d'indienne*[2] *fixé dans le dos par une épingle, un bonnet lui cachant les cheveux, des bas gris, un jupon rouge, et par-dessus sa camisole*[3] *un tablier à bavette, comme les infirmières d'hôpital.*

Gustave Flaubert, « Un cœur simple », *Trois contes* (1877).

1. Chère, coûteuse.
2. Étoffe de coton peinte ou imprimée.
3. Vêtement court à manches porté sur une chemise.

a) **Quelle est la fonction des groupes nominaux en italiques ? Que décrivent-ils ?** ....

....

b) **Soulignez les COD du 2e paragraphe. Que mettent-ils en valeur ?** ....

....

c) **Indiquez la classe grammaticale et la fonction des mots ou groupes en gras.** ....

....

....

7 ***J'applique pour écrire***

À votre tour, décrivez une personne en action.

Consigne
- 15 lignes
- au moins 3 COD de 3 classes grammaticales différentes
- au moins 2 COI de 2 classes grammaticales différentes

Chacun son rythme

Cochez la couleur que vous avez le mieux réussie.

- Relevez de nouveaux défis ! → exercices 12, 13 p. 65
- Améliorez vos performances ! → exercices 14, 15 p. 65
- Confirmez votre réussite ! → exercice 16 p. 65

Chacun son rythme

Les types et formes de phrases

1. *Quiz* **Cochez les phrases vraies.**

- ☐ La phrase déclarative transmet une information ou un ordre.
- ☐ L'interrogation totale commence par un mot interrogatif.
- ☐ La phrase à la forme exclamative exprime une émotion ou un sentiment.
- ☐ Les négations sont toujours composées de deux mots.

2. *Méli-mélo* **Classez ces phrases dans le tableau.**

1. Revenez vite.
2. Aujourd'hui, il fait beau.
3. Où sont-ils passés ?
4. Tu ne t'en souviens pas ?
5. Ne pas dépasser la dose prescrite.
6. Tout est calme.
7. Elle ne reviendra pas avant longtemps.

Phrases déclaratives	
Phrases impératives	
Phrases interrogatives	

3. *Range-phrases* **Cochez la case correspondant à ces phrases exclamatives.**

Phrases	Déclarative	Impérative
Quelle réussite exceptionnelle !		
Il fait très chaud !		
Allez, plus vite que ça !		
Dehors !		
Comme c'est ennuyeux !		
Ne te penche surtout pas !		

4. *Labo des mots* **Complétez ce tableau.**

Phrases	Déclar.	Impér.	Excl.	Affirm.	Nég.
Ne vous attardez pas.					
Comme tu es belle !					
Faites l'exercice 1.					
Ne recommencez plus !					

5. *Grille* **Trouvez sept mots négatifs. Puis utilisez-les dans sept phrases négatives de votre choix.**

P	A	S	H	B	J
L	F	U	Q	I	R
U	J	N	C	V	I
S	N	A	S	U	E
E	L	L	U	N	N
J	A	M	A	I	S

Phrase 1 : ....

Phrase 2 : ....

Phrase 3 : ....

Phrase 4 : ....

Phrase 5 : ....

Phrase 6 : ....

Phrase 7 : ....

Sujet, verbe et attribut

6. *Quiz* **Cochez les phrases vraies.**

- ☐ Le sujet indique de qui ou de quoi parle le verbe.
- ☐ L'attribut du sujet apporte des précisions sur le verbe.
- ☐ L'attribut du sujet peut être un adjectif qualificatif.
- ☐ Le sujet est toujours un groupe nominal.

7. *Chasse aux intrus* **Barrez les mots ou groupes soulignés qui ne sont pas des sujets.**

1. Tous les participants seront récompensés.
2. Peut-être les verrons-nous demain.
3. Discuter davantage ne servira à rien.
4. Regarde les traces que laissent tes chaussures.
5. Ici autrefois s'élevait une grande maison.
6. Elle a bien travaillé.

8. *Méli-mélo* **Les sujets de ces phrases ont été mélangés, replacez-les correctement.**

je • quelques objets • vous • partir à six heures • qu'il soit prudent • cela • elles

1. .... gisaient sur le sol.
2. .... est obligatoire si nous ne voulons pas rater le train.
3. Pourquoi Julie et toi avez-.......... refusé de nous accompagner ?

4. Où .... nous mène-t-il ?

5. Où avais-.. la tête ?

6. .... est notre seul conseil.

7. Quand reviendront-.. ?

9. *Bouche-trous* **Accordez au présent les verbes avec leur sujet.**

1. Où mèn.......... ces petits chemins ?
2. Mes frères et moi aim.......... beaucoup lire.
3. Dans notre grenier se trouv.......... tous nos anciens jouets.
4. C'est toi qui connai.......... le mieux la région.
5. Ton frère et toi parl.......... l'anglais couramment.
6. Que rapport..........-tu ?
7. Un bonnet et une écharpe traîn.......... sur le sol.

10. *Charade* **Résolvez la charade. Puis composez deux phrases où le mot trouvé sera respectivement sujet et attribut du sujet.**

Mon premier est le contraire de *haut*. ....

Mon deuxième est le contraire de *rapide*. ....

Mon troisième est le contraire de *matin*. ....

Mon tout est un jeu de plein air. ....

Phrase 1. ....

....

....

Phrase 2. ....

....

11. *Labo des mots* **Complétez le tableau.**

Phrases	Attributs du sujet	Classes gramm.
Ce récit semble imaginaire.	imaginaire	
	une baleine	
		groupe infinitif
	le mien	
		prop. subordonnée
	extraordinaire	

Les compléments d'objet (COD, COI)

12. *Quiz* **Cochez les phrases vraies.**

- [ ] Le COD n'est pas introduit par une préposition.
- [ ] On peut facilement supprimer les compléments d'objet.
- [ ] Un verbe peut être complété par deux compléments d'objet.
- [ ] Le pronom *lui* est toujours COD.

13. *Range-phrases* **Classez ces phrases par leur numéro dans la bonne colonne.**

1. Je pense souvent à lui.
2. Prête-moi un livre.
3. Elle m'a promis de venir.
4. Je savais que tu étais là.
5. Tu m'étonnes beaucoup.
6. Je ne lui ai pas répondu.

Phrases avec COD	Phrases avec COI	Phrases avec 2 CO

14. *Chasse aux intrus* **Barrez les phrases qui ne comportent pas de complément d'objet. Puis soulignez en rouge les COD et en bleu les COI.**

1. Sa proposition me semble inacceptable.
2. J'avoue que cette perspective me tente.
3. Ils ne m'ont même pas parlé.
4. Ainsi s'est achevée cette extraordinaire aventure.
5. Je me suis sentie beaucoup mieux là-bas.

15. *Méli-mélo* **Replacez ces compléments d'objet mélangés dans les phrases. Puis précisez si ce sont des COD ou des COI.**

lui • travailler demain • ce nouvel appartement • que je ne pourrais pas venir

1. Je m'habitue à ....
2. Je commence à ....
3. Je .... ai dit ....

16. *Charade* **Résolvez la charade. Puis composez deux phrases où le mot trouvé sera respectivement COD et COI.**

Mon premier est la deuxième partie de la négation la plus utilisée. ....

Mon deuxième est un rongeur. ....

Mon troisième tombe du ciel. ....

Mon tout nous en protège. ....

Phrase 1. ....

Phrase 2. ....

23 La phrase complexe

J'observe

Je ne peux pas rester longtemps, parce que j'ai un rendez-vous important, mais je reviendrai une autre fois.

Combien cette phrase comporte-t-elle de verbes conjugués ? .... **Soulignez-les.**

Délimitez par un trait vertical les groupes de mots se rattachant à chaque verbe conjugué.

Je retiens

A QU'EST-CE QU'UNE PHRASE COMPLEXE ?

• Une phrase complexe contient **deux** ou **plusieurs verbes conjugués** et **autant de propositions**.

Il pleut,/j'espère/qu'elle a pris son parapluie. (3 verbes = 3 propositions)

Attention : La **phrase simple** contient **un seul verbe conjugué**. *Le soleil brille.*
La **phrase non verbale** ne contient **aucun verbe conjugué**. *Pas de chance !*

B QUELLES SONT LES DIFFÉRENTES CATÉGORIES DE PROPOSITIONS ?

• La **proposition indépendante** : de **sens complet**, elle peut **constituer une phrase**. *Il pleut.*

• La **proposition subordonnée** : introduite par un **subordonnant,** elle dépend d'une **proposition principale**. Elle n'a **pas de sens complet**.

• La **proposition principale** : **complétée** par **une proposition subordonnée**, elle a souvent un **sens complet**.

Quand je l'ai vu, il portait un manteau noir.
prop. sub. — prop. principale

C QUELS SONT LES LIENS ENTRE LES PROPOSITIONS DANS UNE PHRASE COMPLEXE ?

• La **juxtaposition** : le lien est une **ponctuation faible (, : ;)**. *Je suis prête, je serai là dans cinq minutes.*

• La **coordination** : elle **relie des propositions** de même nature (2 subordonnées ou 2 indépendantes et/ou principales) par un **mot de liaison** (conjonction de coordination : ***mais***, ***et***, ***donc***... ou adverbe de liaison : ***pourtant***, ***en effet***, ***alors***...). *Je devais sortir **mais** je n'ai pas le temps.*

• La **subordination** : elle introduit une proposition subordonnée à l'aide d'un mot subordonnant.

– un **pronom relatif** : ***qui***, ***que***, ***dont***... *Regarde la fleur **que** j'ai cueillie.*

– une **conjonction de subordination** : ***que***, ***quand***, ***parce que***, ***comme***... ***Comme** il pleut, je ne sors pas.*

– un **mot interrogatif** : ***pourquoi***, ***comment***, ***qui***... *Je me demande **pourquoi** il a agi ainsi.*

Je m'entraîne

1 Précisez, à côté de chaque phrase, s'il s'agit d'une phrase simple (S), complexe (C) ou non verbale (NV).

1. Ce tableau a été acheté dans une brocante. ....
• Je trouve la robe que tu portes très élégante. ....

2. Attention, peinture fraîche ! ....
• Préviens-moi quand tu arriveras. ....
• Ferme la fenêtre avant de partir. ....

3. Elle m'a montré tous ses achats : robe, chaussures, sac à main, pulls. ....
• Regarde qui est là. ....
• Quel manque de chance ! ....
• Je me demande où elle va. ....

2 Délimitez les propositions et précisez-en la nature.

1. Je n'arrive pas à travailler : il fait trop chaud.
....
• Dis-moi qui vient de rentrer.
....

2. Sors,/cours/et rapporte le goûter. ....
• Sonne avant d'entrer. ....

3. Les amis dont je t'ai parlé arriveront ce soir.
....
• La nuit était déjà tombée lorsque j'entendis que des pas se rapprochaient de la maison.
....

3 Lisez le texte et répondez aux questions.

Le narrateur a trouvé une clef cachée par le comte de Beuzeval.

[Il était évident que cette clef ouvrait la porte par laquelle j'avais vu sortir le comte] ; dès lors, je n'avais plus besoin de la pince : en conséquence je la laissai derrière le pilier, je pris seulement la torche, je m'avançai vers la porte voûtée, je descendis les trois marches, je présentai la clef à la serrure, elle y entra, au second tour, le pêne[1] s'ouvrit, j'entrai [...].

Alexandre Dumas, *Pauline* (1838).

1. La poignée de la porte.

a) Combien y a-t-il de phrases dans cet extrait et combien de propositions ? Délimitez-les.

b) Combien y a-t-il de propositions subordonnées dans le passage entre crochets ? Relevez les subordonnants.

c) Dans le reste du passage, quelle est la nature des propositions ? Comment sont-elles reliées ? (relevez les outils de coordination ou de subordination)

4 Choisissez un outil de coordination pour relier ces propositions indépendantes.

Plusieurs outils de coordination peuvent parfois convenir.

mais • pourtant • ou • par conséquent • cependant • donc

1. Veux-tu boire un coca .... préfères-tu un jus de fruit ?
2. J'ai énormément de travail .... je ne pourrai pas vous accompagner.
3. Mon passeport devait être prêt cette semaine .... je n'ai rien reçu.

5 J'applique pour lire

D'Artagnan avait rendez-vous, mais personne n'est venu. Inquiet, il frappe à une cabane voisine.

Aux premiers coups qu'il frappa, rien ne répondit.

Un silence de mort régnait dans la cabane comme dans le pavillon[1] ; cependant, comme cette cabane était sa dernière ressource, il s'obstina.

Bientôt il lui sembla entendre un léger bruit intérieur, bruit craintif, et qui semblait trembler lui-même d'être entendu.

Alors d'Artagnan cessa de frapper [...]. [Enfin un vieux volet vermoulu[2] s'ouvrit, ou plutôt s'entrebâilla, et se referma dès que la lueur d'une misérable lampe qui brûlait dans un coin eut éclairé le baudrier[3], la poignée de l'épée et le pommeau des pistolets de d'Artagnan.] Cependant, si rapide qu'eût été le mouvement, d'Artagnan avait eu le temps d'entrevoir une tête de vieillard.

Alexandre Dumas, *Les Trois Mousquetaires* (1844).

1. Petite maison avec un jardin.
2. Rongé par les vers.
3. Bande de cuir qui retient l'épée.

a) Isolez les propositions contenues dans les trois premiers paragraphes.
b) Identifiez ces propositions.

c) Combien y a-t-il de propositions dans la phrase entre crochets ? Identifiez-les. Quel est l'effet produit par cette succession de propositions ?

6 J'applique pour écrire

Imaginez une suite au texte de l'exercice 5.

Consigne
- 15 lignes
- au moins 3 phrases complexes illustrant la juxtaposition, la coordination et la subordination

Cochez la couleur que vous avez le mieux réussie.

Relevez de nouveaux défis ! → exercices 1, 2 p. 72
Améliorez vos performances ! → exercices 3, 4 p. 72
Confirmez votre réussite ! → exercice 5 p. 72

Chacun son rythme

24 Les subordonnées essentielles

J'observe

J'apprends ma leçon. J'apprends que nous sommes voisins.

Quelle est la fonction des groupes soulignés ? ....

Peut-on les supprimer ? ....

Je retiens

A QU'EST-CE QU'UNE SUBORDONNÉE ESSENTIELLE ?

- Une subordonnée essentielle est une subordonnée **impossible à supprimer (sujet, attribut du sujet ou COD)**.
- Une subordonnée essentielle peut être **conjonctive** ou **interrogative indirecte**.

Je crois qu'il faut se dépêcher.

Je ne sais pas quand ils arriveront.

B QUELLES SONT LES CARACTÉRISTIQUES DES SUBORDONNÉES CONJONCTIVES ?

- Les subordonnées conjonctives sont toujours **introduites** par ***que***.
- Les subordonnées conjonctives peuvent être **sujet, attribut du sujet ou COD**.

Le plus simple est ***que tu nous rejoignes là-bas.*** (attribut du sujet)

J'espère ***que tu t'amuseras bien.*** (COD)

C QUELLES SONT LES CARACTÉRISTIQUES DES INTERROGATIVES INDIRECTES ?

- Les interrogatives indirectes sont **introduites par** un mot interrogatif : ***quand***, ***pourquoi***, ***comment***, ***qui***, ***ce que***, ***quel***, ***combien***, ***si***…
- Les interrogatives indirectes sont **toujours COD**.
- On rencontre les interrogatives indirectes **après** les verbes ***demander***, ***savoir***, ***ignorer***, ***dire***…
- Les interrogatives indirectes correspondent, dans des **dialogues**, à des **phrases interrogatives** (interrogations directes).

Je sais ***combien coûte cette voiture.***

Elle m'a demandé ***si j'étais rentrée.*** *(= Elle m'a demandé : « Est-ce que tu es rentrée ? »)*

Je m'entraîne

1 Soulignez en bleu les conjonctives et en rouge les interrogatives indirectes, puis indiquez leur fonction.

1. Je crois que le magasin sera fermé. ....
- Dis-moi pourquoi tu pleures. ....

2. Qu'il ait sonné m'étonnerait. ....
- J'ignore qui a sonné. ....

3. Dis-moi ce que tu as compris. ....
- Le plus important est que nous nous retrouvions.

....

2 Transformez les interrogatives indirectes en interrogations directes.

1. Ma mère me demande où est le chien.
Ma mère me demande : ....

2. Mes amis m'ont demandé à quelle heure était le cours. Mes amis m'ont demandé : ....

....

3. Sa mère lui a demandé si elle avait appris sa leçon.
Sa mère lui a demandé : ....

....

3 **Lisez le texte et répondez aux questions.**

Octavien ressent une impression étrange en se promenant dans les ruines de Pompéi.

Octavien, surpris au dernier point, se demanda s'il dormait debout et marchait dans un rêve. Il s'interrogea sérieusement pour savoir si la folie ne faisait pas danser devant lui des hallucinations ; mais il fut obligé de reconnaître qu'il n'était ni endormi ni fou.

Un changement singulier avait eu lieu dans l'atmosphère ; […] on eût dit que le jour allait paraître. Octavien tira sa montre ; elle marquait minuit. Craignant qu'elle ne fût arrêtée, il poussa le ressort de la répétition[1] ; la sonnerie tinta douze fois ; il était bien minuit, et cependant la clarté allait toujours augmentant.

Théophile Gautier, *Arria Marcella* (1852).

1. Recommencement de la sonnerie.

a) Indiquez la classe grammaticale et la fonction de la proposition soulignée. ……………………

b) Soulignez en bleu les autres subordonnées de même classe grammaticale et de même fonction.

c) Soulignez en rouge les interrogatives indirectes.

4 **Identifiez les subordonnées soulignées : conjonctives (C), interrogatives (I) ou relatives (R).**

Quand **qui** et **que** sont des pronoms relatifs, ils sont placés après un nom.

1. Je considère que tu as raison. ……………
- Je lui ai demandé qui lui avait acheté ce téléphone. ……………

2. Les fruits que tu as apportés étaient délicieux. ……
- Je sais qui a cassé le vase. ……………

3. Raconte-moi ce que tu as fait. ……………
- Tous ceux qui le veulent peuvent venir. ……………

5 **Transformez le groupe souligné en subordonnée essentielle de sens voisin. Vous préciserez sa classe grammaticale et sa fonction.**

1. Le professeur nous a annoncé l'annulation du contrôle. ……………………

2. Pauline m'a demandé la raison de mon absence. ……………………

3. La présence de tous est indispensable. ……………………

6 ## J'applique pour lire

M. Alphonse a été assassiné. Au pied de son lit se trouve une mystérieuse bague de diamants. Le narrateur a mené, en vain, plusieurs interrogatoires.

J'oubliais la déposition[1] d'un domestique qui le dernier avait vu M. Alphonse vivant. C'était au moment qu'il allait monter chez sa femme, et, appelant cet homme, il lui demanda d'un air d'inquiétude s'il savait où j'étais. Le domestique répondit qu'il ne m'avait point vu. Alors M. Alphonse fit un soupir et resta plus d'une minute sans parler, puis il dit : « Allons ! le diable l'aura emporté aussi ! »

Je demandai à cet homme si M. Alphonse avait sa bague de diamants lorsqu'il lui parla. Le domestique hésita pour répondre ; enfin il dit qu'il ne le croyait pas, qu'il n'y avait fait au reste aucune attention. « S'il avait cette bague au doigt, ajouta-t-il en se reprenant, je l'aurais sans doute remarquée, car je croyais qu'il l'avait donnée à madame Alphonse. »

Prosper Mérimée, *La Vénus d'Ille* (1837).

1. Témoignage, déclaration.

a) Soulignez en bleu deux interrogatives indirectes. Puis transformez la seconde en interrogation directe. Vous recopierez la proposition principale pour introduire le dialogue.

……………………

b) Soulignez en rouge les conjonctives introduites par *que* et indiquez leur fonction. ……………

c) À quel témoignage correspondent ces conjonctives introduites par *que* ?

……………………

7 ## J'applique pour écrire

Un objet important a disparu (trousseau de clefs, passeport…). En vous inspirant du texte de Mérimée, vous menez l'interrogatoire auprès des personnes présentes.

Consigne
- 15 lignes
- au moins 3 conjonctives introduites par *que*
- au moins 2 interrogatives indirectes

Chacun son rythme

Cochez la couleur que vous avez le mieux réussie.

- Relevez de nouveaux défis ! → exercices 6, 7 p. 72-73
- Améliorez vos performances ! → exercice 8 p. 73
- Confirmez votre réussite ! → exercice 9 p. 73

25 L'emploi des modes dans les subordonnées essentielles

J'observe

Je constate que tout **va** bien. Je souhaite que tout **aille** bien.

Indiquez la classe grammaticale et la fonction des subordonnées soulignées. ....

À quel temps sont les verbes en gras ? ....

À quels modes sont-ils ? ....

Lequel s'applique à un fait réel ? ....

Je retiens

A QUELS MODES UTILISE-T-ON DANS LES CONJONCTIVES INTRODUITES PAR QUE ?

- Dans les conjonctives introduites par ***que***, on utilise **l'indicatif** après un verbe d'**opinion**, de **déclaration**, de **connaissance**…

  *Je t'affirme que tout **est** en ordre.*

- Dans les conjonctives introduites par que, on utilise le **conditionnel** :

– pour exprimer le **futur** après un verbe **principal au passé** ; *Je pensais que nous **serions** là plus tôt.*

– lorsque l'action est présentée comme **incertaine**. *On pense qu'ils **se seraient blessés** en tombant.*

- Dans les conjonctives introduites par ***que***, on utilise le **subjonctif** :

– après un verbe de **volonté**, de **crainte**, de **doute**, de **possibilité**, de **sentiment** ; *Je veux qu'elle **parte** vite.*

– lorsque la **subordonnée** est **sujet** ; *Qu'elle **soit** responsable m'étonnerait beaucoup.*

– de façon **facultative**, après un verbe à la **forme négative** ou **interrogative**. *Je ne crois pas qu'elle **soit** là.*

B QUELS MODES UTILISE-T-ON DANS LES INTERROGATIVES INDIRECTES ?

- Dans la plupart des interrogatives indirectes, on utilise **l'indicatif**.

  *Je ne sais pas pourquoi il **vient**.*

- On utilise le **conditionnel** pour le **futur dans le passé** ou une **action incertaine**.

  *Je leur ai demandé où ils **partiraient** en vacances.*

- On utilise **l'infinitif** pour exprimer une **hésitation**.

  *Je ne sais quoi lui **dire**.*

Je m'entraîne

Réfléchissez d'abord au sens du verbe de la principale.

1 Identifiez puis justifiez le mode des subordonnées conjonctives de ces phrases.

1. Nous savons qu'Harpagon est très avare.

....

2. Il veut que ses enfants fassent de riches mariages.

....

3. Sa fille croit qu'il devrait leur demander leur avis.

....

2 Conjuguez au mode voulu les verbes entre parenthèses et justifiez votre choix.

1. Il me dit qu'il (aller) .... bien.

....

2. Je doute qu'elle (pouvoir) .... vous recevoir.

....

3. Je crains que personne ne te (croire) ....

....

3 **Lisez le texte et répondez aux questions.**

Harpagon prend à témoin Valère, son intendant, au sujet du mariage de sa fille Élise avec un riche veuf, qui ne demande aucune dot. Il ne sait pas qu'Élise et Valère sont amoureux…

HARPAGON : Ici, Valère. Nous t'avons élu pour nous dire qui a raison de ma fille ou de moi.

VALÈRE : C'est vous, Monsieur, sans contredit.

HARPAGON : Sais-tu bien de quoi nous parlons ?

VALÈRE : Non. Mais vous ne sauriez avoir tort, et vous êtes toute raison.

HARPAGON : Je veux ce soir lui donner pour époux un homme aussi riche que sage, et la coquine me dit au nez qu'elle se moque de le prendre. Que dis-tu de cela ? […]

VALÈRE : Je dis que, dans le fond, je suis de votre sentiment ; et vous ne pouvez pas[1] que vous n'ayez raison. Mais aussi n'a-t-elle pas tort tout à fait, et…

Molière, *L'Avare*, acte I, scène 5 (1668).

1. Il est impossible.

a) Identifiez et justifiez le mode du verbe souligné.

b) Soulignez en bleu deux interrogatives indirectes, puis identifiez et justifiez leur mode.

c) Soulignez en rouge les subordonnées essentielles dans la dernière réplique, puis identifiez et justifiez leurs modes.

Modifiez les autres verbes en conséquence.

4 **Réécrivez ces phrases en mettant le verbe principal à l'imparfait.**

1. Je pense que nous irons au cinéma.

2. Je sais où il se rendra après les vacances.

3. Je crois qu'il nous rejoindra dès qu'il sera sorti du collège.

5 **Identifiez puis justifiez le mode des subordonnées interrogatives indirectes de ces phrases.**

1. Je lui ai demandé à quoi il jouait.

2. Elles ne savaient pas quoi décider.

3. Elles ne m'ont pas dit où elles iraient.

6 *J'applique pour lire*

Finalement, Harpagon confie sa fille à Valère afin qu'il lui fasse entendre raison. Valère joue le jeu.

VALÈRE : Oui il faut qu'une fille obéisse à son père. Il ne faut point qu'elle regarde comment un mari est fait ; et, lorsque la grande raison de *sans dot* s'y rencontre, elle doit être prête à prendre tout ce qu'on lui donne.

HARPAGON : Bon. Voilà bien parlé, cela ! […] J'en suis ravi, et je veux que tu prennes sur elle un pouvoir absolu. *(À Élise)* Oui, tu as beau fuir. Je lui donne l'autorité que le Ciel me donne sur toi, et j'entends que tu fasses tout ce qu'il te dira. […]

VALÈRE : Ne vous mettez pas en peine. Je crois que j'en **viendrai** à bout. […] *(À Élise)* Vous devez rendre grâces au Ciel de l'honnête homme de père qu'il vous a donné. Il sait ce que c'est que de vivre.

Molière, *L'Avare*, acte I, scène 5 (1668).

a) Identifiez les subordonnées soulignées et leur mode, puis justifiez-le.

b) Justifiez le temps et le mode du verbe en gras.

c) Soulignez en bleu les conjonctives COD au subjonctif. Pourquoi sont-elles au subjonctif ? Que révèlent-elles sur la situation d'Élise ?

7 *J'applique pour écrire*

À votre tour, rédigez un dialogue de théâtre où un personnage tente d'en convaincre un autre. Présentez d'abord les personnages et leurs liens.

Consigne
- 20 lignes
- au moins 3 subordonnées essentielles dont 1 interrogative indirecte

Chacun son rythme

Cochez la couleur que vous avez le mieux réussie.

- Relevez de nouveaux défis ! → exercice 10 p. 73
- Améliorez vos performances ! → exercice 11 p. 73
- Confirmez votre réussite ! → exercices 12, 13 p. 73

Chacun son rythme

La phrase complexe

1. *Quiz* Cochez les phrases vraies.

☐ Une phrase complexe contient au moins trois verbes conjugués.

☐ Deux propositions indépendantes sont toujours coordonnées.

☐ Une proposition subordonnée dépend d'une proposition principale.

☐ Il existe trois catégories de propositions subordonnées.

2. *Méli-mélo* Replacez ces classes grammaticales mélangées en face des propositions soulignées.

indépendante • subordonnée • principale • indépendante • subordonnée

1. Je t'envoie un message <u>dès que j'arrive</u>. ……………………
2. Tout va bien, <u>je suis à la maison</u>. ……………………
3. <u>Le musée restera fermé</u> tant que les travaux dureront. ……………………
4. Nous avons essuyé une violente tempête <u>mais il n'y a eu aucune victime</u>. ……………………
5. <u>Comme nous n'étions pas d'accord sur la destination</u>, nous ne sommes pas partis. ……………………

3. *Range-phrases* Classez ces phrases par leur numéro dans le tableau.

1. Je t'apporte le gâteau que j'ai confectionné.
2. Il pleut et il fait froid.
3. Nous nous promenions lorsque l'orage a éclaté.
4. Sors, il fait beau.
5. Le train arrive, les voyageurs qui attendaient sur le quai se précipitent.
6. Avant que la fusée puisse décoller, les scientifiques doivent faire de nombreuses vérifications.
7. Un feu a éclaté, mais les pompiers sont intervenus très vite.
8. Je ne peux pas venir : je dois garder mon petit frère.

Indépendantes coordonnées	
Indépendantes juxtaposées	
Principale et subordonnée	
Indépendante, principale et subordonnée	

4. *Bouche-trous* Complétez les phrases par un des mots proposés.

car • ou • pour que • quand • que • mais • si

1. La route est dégagée …………………… elle reste dangereuse.
2. …………………… je perfectionne mon anglais, mes parents m'ont envoyé en Angleterre.
3. …………………… tout va bien, les travaux seront achevés avant la fin de l'année.
4. Je n'aime pas ce jeu …………………… il est trop compliqué.
5. Le soir, je lis …………………… je regarde la télévision.
6. J'espère bien …………………… nous retrouverons nos amis de l'an dernier.
7. Appelle-moi …………………… tu seras à la gare.

5. *Charades* Résolvez les deux charades. Puis illustrez les mots trouvés dans une phrase de votre composition.

Charade 1

Mon premier est le fils du roi ……………………

Mon deuxième est une note de musique ou un instrument tranchant ……………………

Mon troisième est le contraire de *sombre* ……………………

Mon tout est une catégorie de proposition ……………………

Charade 2

Mon premier est le participe passé du verbe *savoir* ……………………

Mon deuxième désigne le contour d'un objet ……………………

Mon troisième est un note de musique ……………………

Mon quatrième est une partie du visage ……………………

Mon tout est une catégorie de proposition ……………………

Phrase : ……………………

……………………

Les subordonnées essentielles

6. *Quiz* Cochez les phrases vraies.

Les subordonnées essentielles :

☐ ne peuvent pas être supprimées.

☐ sont toujours des conjonctives.

☐ sont des conjonctives ou des interrogatives indirectes.

☐ sont introduites par *qui* ou *que*.

Chacun son rythme

7. *Range-phrases* **Classez les propositions soulignées par leur numéro dans le tableau.**

1. Je crains qu'elle ne soit pas contente.
2. Ne me demande pas ce que j'ai fait.
3. Elle ne savait pas qui serait là.
4. N'oublie pas qu'elle est très jeune.

Propositions conjonctives	
Propositions interrogatives indirectes	

8. *Chasse aux intrus* **Barrez les propositions en gras qui ne sont pas des subordonnées essentielles.**

1. Elle a proposé **que nous allions au cinéma**.
2. L'émotion **que j'ai ressentie** était très forte.
3. Nous sommes sorties **quand l'alarme a retenti**.
4. Dis-moi **où tu as acheté tes bottes**.
5. Le lieu **où se déroulera l'assemblée** n'est pas encore connu.
6. Dis-moi **quand tu auras fini**.
7. Je crois **qu'elle était très émue**.
8. Elle viendra **si tu es là**.
9. Je me demande **si elle a réussi**.
10. Annonce-lui **qui nous a téléphoné**.

9. *Pyramide* **Complétez la pyramide à l'aide des définitions. Puis utilisez les mots pour introduire une subordonnée essentielle dans des phrases de votre composition.**

1. Mot interrogatif portant sur le lieu.
2. Conjonction introduisant les conjonctives essentielles.
3. Mot interrogatif toujours suivi d'un nom (masc. sing.).
4. Mot interrogatif portant sur le temps.
5. Mot interrogatif de la ligne 3 au féminin singulier.
6. Mot interrogatif portant sur un nombre.

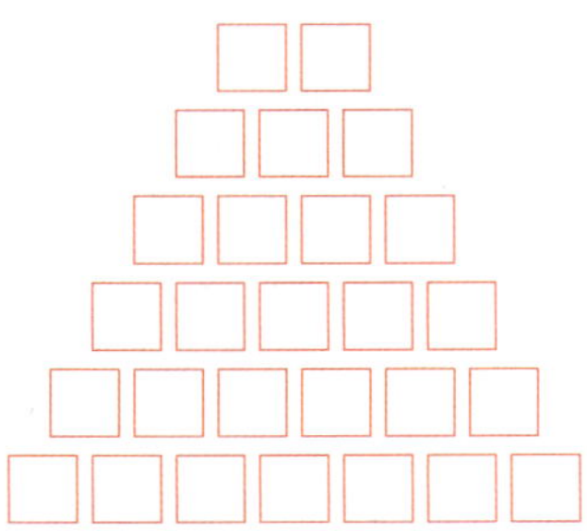

Phrase 1 : ....

Phrase 2 : ....

Phrase 3 : ....

Phrase 4 : ....

Phrase 5 : ....

Phrase 6 : ....

L'emploi des modes dans les subordonnées essentielles

10. *Quiz* **Cochez les phrases vraies.**

- ☐ Les conjonctives essentielles sont toujours à l'indicatif.
- ☐ Les interrogatives indirectes peuvent être à l'infinitif.
- ☐ Les interrogatives indirectes ne sont jamais au subjonctif.
- ☐ Les conjonctives essentielles sont toujours au subjonctif.

11. *Chasse aux intrus* **Observez les modes des subordonnées essentielles et barrez la phrase intruse de chaque liste.**

Liste 1 : je sais qu'il est là • je pense qu'il travaille bien • je veux qu'il travaille • je vois qu'ils arrivent

Liste 2 : je veux qu'il vienne • je souhaite qu'elle joue bien • j'aimerais qu'elle regarde ce film • je vois qu'elle s'amuse bien

Liste 3 : elle espérait que tu viendrais • elle sait que tu viendras • elle me demanda quand nous viendrions

12. *Méli-mélo* **Utilisez ces verbes pour compléter les phrases. Vous préciserez le mode voulu par le contexte.**

partir • voir • croire • rire

1. Je pensais qu'ils .... le lendemain. ....
2. Tu sais bien que je ne .... jamais ce que dit ce menteur. ....
3. J'aurais voulu que tu .... ce spectacle magnifique. ....
4. Il faut que nous .... un peu pour oublier cette journée difficile. ....

13. *Remue-méninges* **Barrez les mots qui ne désignent pas un mode utilisé dans une subordonnée essentielle. Puis illustrez les quatre modes trouvés dans la subordonnée essentielle d'une phrase de votre composition.**

routefleurindicatifchapeauvenirinfinitifmaiscommentordinateur
subjonctiftélévisionquandpourdontqueconditionnelfenêtresi

Phrase 1 : ....

Phrase 2 : ....

Phrase 3 : ....

Phrase 4 : ....

26 Les compléments circonstanciels (1)

J'observe

Cet été, nous avons fait un très beau voyage, **avec nos meilleurs amis.**

Peut-on déplacer les groupes en gras ? ……………………………………

La phrase a-t-elle un sens si on les supprime ? ……………………………………

À quelles questions répondent-ils ? ……………………………………

Je retiens

A QUELLES SONT LES CARACTÉRISTIQUES DES COMPLÉMENTS CIRCONSTANCIELS (CC) ?

- Les compléments circonstanciels précisent les **circonstances** de l'action.
- Ils ne sont **pas essentiels** : on peut, en général, les **déplacer** et les **supprimer**.
- Avec **certains verbes** (mouvement, état, situation, mesure…), ils sont **essentiels**.

__Hier__, nous avons joué aux cartes __chez nos voisins__. Je vais __au marché__.
CC ESSENTIEL

B COMMENT RECONNAÎTRE LES DIFFÉRENTS COMPLÉMENTS CIRCONSTANCIELS ?

CC	Sens	Exemples
Lieu (L)	Où ?	*J'ai passé de bonnes vacances **en Bretagne**.*
Temps (T)	Quand ? Combien de temps ?	***Hier**, il faisait beau.*
Manière (Ma)	Comment ?	*Les sauveteurs sont arrivés **rapidement**.*
Moyen (Mo)	Avec quoi ? Par quel moyen ?	*Je rédige mon sujet **avec un stylo**.*
Accompagnement (Ac)	Avec qui ? Sans qui ?	*Je pars **avec une amie**.*

C QUELLES SONT LES CLASSES GRAMMATICALES DES COMPLÉMENTS CIRCONSTANCIELS ?

- **Nom** ou **groupe nominal**. *Nous travaillons **à Paris**.* (lieu)
- **Pronom**. *Je ferai le voyage **avec toi**.* (accompagnement)
- **Infinitif** ou **groupe infinitif**. *Ferme la fenêtre **avant de partir**.* (temps)
- **Gérondif**. *Je n'ai rien vu **en arrivant**.* (temps)
- **Adverbe**. *Nous finirons ce travail **activement**.* (manière)
- **Proposition subordonnée conjonctive (CCT)**. *Je ne sors pas **quand il fait très froid**.* (temps)

Je m'entraîne

Les subordonnées CCT sont à l'indicatif ou au subjonctif.

1 Transformez les compléments de temps soulignés en propositions subordonnées. Vous en préciserez le mode.

1. À mon arrivée, tout le monde dormait.

……………………………………

……………………………………

……………………………………

……………………………………

2. Tu peux jouer dehors jusqu'au retour de ton frère.

……………………………………

……………………………………

……………………………………

3. Personne ne la remarquait avant sa victoire inattendue. ……………………………………

……………………………………

……………………………………

2 Soulignez les compléments circonstanciels, identifiez-les et précisez leur classe grammaticale.

1. Dès l'aube, il nous a rejoints ici avec sa famille.

2. Hier, une couleuvre glissa silencieusement au milieu des herbes.

3. Lorsque je suis rentrée à pied du collège, j'ai entendu ma sœur qui sortait de sa chambre en claquant la porte.

3 Lisez le texte et répondez aux questions.

Lydia Nevil, une jeune Anglaise, fait un voyage en Corse avec son père.

Le lendemain, un peu avant le retour des chasseurs, Miss Nevil, revenant d'une promenade au bord de la mer, regagnait l'auberge **avec sa femme de chambre**, lorsqu'elle remarqua une jeune femme vêtue de noir, montée sur un cheval de petite taille [...]. Là, après avoir échangé quelques mots **avec l'hôte**[1], la jeune femme sauta lestement[2] à bas de son cheval et s'assit sur un banc de pierre à côté de la porte d'entrée, tandis que son écuyer conduisait les chevaux à l'écurie.

1. L'aubergiste. 2. Avec agilité.

Prosper Mérimée, *Colomba* (1840).

a) Identifiez les compléments en gras.

b) Soulignez en bleu les CCL.

c) Soulignez en rouge les CCT et précisez leur classe grammaticale.

4

Chaque dimanche, avant la guerre, Morissot partait dès l'aurore, **une canne en bambou d'une main, une boîte en fer-blanc**[1] **sur le dos.** Il prenait le chemin de fer d'Argenteuil, descendait **à Colombes**, puis gagnait **à pied** l'île Marante. À peine arrivé en ce lieu de ses rêves, il se mettait à pêcher ; il pêchait jusqu'à la nuit.

1. Tôle de fer recouverte d'étain.

Guy de Maupassant, *Deux amis* (1883).

a) Soulignez en bleu les compléments de temps de la 1re phrase. Puis indiquez leur classe grammaticale.

b) Identifiez les compléments en gras. Lequel ne peut-on supprimer ?

c) Soulignez en rouge et identifiez les deux groupes nominaux compléments circonstanciels de la dernière phrase. Puis transformez le 2e en subordonnée conjonctive.

5 J'applique pour lire

Jean Valjean se cache avec Cosette. Il vit dans une misérable maison dont s'occupe une vieille femme, sa seule voisine.

Quelques jours après, il pouvait être huit heures du soir, il était dans sa chambre et il faisait épeler Cosette **à haute voix**, il entendit ouvrir, puis refermer la porte de la masure. Cela lui parut singulier. La vieille, qui seule habitait **avec lui** la maison, se couchait toujours à la nuit pour ne point user de chandelle. Jean Valjean fit signe à Cosette de se taire. Il entendit qu'on montait l'escalier. À la rigueur ce pouvait être la vieille qui avait pu se trouver malade et aller chez l'apothicaire.

Victor Hugo, *Les Misérables* (1862).

a) Soulignez en bleu trois compléments de lieu essentiels.

b) Identifiez les compléments circonstanciels en gras.

c) Soulignez en rouge les compléments de temps. Lesquels sont essentiels ?

d) En quoi les compléments de lieu et de temps sont-ils importants dans ce passage ?

6 J'applique pour écrire

À votre tour, faites le récit d'un événement étrange.

Consigne
- 15 lignes
- récit à la 1re ou 3e personne
- au moins 1 CC de chaque catégorie

Chacun son rythme

Cochez la couleur que vous avez le mieux réussie.

- Relevez de nouveaux défis ! → exercices 1, 2 p. 78
- Améliorez vos performances ! → exercices 3, 4 p. 78
- Confirmez votre réussite ! → exercices 5, 6, 7 p. 78

27 Les compléments circonstanciels (2)

J'observe

Je suis allée la voir **parce qu'elle s'ennuyait.** Elle s'ennuyait **donc je suis allée la voir.**
Je suis allée la voir **pour qu'elle ne s'ennuie pas.**

Quelles phrases ont le même sens ? ....

Quelle phrase exprime une intention ? ....

Je retiens

A COMMENT RECONNAÎTRE LES COMPLÉMENTS CIRCONSTANCIELS DE BUT, CAUSE ET CONSÉQUENCE ?

CC	Sens	Exemples
But (B)	Dans quel but ?	*Nous sommes là **pour t'aider**.*
Cause (Ca)	Pourquoi ?	***À cause d'une grève**, il n'y avait pas de train.*
Conséquence (Co)	Avec quel résultat ?	*Elle a **tellement** couru **qu'elle est toute rouge**.*

B QUELLES SONT LEURS CLASSES GRAMMATICALES ?

- Un **nom** (ou GN), un **pronom**. *De peur d'une averse* (B) ; *grâce à toi* (Ca) ; *à notre grande satisfaction* (Co).
- Un **infinitif** (ou GI). *Pour vous voir* (B) ; *pour avoir oublié mes papiers* (Ca) ; *à perdre haleine.* (Co)
- Une **proposition subordonnée conjonctive**. *Afin que tout aille bien* (B) ; *parce que tu es la meilleure* (Ca) ; *si bien que nous sommes arrivés en retard* (Co).
- Un **groupe participial**. *Ayant glissé sur une plaque de verglas, je suis tombée.* (Ca)
- Une **indépendante coordonnée**. *Il est en retard car il a raté le train* (Ca). *Il a raté le train donc il est en retard.* (Co)

C QUELS MOTS INVARIABLES LES INTRODUISENT ?

CC	Prépositions	Conjonctions ou adverbes
But	*Pour, en vue de, afin de…*	*Pour que, afin que, de crainte que…* + subj.
Cause	*À cause de, grâce à…*	*Parce que, comme, puisque…* + ind. *car, en effet*
Conséquence	*À, au point de, trop… pour…*	*Si bien que, si… que* + ind. *donc, c'est pourquoi*

Je m'entraîne

1 Identifiez les compléments soulignés et précisez leur classe grammaticale.

1. Le pique-nique a été annulé à cause de la pluie. ....
   - Nous sommes venus pour vous faire plaisir. ....

2. Il fait si froid que je grelotte. ....
   - De peur d'une panne d'électricité, nous avons acheté des bougies. ....

3. Détestant attendre, je suis partie seule. ....
   - Elle a été reçue première, pour notre plus grande satisfaction. ....

2 Lisez le texte et répondez aux questions.

Les Thénardier ont pris Cosette en pension, mais ils dépensent pour eux l'argent qu'ils reçoivent de Fantine, la mère de la petite fille.

Comme elle n'avait plus de trousseau[1], on l'habilla des vieilles jupes et des vieilles chemises des petites Thénardier, c'est-à-dire de haillons. […]

La mère qui s'était fixée […] à Montreuil-sur-Mer, écrivait, ou, pour mieux dire, faisait écrire tous les mois afin d'avoir des nouvelles de son enfant. Les Thénardier répondaient invariablement : Cosette est à merveille. […]

La mère Thénardier aimait passionnément ses deux filles à elle, **ce qui fit qu'elle détesta l'étrangère**.

1. Ensemble de vêtements.

Victor Hugo, *Les Misérables*, partie 1, livre IV, chap. III (1862).

a) Identifiez le complément souligné et indiquez sa classe grammaticale.

b) Soulignez deux compléments de but et indiquez leur classe grammaticale.

c) Qu'expriment les deux propositions en gras ? Transformez-les en une seule proposition subordonnée de même sens.

3 Identifiez les compléments soulignés. Puis réécrivez-les en modifiant leur classe grammaticale.

1. J'ai choisi ce métier parce qu'il me passionnait.
(……)

2. Veux-tu déplacer ta voiture pour que nous puissions sortir ?
(……)

3. Il a grandi au point de ne plus pouvoir mettre son pantalon.
(……)

4 *J'applique pour lire*

On conservait, par charité, dans le fond de l'écurie, un très vieux cheval blanc que la maîtresse voulait nourrir jusqu'à la mort naturelle, parce qu'elle l'avait élevé, gardé toujours, et qu'il lui rappelait des souvenirs.

Un goujat[1] de quinze ans, nommé Isidore Duval, et appelé plus simplement Zidore, prenait soin de cet invalide, lui donnait, pendant l'hiver, sa mesure d'avoine et son fourrage, et devait aller, quatre fois par jour, en été, le déplacer dans la côte où on l'attachait, afin qu'il eût en abondance de l'herbe fraîche. […]

Quand Zidore le menait à l'herbe, [il lui fallait tirer sur la corde, tant la bête allait lentement] ; et le gars, courbé, haletant, jurait contre elle, s'exaspérant d'avoir à soigner cette vieille rosse[2].

1. Homme grossier. 2. Mauvais cheval.

Guy de Maupassant, *Coco* (1884).

a) Soulignez en rouge un complément de but et précisez sa classe grammaticale.

b) Soulignez en bleu les compléments de cause du 1er paragraphe. Quels traits de caractère de la maîtresse du vieux cheval nous révèlent-ils ?

c) Réécrivez les indépendantes entre crochets pour obtenir une principale et une subordonnée de conséquence.

d) Soulignez en vert un groupe participial exprimant la cause. Puis transformez-le en subordonnée conjonctive de même sens.

5 *J'applique pour écrire*

À votre tour, faites un récit mettant en scène un animal aimé. Décrivez-le puis expliquez quels liens particuliers vous unissent/unissaient.

Consigne
- 20 lignes
- au moins 1 CCCa, 1 CCCo et 1 CCB

Cochez la couleur que vous avez le mieux réussie.

- Relevez de nouveaux défis ! → exercices 8, 9, 10 p. 79
- Améliorez vos performances ! → exercices 11, 12 p. 79
- Confirmez votre réussite ! → exercices 13, 14 p. 79

Chacun son rythme

Chacun son rythme

Les compléments circonstanciels (1)

1. *Quiz* Cochez les phrases vraies.

- ☐ Les CC précisent les circonstances de l'action.
- ☐ Le CCL répond à la question *quand ?*
- ☐ Le CCT répond à la question *où ?*
- ☐ Le CCMa répond à la question *comment ?*

2. *Range-mots* Classez ces mots ou groupes de mots par leur numéro dans le tableau.

1. ici
2. plus tard
3. avec ma famille
4. avec un tournevis
5. bien
6. aujourd'hui
7. rapidement
8. sans mes parents
9. en avion
10. sans hésiter

Lieu	Temps	Manière	Moyen	Accompagnement

3. *Charade* Résolvez la charade puis utilisez le mot trouvé dans une phrase de votre composition.

La vache se nourrit dans **mon premier**. ....

Avec **mon second**, on coupe du bois. ....

Mon troisième permet de calculer l'aire ou la circonférence d'un cercle. ....

Mon quatrième est un déterminant possessif féminin de la 2ᵉ pers. du sing. ....

Mon cinquième ne dit pas la vérité. ....

Mon tout est un adverbe complément circonstanciel.

....

Phrase : ....

....

4. *Chasse aux intrus* Barrez les subordonnées qui ne sont pas CCT.

quand nous sortirons • dont je me souviens • avant qu'elle arrive • dès qu'il partira • parce que c'est trop loin • jusqu'à ce que vous arriviez • lorsque tu reviendras • que je n'avais pas vu • pendant que tu dors • en attendant que la pluie cesse

5. *Labo des mots* Réécrivez ces phrases en y ajoutant, là où vous voulez, des CC conformes aux consignes.

1. Nous avons fait une longue promenade (+ adverbe CCT et GN CCAc). ....

....

2. Mon petit frère a construit une cabane (+ GN CCL, GN CCMO et adverbe CCMa). ....

....

....

3. Elle court. (+ prop. sub. CCT, GN CCL et GN CCT) ....

....

....

6. *Pyramide* À l'aide des définitions, remplissez la pyramide de verbes à l'infinitif. Puis utilisez-les pour compléter les phrases à un mode que vous préciserez.

1. Percevoir par les yeux.
2. Contraire d'*aller*.
3. Faire un bond.
4. Entendre.
5. Contraire de *donner*.

Phrase 1 : J'attendrai jusqu'à ce que le directeur me ....

....

Phrase 2 : Promenons-nous en attendant qu'elles ....

....

Phrase 3 : Je pars avant qu'elle me ....

Phrase 4 : Pendant qu'elle .... les informations, nous sommes allés prendre un café. ....

Phrase 5 : Je l'ai vue quand elle .... dans le grand bain. ....

7. *Grille* Trouvez dans cette grille cinq prépositions que vous utiliserez dans cinq phrases correspondant aux consignes.

A	V	E	C
V	E	R	S
A	N	I	A
N	E	J	N
T	R	E	S

1. **Phrase avec CCL :** ....
2. **Phrase avec CCT :** ....
3. **Phrase avec CCMa :** ....
4. **Phrase avec CCMo :** ....
5. **Phrase avec CCAc :** ....

Les compléments circonstanciels (2)

8. *Quiz* Cochez les phrases vraies.

- ☐ Le CCCa répond à la question *pourquoi ?*
- ☐ Le CCB est souvent introduit par *si bien que*.
- ☐ *Parce que* introduit une subordonnée CCCa.
- ☐ Les CCCo sont toujours des groupes nominaux.

9. *Chasse aux intrus* Barrez la phrase intruse de chaque liste.

Liste 1. CC Cause : Nous ne sommes pas sortis à cause du froid. • Grâce à toi, je n'ai pas été punie. • J'ai été très étonnée par ce que tu m'as dit. • Par négligence, je n'ai pas répondu à son message.

Liste 2. CC Conséquence : Elle a raté son train donc elle ne sera pas là. • Elle a couru à la boulangerie. • Elle a couru à perdre haleine. • J'ai tellement attendu que maintenant tout est fermé.

Liste 3. CC But : Léopold vient à la maison pour me passer les cours de la journée. • Afin que tout soit clair dans ton esprit, je t'envoie un récapitulatif. • Je prépare mon passeport et mes billets de peur de les oublier. • Nous partons pour les États-Unis.

10. *Range-propositions* Classez ces propositions par leur numéro dans le tableau.

1. parce qu'il fait beau
2. pour qu'elle soit contente
3. au point qu'il est tombé
4. puisque tu le dis
5. étant donné qu'elle était la meilleure
6. de peur que je ne l'entende pas
7. si bien qu'il ne lui reste rien

Cause	Conséquence	But

11. *Méli-mélo* Associez à chaque groupe souligné la classe grammaticale et la fonction correctes de la liste.

GN • CCB • CCCa • proposition subordonnée • pronom • CCCo • groupe infinitif • CCB • CCCa • groupe participial

1. Il fait tellement froid que l'eau a gelé.

....

2. À cause d'eux, nous avons raté le début du film.

....

3. Nous nous sommes bien entraînés pour remporter la coupe.

....

4. N'ayant pas bien entendu, je lui ai demandé de répéter sa question. ....

5. Pour une meilleure visibilité, ne vous approchez pas trop de l'écran. ....

12. *Lettres mêlées* Remettez les lettres en ordre pour trouver six conjonctions de subordination que vous relierez à la bonne fonction dans le tableau.

	Cause	Conséquence	But
1. emocm			
2. ed etcianr euq			
3. eiuqspu			
4. ed tesor ueq			
5. tnlemtele ueq			
6. niaf ueq			

13. *Labo des mots* Associez correctement les causes et conséquences (vous conjuguerez les verbes au temps et à la personne de votre choix).

Liste 1. Causes : trop manger, attendre sous la pluie, se coucher tard, une violente tempête

Liste 2. Conséquences : être énervé, arbres déracinés, arriver en retard, se sentir mal

Phrase 1 (sub. cause) : ....

Phrase 2 (sub. conséquence) : ....

....

Phrase 3 (sub. cause) : ....

....

Phrase 4 (sub. conséquence) : ....

....

14. *Remue-méninges* Barrez tous les mots qui ne peuvent pas introduire un CC de cause, conséquence ou but. Puis placez les mots restants sur la bonne ligne.

tombercauseaupointdesubordonnéejusteparcequetrainbutsibienquelentementlivrechemindecraintedebouteilletéléphonepuisquequandpartir

1. **Cause :** ....
2. **Conséquence :** ....
3. **But :** ....

Bilan 28

Je sais reconnaître les fonctions dans la phrase

J'observe

Chaque matin, le facteur **dépose** le journal dans notre boîte aux lettres.

Barrez les groupes que vous pouvez supprimer ou déplacer.

À quelles questions répondent-ils ? ……………………………………

Soulignez les groupes nominaux essentiels pour que le verbe en gras ait un sens.

Quels renseignements nous donnent-ils ? ……………………………………

Je retiens

A JE SAIS IDENTIFIER LES DEUX TYPES DE FONCTIONS.

• On distingue les **fonctions essentielles** qui **complètent obligatoirement un verbe** et les **fonctions circonstancielles** sans lesquelles la phrase conserve un sens.

*[Demain à huit heures] **je** rejoindrai **mes amis** [devant le collège].*

B JE SAIS IDENTIFIER LES FONCTIONS ESSENTIELLES.

• Le **sujet** indique **de qui** ou **de quoi** parle le verbe. Il peut être la **seule fonction essentielle** d'une proposition.

***Les enfants** jouent. **Les feuilles** sont emportées par le vent.*

• À la forme **impersonnelle**, on trouve souvent un **sujet logique**.

*Il reste **trente minutes**.*

• L'**attribut du sujet précise le sujet** après un **verbe d'état**.

*Sa mère est **avocate**. Tout semble **parfait**.*

• Les **compléments d'objet** précisent **sur quoi porte l'action du verbe**.

*Nous admirons **le paysage*** (COD). *Nous pensons **à vous*** (COI).

• Le **complément d'agent** indique **qui fait l'action** après un verbe à la **forme passive**.

*Ce meuble a été fabriqué **par un artisan**.*

• Après certains verbes (état, mouvement, mesure…), on rencontre un **complément essentiel de lieu, temps, prix, mesure**…

*Nous sommes **en Angleterre**. Ce pull coûte **100 euros**.*

C JE SAIS IDENTIFIER LES COMPLÉMENTS CIRCONSTANCIELS.

• Ces compléments apportent des **précisions** (lieu, temps, manière…) ou expliquent les **liens logiques** entre deux actions (cause, conséquence…). Ils **ne complètent pas** directement le **verbe**.

*Nous t'enverrons un message **en arrivant*** (temps) ***pour que tu ne t'inquiètes pas.*** (but)

Je m'entraîne

1 Soulignez en bleu les sujets, en rouge les compléments d'objet et en vert les attributs du sujet.

1. Nous voulions partir, mais la météo était très mauvaise.

2. Notre rêve est devenu réalité, nous avons gagné le gros lot.

3. Bientôt surgirent les premiers invités, ils revenaient joyeux de leur séjour aux États-Unis.

2 **Identifiez les compléments circonstanciels soulignés. Précisez ceux qui sont essentiels (E).**

1. Demain (..........), puisque le beau temps est annoncé (..............), nous allons à la piscine (............).
2. Nous sommes là (..............) depuis une heure (........) pour avoir les meilleures places (.............).
3. Elle a absolument (.............) voulu aller à cette réunion (.............) si bien que nous avons dû courir pour ne pas rater le train (.........................).

3 **Lisez le texte et répondez aux questions.**

La lune à son premier quartier éclairait **une partie du ciel**, et un brouillard flottait [...] sur les sinuosités de la Toucques[1]. Des bœufs, étendus au milieu du gazon, regardaient tranquillement **ces quatre personnes passer**. Dans la troisième pâture quelques-uns se levèrent, puis se mirent en rond devant elles.

1. Nom d'une rivière.

Gustave Flaubert, *Un Cœur simple* (1877).

a) **Quelle est la fonction des deux groupes nominaux en gras ? Quels verbes complètent-ils ?**

....

....

b) **Soulignez en rouge les groupes sujets du texte. Lequel est sujet de deux verbes ?**

....

c) **Soulignez en bleu les compléments circonstanciels et identifiez-les. Lequel est essentiel ?** ....

....

....

4 **Lisez le texte et répondez aux questions.**

À huit heures quarante, Phileas Fogg et son domestique (..................) prirent place (..................) dans un même compartiment.

La nuit était noire. Il tombait une pluie fine. Phileas Fogg, accoté dans son coin, ne parlait pas.

Jules Verne, *Le Tour du monde en quatre-vingts jours* (1872).

a) **Identifiez les fonctions des mots ou groupes nominaux soulignés.**

b) **Soulignez les compléments circonstanciels et identifiez-les.** ....

....

c) **Relevez un attribut du sujet et un sujet logique.**

....

....

5 **Identifiez les compléments soulignés.**

1. Elle nous a accueillis avec gentillesse. (..............)
   - J'écris toujours avec un stylo-plume. (..............)
2. Je pars pour la Grèce (..........) avec ma meilleure amie. (............)
   - Nous passerons par l'Italie. (..........)
3. J'ai été contactée par Julie (....................) pour participer à un voyage (..........). Par négligence (..........), je n'ai pas confirmé.

6 ***J'applique pour lire***

Une nuit (..............), **vers onze heures** (..............), **ils** (..................) furent réveillés **par le bruit d'un cheval qui s'arrêta juste à la porte** (..................). La bonne ouvrit la lucarne du grenier et parlementa *avec un homme resté en bas*, dans la rue. Il venait chercher le médecin ; il avait une lettre. Nastasie descendit les marches *en grelottant*, et alla ouvrir la serrure et les verrous, l'un après l'autre. [L'homme laissa son cheval, et, suivant la bonne, entra tout à coup derrière elle. Il tira de dedans son bonnet de laine à houppes grises une lettre enveloppée dans un chiffon, et la présenta délicatement à Charles, qui s'accouda sur l'oreiller pour la lire. Nastasie, près du lit, tenait la lumière. Madame, *par pudeur*, restait tournée vers la ruelle et montrait le dos.]

Gustave Flaubert, *Madame Bovary* (1856).

a) **Identifiez la fonction des groupes nominaux et du pronom en gras.**

b) **Indiquez la fonction des compléments en italiques.**

....

....

c) **Soulignez en rouge les compléments de lieu du passage entre crochets. En quoi sont-ils importants ?**

....

....

....

7 ***J'applique pour écrire***

À votre tour, décrivez l'arrivée inattendue d'un personnage au milieu de la nuit.

Consigne

- 15 lignes
- 5 compléments circonstanciels (au moins) pour situer les personnages et décrire les mouvements

MÉTHODE 3 Comment reconnaître les conjonctions de subordination ?

Les conjonctions de subordination sont des mots invariables qui introduisent une proposition subordonnée conjonctive.
Attention : Ne confondez pas avec d'autres mots invariables ou subordonnants !

Je sais distinguer les conjonctions de subordination (CS) des prépositions

- Les conjonctions de **subordination** introduisent une **proposition** comportant un **verbe conjugué**.
- Les prépositions introduisent un **nom** (ou GN), un **pronom** ou un **infinitif** (ou GI).
- Beaucoup de **conjonctions de subordination** sont composées d'une **préposition +** ***que***.

Elle est arrivée ***avant*** *toi* (préposition). *Elle est arrivée* ***avant qu'****il fasse nuit* (conjonction de subordination).

Je vérifie que j'ai bien compris

1 **Soulignez en bleu les prépositions et en rouge les conjonctions de subordination.**

1. Dès l'aube, nous nous sommes levés. • Ils nous ont rejoints dès qu'ils ont été prêts.
2. Ne passe pas par la forêt pour éviter de te perdre. • J'ai offert des cadeaux à tous pour qu'il n'y ait pas de jaloux.
3. Tu passeras après moi. • Après qu'il eut bien étudié l'itinéraire, il se mit en route.
4. Quand tu veux tourner, n'oublie pas le clignotant pour avertir l'automobiliste qui te suit.

Je sais distinguer les conjonctions de subordination (CS) des adverbes de liaison et des conjonctions de coordination

- Les **conjonctions de subordination** relient des **propositions de nature différente** (principale et subordonnée).
- Les **conjonctions de coordination** et les **adverbes de liaison** relient des **propositions de même nature** (deux indépendantes ou deux subordonnées).

Nous partirons (principale) ***lorsque*** *tout sera prêt* (subordonnée conjonctive).
Nous préparerons toutes nos affaires (indépendante), ***puis*** *nous partirons* (indépendante).

Je vérifie que j'ai bien compris

2 **Soulignez en bleu les conjonctions de coordination ou adverbes de liaison et en rouge les conjonctions de subordination.**

1. Comme tous les magasins étaient fermés, nous n'avons pas pu faire de courses, alors nous avons demandé à des amis de nous inviter à dîner.
2. Cette porte grince quand on l'ouvre, donc je dois acheter un produit spécial.
3. Ils ne seront pas là demain ; en effet, le brouillard était si dense que l'avion n'a pas pu décoller.

Je sais distinguer la conjonction de subordination *que* du pronom relatif (PR) ou interrogatif (PI)

- La **conjonction** ***que*** se rencontre **après** un **verbe** ou plus rarement en **tête de phrase**.
- Le **pronom relatif** ***que*** se rencontre **après** un **nom** ou un **pronom**.
- Le **pronom interrogatif** ***que*** se rencontre au **début** d'une **phrase interrogative**.

Je souhaite ***que*** *tout aille bien. La visite* ***que*** *j'ai préférée est celle du musée du Louvre.* ***Que*** *veux-tu ?*

Je vérifie que j'ai bien compris

3 **Identifiez les mots en gras : pronom interr. (PI), conj. de sub. (CS) ou pronom relatif (PR).**

1. **Que** (............) voulez-vous **que** (............) nous fassions avec tout ce **que** (............) vous avez apporté ?
2. Nous avons appris **que** (............) vous habitiez la maison **que** (............) nous possédions autrefois.
3. **Que** (............) sont devenus les amis **que** (............) vous nous aviez présentés ? On m'a dit **qu'** (............) ils vivaient maintenant au Portugal.

4 **Identifiez les mots en gras dans le texte.**

Baudu explique à sa nièce Denise qu'elle pourrait trouver du travail chez un marchand de tissus, Vinçard.

– Vinçard a créé une spécialité de soies, où il fait encore des affaires. [...] Je crois **pourtant** (.......................) **qu'** (..............) il veut se retirer **à cause de** (.........................) ses rhumatismes.

Ils arrivent chez Vinçard, en discussion avec d'autres hommes.

– **Qu'** (.........) y a-t-il **pour** (.........................) votre service, monsieur Baudu ?

Le drapier, qui écoutait d'une oreille, présenta Denise, conta ce **qu'** (..........) il voulut de son histoire, dit **qu'** (..........) elle avait travaillé deux ans en province.

– Et **comme** (............) vous cherchez une bonne vendeuse m'a-t-on appris...

Émile Zola, *Au Bonheur des dames* (1883).

Je sais identifier les fonctions liées aux conjonctions de subordination

- La conjonction **que** introduit une subordonnée ayant une **fonction essentielle**.
- Les autres conjonctions de subordination introduisent des **subordonnées compléments circonstanciels** :
  → **Temps :** *quand, lorsque, avant que, après que, jusqu'à ce que...*
  → **Cause :** *parce que, puisque, comme, étant donné que...*
  → **Conséquence :** *de sorte que, si bien que, si... que, tellement... que, assez ou trop... pour que...*
  → **But :** *pour que, afin que, de peur que, de crainte que...*

Je vérifie que j'ai bien compris

5 **Indiquez la fonction des subordonnées en gras.**

1. **Qu'il fasse beau aujourd'hui** (.................) serait miraculeux **puisque la météo annonce une tempête** (.................).
2. Pendant que nous nous promenions (.................), j'ai entendu un bruit **si** fort **que j'ai été prise de panique** (.................).
3. Le plus étonnant dans cette histoire est **qu'ils sont arrivés précisément** (.................................) lorsque nous les appelions.

6 *Bilan* **Lisez le texte et répondez aux questions.**

La police n'est pas arrivée à élucider le mystère de la disparition d'Honoré Subrac.

Il était mon ami, et *comme* je connaissais la vérité sur son cas, je me fis un devoir de mettre la justice au courant de ce qui s'était passé. Le juge qui recueillit mes déclarations prit avec moi, **après** (................) avoir écouté mon récit, un ton de politesse si épouvantée[1] que je n'eus aucune peine à comprendre qu'il me prenait **pour** (...............) un fou. [...]

Je n'insistai pas. Le cas d'Honoré Subrac est, **en effet** (..............), si étrange que la vérité paraît incroyable. [...] L'hiver comme l'été, il n'était vêtu que d'une houppelande[2] et n'avait aux pieds que des pantoufles. Il était fort riche, et *comme* sa tenue m'étonnait, je lui en demandai un jour la raison :

– C'est **pour** (..............) être plus vite dévêtu, **en cas de** (..............) nécessité, me répondit-il.

1. Terrorisée. 2. Long vêtement chaud ouvert sur le devant.

Guillaume Apollinaire, *La Disparition d'Honoré Subrac* (1910).

a) Identifiez les mots en gras.

b) Soulignez en rouge les conjonctions de subordination introduisant une subordonnée de conséquence.

c) Quelle est la fonction des subordonnées introduites par les deux conjonctions en italiques ? ....
....

À RETENIR

- Les **conjonctions de subordination** introduisent une **subordonnée conjonctive** comportant un verbe conjugué.
- Les **prépositions** introduisent un **GN**, un pronom ou un infinitif.
- Les **adverbes de liaison** et les **conjonctions de coordination** relient des **propositions de même nature**.

MÉTHODE 4 Comment distinguer les différentes subordonnées ?

Il existe trois catégories de subordonnées.
Plusieurs critères permettent de ne pas les confondre.

Je sais reconnaître les subordonnées relatives

- Les subordonnées relatives sont des **expansions du nom** introduites par un **pronom relatif** : *qui, que, dont, où, lequel, auquel...*
  Leur fonction est **complément de l'antécédent**.

  Relis les consignes ***que j'ai ajoutées****.* (subordonnée relative complément de l'antécédent *consignes*)
- Ces subordonnées sont placées **après le nom ou le pronom** qu'elles complètent.

  Admire cette maison ***qui a été construite au XVIIIe siècle****.*

  Parfois elles s'insèrent dans une autre proposition.

  Je trouve que celle ***qui se trouve juste à côté*** *est encore plus belle.*
  (la relative s'insère dans la proposition *que...belle*)
- Si on les **supprime**, la phrase **conserve un sens**.

Je vérifie que j'ai bien compris

1 Soulignez les propositions relatives et encadrez les antécédents.

1. Je ne savais pas que tu avais déjà lu tous les livres que je t'avais prêtés.
2. Nos voisins qui viennent de rentrer de vacances nous ont demandé qui avait pu abîmer leur clôture, nous leur avons expliqué que l'orage qui avait éclaté la veille avait été particulièrement violent.
3. J'ai admis que la négligence dont j'avais fait preuve avait eu des conséquences que je n'imaginais pas et que je regrettais.

Je sais reconnaître les subordonnées compléments circonstanciels

- Les subordonnées compléments circonstanciels n'ont **pas de place fixe** dans la phrase et peuvent être supprimées.
- Ces subordonnées sont introduites par une **conjonction de subordination** : *quand, parce que, pour que...*
  ➔ Fiche Méthode 3, p. 82

  Lorsque j'arriverai*, je t'appellerai* ***afin que tu ouvres la porte du garage****.*

Je vérifie que j'ai bien compris

2 Soulignez en bleu les subordonnées compléments circonstanciels et en rouge les subordonnées relatives.

1. Pendant que nous discutions, mon petit frère que je devais surveiller courait partout si bien qu'il est tombé et s'est mis à hurler.
2. J'ai rentré le fauteuil qui était resté sous la pluie pour qu'il ne s'abîme pas.
3. Comme tu ne m'écoutes pas, je vais répéter la question à laquelle tu n'as pas répondu.

3 Indiquez la fonction des subordonnées conjonctives soulignées.

1. En attendant qu'elle arrive (..............), nous pouvons jouer, parce que sinon nous risquons de nous ennuyer (................).
2. Accompagne-moi, lorsque j'irai aux États-Unis (..............), afin que je ne m'ennuie pas (..............).
3. L'érosion est telle que notre maison risque de s'écrouler (................) ; afin qu'une telle catastrophe ne se produise pas (..............), nous avons demandé l'avis d'un spécialiste.

Je sais reconnaître les subordonnées essentielles

- Les subordonnées essentielles ont une **fonction essentielle** (sujet, attribut du sujet, COD) et **ne peuvent être supprimées**.
- Elles sont introduites par la **conjonction** *que* (conjonctives) ou par un **mot interrogatif** : *qui, ce que, ce qui, pourquoi, où, si, quand…* (interrogatives indirectes)
- On les rencontre après des verbes d'**opinion**, de **déclaration**, d'**interrogation**, de **volonté**…

Je veux ***que tu m'écoutes*** (conjonctive, COD). *Je me demande* ***pourquoi elle est en retard*** (interrogative, COD).

Je vérifie que j'ai bien compris

4

Un Persan en visite en France au XVIIIe siècle écrit à un ami.

Le roi de France est vieux. Nous n'avons point d'exemple dans nos histoires d'un monarque qui ait si longtemps régné. On dit qu'il possède à un très haut degré le talent de se faire obéir […].

J'ai étudié son caractère et j'y ai trouvé des contradictions qu'il m'est impossible de résoudre. Par exemple : il a un ministre qui n'a que dix-huit ans, et une maîtresse qui en a quatre-vingts […].

Il aime à gratifier ceux qui le servent ; […] Souvent il préfère un homme qui le déshabille, ou qui lui donne sa serviette lorsqu'il se met à table, à un autre qui lui prend des villes ou lui gagne des batailles. Il ne croit pas que la grandeur souveraine doive être dans la distribution des grâces, et, sans examiner si celui qu'il comble de biens est homme de mérite, il croit que son choix va le rendre tel…

Montesquieu, *Les Lettres persanes* (1758).

a) **Soulignez en bleu les propositions relatives. Laquelle s'insère dans une autre proposition ? Précisez sa fonction.**

……………………………………………

……………………………………………

b) **Soulignez en rouge les quatre subordonnées essentielles. Quelle est leur fonction ?**

……………………………………………

c) **Encadrez l'interrogative indirecte.**

5 **Soulignez les subordonnées essentielles : en bleu les conjonctives et en rouge les interrogatives indirectes.**

1. Dis-moi combien nous serons ; je crois que tout le monde ne sera pas là.
2. Dès que tu nous as téléphoné, nous avons décidé que nous irions vous rejoindre, mais nous ne savons pas qui pourra nous accompagner et si nous pourrons rester longtemps.
3. Quand tu seras rentré, tu pourras nous dire comment vont tous nos amis que nous n'avons pas vus depuis si longtemps.

6 *Bilan* **Lisez le texte et répondez aux questions.**

Cependant, la rivière s'était peu à peu couverte d'un brouillard blanc très épais qui rampait sur l'eau fort bas, de sorte que, en me dressant debout, je ne voyais plus le fleuve, ni mes pieds, ni mon bateau, mais j'apercevais seulement les pointes des roseaux, puis, plus loin, la plaine toute pâle de la lumière de la lune, avec de grandes taches noires qui montaient dans le ciel, formées par des groupes de peupliers d'Italie. […] Je me figurais qu'on essayait de monter dans ma barque que je ne pouvais plus distinguer, et que la rivière, cachée par ce brouillard opaque, devait être pleine d'êtres étranges qui nageaient autour de moi.

Guy de Maupassant, *Sur l'eau* (1888).

a) **Soulignez en bleu les propositions relatives ; encadrez leurs antécédents.**

b) **Soulignez en rouge les subordonnées essentielles. Quelle est leur classe grammaticale et leur fonction ?**

……………………………………………

c) **Soulignez en vert la subordonnée complément circonstanciel et indiquez sa fonction complète.** ……………………

À RETENIR

- Les subordonnées **relatives** sont placées **après un nom** et peuvent être **supprimées**.
- Les subordonnées **essentielles** ne peuvent **pas** être **supprimées**.
  Elles sont placées **après un verbe** et introduites par ***que*** ou un **mot interrogatif**.
- Les subordonnées **compléments circonstanciels** n'ont **pas de place fixe** et peuvent être **supprimées**.

29 L'origine et la formation des mots

RÉVISIONS
RÉPONSES P. 128

Je connais l'origine des mots

Mots issus du latin	Mots issus du grec	Mots issus d'autres langues
• **Mots empruntés directement** ➤ *agenda* (choses devant être faites) ➤ *alibi* (ailleurs) • **Mots déformés par l'usage** (formation populaire) ou **formés à partir de radicaux** (formation savante) ➤ *capillus* → capillaire (doublet savant) → cheveu (doublet populaire) ➤ *minister* → ministre (doublet savant) → métier (doublet populaire)	**Mots formés à partir de radicaux grecs** (vocabulaire technique et scientifique) ➤ *télé* (= de loin) ➤ *scope* (= voir) → *télescope*	**Mots d'origine** gauloise, germanique, arabe, italienne, espagnole, anglaise… ➤ *weekend, opéra…*

1 Complétez par un de ces mots latins directement passés en français.

aquarium • incognito • bonus • duplex • examen • terminus

a. Myriam et sa nombreuse famille vivent dans un grand .... **b.** Je ne risque pas de rater ma station, je descends au .... **c.** Je suis fascinée par les poissons exotiques : j'ai installé un immense .... dans mon salon. **d.** Je n'ai jamais eu d'accident depuis que je conduis, de ce fait je bénéficie d'un .... important sur mon contrat d'assurance. **e.** Je n'avais pas le temps de m'arrêter, du coup, je suis passée .... devant leur maison.

2 Trouvez un mot français issu de ces mots latins.

a. *infans* : ....
b. *vita* : ....
c. *canis* : ....
d. *terra* : ....
e. *obliquus* : ....
f. *pluma* : ....
g. *multi* : ....

Je sais former des mots dérivés

Préfixe : placé avant le radical, il modifie le sens du mot mais pas sa classe grammaticale.
➤ *juste, **in**juste* (sens contraire)

Suffixe : ajouté après le radical, il change la classe grammaticale ou modifie le sens.
➤ *long* (adjectif), *long**ueur*** (nom) ; *maison, maison**nette*** (sens diminutif) ; *rouge, roug**eâtre*** (sens péjoratif)

Mot simple : Mot sans préfixe ni suffixe.
➤ *juste, grand, beau…*

3 Remplacez le groupe souligné par le mot plus couramment utilisé, emprunté à une langue étrangère.

a. Le numéro de cirque que je préfère est celui des personnages ridicules qui nous font rire. ....

b. Les rues sont tapissées de petites pastilles multicolores de papier .... : hier, c'était le carnaval.

c. Les masses de glace détachées de la banquise .... fondent, c'est très inquiétant !

d. Dans notre ville, il y a peu d'espaces verts, juste un petit jardin public. ....

4 Trouvez le doublet savant.

a. *mobilem* : meuble/........................
b. *operare* : œuvrer/........................
c. *navigare* : nager/........................
d. *rationem* : raison/........................
e. *legalem* : loyal/........................

5 Soulignez les préfixes et indiquez leur sens : négatif, répétition, dans, avec.

a. im/porter : ....
b. il/limité : ....
c. re/faire : ....
d. co/locataire : ....
e. ré/orienter : ....
f. en/terrer : ....
g. im/mature : ....
h. co/équipier : ....

6 Formez des mots de sens contraire à l'aide d'un préfixe.

a. réel : ....
b. union : ....
c. contracté : ....
d. honnête : ....
e. entente : ....
f. espoir : ....
g. adapté : ....
h. pesanteur : ....

7 *Dans la pension Vauquer, Vautrin semble bien mystérieux.*

Sa figure, rayée par des rides prématurées, offrait des signes de dureté que démentaient ses manières souples et liantes[1]. Sa voix de basse-taille[2], en harmonie avec sa grosse gaieté, ne déplaisait point. Il était obligeant et rieur. Si quelque serrure allait mal, il l'avait bientôt démontée, rafistolée, huilée, limée, remontée, en disant : « Ça me connaît. » […] Ses mœurs consistaient à sortir après le déjeuner, à revenir pour dîner, à décamper[3] pour toute la soirée, et à rentrer vers minuit, à l'aide d'un passe-partout que lui avait confié madame Vauquer.

1. Sociable. 2. Grave. 3. S'en aller précipitamment.

Honoré de Balzac, *Le Père Goriot* (1883).

a. Quel est le préfixe des quatre verbes soulignés ? Quel est son sens ? ....

b. Relevez deux verbes ayant un autre préfixe en commun, puis indiquez le sens du préfixe. ....

....

....

8 **Précisez la classe grammaticale des mots suivants. Puis modifiez-la à l'aide d'un suffixe.**

a. figure : ....

b. signes : ....

c. souples : ....

d. connaître : ....

9 **Modifiez le sens de ces mots à l'aide d'un suffixe dont vous préciserez le sens : diminutif (D) ou péjoratif (P).**

a. fille : .... **b.** vert : .... **c.** âne : ....

d. papier : .... **e.** arbre : ....

f. chien : .... **g.** noir : ....

10 **Formez des noms à partir des verbes suivants.**

a. moucher : ....

b. interroger : ....

c. coller : ....

d. chanter : ....

e. abolir : ....

f. bouillir : ....

g. cavaler : ....

Je sais former des mots composés

Mot composé de deux radicaux grecs ou latins (voir fiche 30)

➤ ***biographie*** : des radicaux grecs ***bio*** (vie) et ***graphie*** (écriture)

➤ ***somnambule*** : des radicaux latins ***somnus*** (sommeil) et ***ambulare*** (se promener)

Mot composé de deux mots français soudés, juxtaposés, reliés par un trait d'union ou une préposition.

➤ *bonhomme, savoir-faire, pince à linge*

11 **Formez des noms composés en associant un mot de chaque liste.**

Liste 1 : cure • porte • coffre • après • croque • laissez • laurier

Liste 2 : monsieur • passer • clés • dents • rose • fort • midi

....

....

....

....

....

Je sais mettre les noms composés au pluriel

Invariables : verbes, mots invariables, adjectifs *demi*, *mi* et *semi*.

➤ *des coupe-ongles*

➤ *des arrière-boutiques*

➤ *des demi-frères*

Accord au pluriel : autres adjectifs et noms (sauf si le sens ne le permet pas)

➤ *des rouges-gorges*

➤ *des timbres-poste* (= des timbres pour la poste)

12 **Mettez ces noms composés au pluriel.**

a. un casse-croûte : ....

b. un savoir-faire : ....

c. un arc-en-ciel : ....

d. un procès-verbal : ....

e. un abat-jour : ....

f. un porte-bonheur : ....

12 J'applique pour écrire

Rédigez à votre tour le portrait physique et moral d'un personnage.

Consigne
- 10 lignes
- au moins 3 mots dérivés avec préfixe et/ou suffixe et un nom composé

30 Les radicaux grecs et latins

J'observe

incroyable, crédible, crédule, incrédule

Associez chaque mot à sa définition :

Que l'on peut croire. ....

Que l'on ne peut pas croire. ....

Qui croit facilement. ....

Qui ne croit pas facilement. ....

Quel verbe figure dans toutes les définitions ?

....

Quel radical est commun à trois mots ? ....

Je retiens

A QUELLES SONT LES CARACTÉRISTIQUES DES RADICAUX GRECS ET LATINS ?

• Les radicaux grecs et latins sont des éléments **porteurs de sens** à l'origine d'une **grande partie du vocabulaire français**.

• On retrouve ces radicaux dans les mots de **même famille** et dans certains **mots composés**.

Mots de la famille de ***terre*** :
– radical latin ***terr*** (de *terra*, la terre) : ***terr**asse, en**terr**er.*

Mot composé ***bio/logie*** (étude de la vie) :
– issu de deux radicaux grecs : ***bio*** (la vie) et ***logie*** (l'étude).

B QU'EST-CE QU'UNE FAMILLE DE MOTS ?

• Une famille de mots est l'ensemble des mots ayant le **même radical**.
Dans une même famille, le radical peut prendre des formes différentes.

Trois formes du même radical :
***chant**er, **chan**son, **cant**atrice.*

• Certains **radicaux grecs et latins de même sens** peuvent donner naissance à **deux familles différentes**.

Mots de la famille de ***eau*** :
– latin ***aqua*** : ***aqua**tique, **aqua**rium*
– grec ***hydr*** : ***hydr**ater, **hydr**aulique, **hydr**atation*

C COMMENT FORMER DES MOTS COMPOSÉS ?

• Pour former un mot composé, on **juxtapose deux radicaux**.

– **Deux** radicaux **latins** : *omni* (tout) *-vore* (manger) → *omnivore*

– **Deux** radicaux **grecs** : *micro* (petit) *-scope* (voir) → *microscope*

– **Un** radical **grec** et **un** radical **latin** : *télé* (grec : loin) *-vision* (latin : voir) → *télévision*

Je m'entraîne

La forme du radical peut être un peu différente d'un mot à l'autre.

1 Soulignez le radical latin de ces familles de mots puis indiquez son sens.

1. déformer • formation • transformer • difforme • informel : ....

2. fleuriste • floraison • fleurir • floral • refleurir : ....

3. marin • immerger • marais • amerrir : ....

2 Formez des mots composés à partir de ces radicaux grecs.

1. *chrono* (temps) : ....

2. *géo* (terre) : ....

3. *auto* (soi-même) : ....

Les doublets sont des mots issus d'un même mot latin

3 **Formez des familles de mots à partir de ces radicaux issus de doublets.**

1. *mobil / meubl* :

2. *rigid / raid* :

3. *ratio / rais* :

4 **Lisez le texte et répondez aux questions.**

Paysage
Pas une feuille qui bouge,
Pas un seul oiseau chantant,
Au bord de l'horizon rouge
Un éclair intermittent[1] […].

Théophile Gautier, *Premières poésies* (1866).

1. Qui s'arrête et reprend.

a) Trouvez quatre mots de la même famille que *paysage* :

b) Trouvez cinq mots de la même famille que *éclair* :

c) Le mot *seul* vient du latin *solus* (seul) ; *mono* est le radical grec de même sens. À partir de ces deux radicaux, trouvez six mots.

5 **Formez un ou plusieurs mots dérivés ou composés à partir de chacun de ces radicaux synonymes.**

1. *equ/hippo* (cheval)

2. *popul/démo* (peuple)

3. *equ/iso* (égal)

6 **Associez les radicaux de la liste pour former des mots composés correspondant aux définitions.**

poly/multi (plusieurs, nombreux) • *noct* (nuit) • *chrom/color* (couleur) • *scop* (voir) • *rhino* (nez) • *mis* (haine) • *anthrop* (homme, genre humain) • *ot* (oreille) • *ambul* (se promener) • *micro* (petit) • *somn* (sommeil)

1. Appareil pour voir ce qui est petit.
• Qui se promène en dormant.

2. De plusieurs couleurs (2 mots).
• Qui se promène la nuit.

3. Qui soigne le nez et les oreilles.
• Qui déteste le genre humain.

7 ***J'applique pour lire***

Chant d'automne
Bientôt nous plongerons dans les **froides ténèbres** ;
Adieu, **vive clarté** de nos **étés** trop courts !
J'entends déjà tomber avec des chocs funèbres[1]
Le bois retentissant sur le pavé des cours.

Tout l'hiver va rentrer dans mon être : colère,
Haine, frissons, horreur, labeur dur et forcé,
Et, comme le soleil dans son enfer polaire,
Mon *cœur* ne sera plus qu'un bloc rouge et glacé.

1. Qui évoque la mort.

Charles Baudelaire, *Les Fleurs du Mal* (1857).

a) Trouvez un mot de la même famille que chaque mot en gras. Quelles oppositions ces mots soulignent-ils ?

froides :
ténèbres : **vive :**
clarté : **étés :**

b) Trouvez un mot de la même famille que chaque mot souligné. Quelle idée ces mots mettent-ils en valeur ?

8 ***J'applique pour écrire***

Aimez-vous l'automne ? Rédigez un paragraphe de 10 lignes pour exprimer ce que cette saison vous inspire.

Consigne
• 10 lignes
• au moins 1 mot composé de 2 radicaux grecs ou latins

Chacun son rythme

Cochez la couleur que vous avez le mieux réussie.

Relevez de nouveaux défis ! → exercices 9, 10 p. 91
Améliorez vos performances ! → exercices 11, 12 p. 91
Confirmez votre réussite ! → exercices 13, 14 p. 91

Chacun son rythme

L'origine et la formation des mots

1. *Quiz* Cochez les phrases vraies.

- [ ] Beaucoup de mots français sont issus du latin ou du grec ancien.
- [ ] Le préfixe modifie la classe grammaticale d'un mot.
- [ ] Le suffixe modifie la classe grammaticale ou le sens d'un mot.
- [ ] On peut former un mot composé en reliant par un trait d'union deux mots français.

2. *Méli-mélo* Utilisez ces mots latins pour compléter les phrases.

agenda • vidéo • lavabo • cursus • podium

1. Fais attention, le .... est bouché.
2. Ma sœur est montée sur le ...., nous étions très fiers !
3. Je voudrais être médecin, mais le .... est long et difficile.
4. Note bien notre rendez-vous sur ton ....
5. La .... que tu as faite avec ton petit chat est très amusante.

3. *Chasse aux intrus* Dans chaque liste, un intrus n'a pas la même formation que les autres mots. Barrez-le et justifiez votre choix.

Liste 1 : défaire, revenir, transporter, importer, ouvrir

....

Liste 2 : brûlure, changement, obligation, pièce, passoire

....

Liste 3 : illégalité, impossible, irrégulier, illustré, inégal

....

....

Liste 4 : mouvement, enterrement, déplacement, retournement, dent

....

....

4. *Labo des mots* Complétez le tableau suivant à l'aide de dérivés de la classe grammaticale indiquée.

Adjectif	Nom	Verbe	Adverbe
clair			
		solidifier	
	légalité		
			nullement

5. *Charade* Résolvez la charade. Puis utilisez le mot trouvé dans deux phrases : l'une où il est au singulier, l'autre au pluriel.

Mon premier lance des flèches. ....

Mon deuxième dure 365 jours. ....

Mon troisième est au-dessus de nos têtes. ....

Mon tout survient quand pluie et soleil se mêlent. ....

Phrase 1 (mot au singulier) : ....

....

....

Phrase 2 (mot au pluriel) : ....

....

....

6. *Grille* Trouvez dans cette grille huit mots d'origine étrangère. Puis utilisez-les dans une phrase de votre composition.

H	N	T	R	O	H	S
G	N	A	Z	Z	I	P
H	O	J	X	L	I	O
C	G	U	F	A	R	N
T	A	D	N	S	U	S
A	W	O	J	S	X	O
M	D	R	O	C	E	R

Phrase 1 : ....

....

Phrase 2 : ....

....

Phrase 3 : ....

....

Phrase 4 : ....

....

Phrase 5 : ....

....

Phrase 6 : ....

....

Phrase 7 : ....

....

....

Phrase 8 : ....

....

....

Chacun son rythme

■ **7. *Méli-mélo* Les doublets populaires de la liste ont été mélangés. Replacez-les dans le tableau.**

moule • chose • aigre • entier • arracher • millième

Mot latin	Doublet savant	Doublet populaire
eradicare	éradiquer	
integrum	intègre	
acrem	acre	
modulum	module	
causam	cause	
millesimum	millésime	

■ **8. *Remue-méninges* Retrouvez les noms composés justes. Puis mettez-les au pluriel.**

un sèche-fleur • un chien à manger • une salle à vent • un chou-loup • un moulin-monsieur • un croque-cheveux

....

....

....

....

....

....

Les radicaux grecs et latins

■ **9. *Quiz* Cochez les phrases vraies.**

- ☐ Les radicaux grecs et latins sont utilisés pour former des mots composés.
- ☐ Les mots d'une même famille ont tous le même sens.
- ☐ La forme d'un même radical peut varier d'un mot à l'autre.
- ☐ Les radicaux grecs et latins n'ont jamais le même sens.

■ **10. *Range-mots* Après avoir identifié leur radical, rangez ces mots par leur numéro dans le tableau.**

1. terre **2.** visible **3.** apporter **4.** terrasse **5.** invisible **6.** somnambule **7.** terrain **8.** somnifère **9.** importation **10.** visibilité **11.** reporter **12.** herbivore **13.** enterrer **14.** visiblement **15.** équilatéral

Mots de la famille de	
Mots de la famille de	
Mots de la famille de	
Mots composés de deux radicaux	

■ **11. *Chasse aux intrus* Dans chaque liste, barrez l'intrus qui n'appartient pas à la même famille.**

Liste 1. Famille de *bios* (la vie) : biologie, symbiose, amphibie, babiole, biographie

Liste 2. Famille de *manus* (la main) : manuel, demain, manuscrit, manipuler, manchon

Liste 3. Famille de *agere* (faire) : agent, agenda, ménage, agir, agence

Liste 4. Famille de *mnêmê* (la mémoire) : amnésique, mnémotechnique, condamner, hypermnésie

■ **12. *Méli-mélo* Retrouvez la famille de chaque mot de cette liste.**

évocation • voilà • viabiliser • voirie • vocation • visible • révision • vocalise • révoquer • déviation • voyage • dévier • vision • vocal • évident

Famille de *voie* (radical latin *via* : la route) :

....

Famille de *voir* (radical latin *video, visum* : voir, vu) :

....

Famille de *voix* (radical latin, *vox/voc* : la voix) :

....

■ **13. *Casse-tête* Formez des mots en associant des radicaux des deux listes.**

Liste 1 : *quadru, micro, mammi, coni, camé, carni, horo, auri, omni, palmi, péri, bi, herbi, télé*

Liste 2 : *pède, fère, vore, scope/scopie*

....

....

....

....

....

■ **14. *Jeu du smiley* En associant les radicaux grecs *phil* (aimer) et *phob* (avoir peur) à certains radicaux grecs et latins de la liste, créez des mots composés correspondant à vos goûts.**

bibliophile : qui aime les livres ; *archnophobe* : qui a peur des araignées…

arachno : araignée • *api* : abeille • *nyktero* : chauve-souris • *leo* : lion • *cyno* : chien • *ailuro* : chat • *entomo* : insecte • *zoo* : animaux • *hémato* : sang • *claustro* : enfermement • *anthropo* : genre humain

☺ : ....

....

☹ : ....

....

31 Synonymie, antonymie, paronymie

J'observe

Je me rappelle très bien son nom, mais je ne me souviens plus de son visage et j'ai oublié où elle habitait.

Quels verbes ont le même sens ? ....

Quel verbe a le sens contraire ? ....

Je retiens

A QU'APPELLE-T-ON SYNONYMES ET ANTONYMES ?

• Les **synonymes** sont des mots de **même sens** ou de **sens voisin** ; les **antonymes** sont des mots de **sens contraire**. Ils sont parfois formés à l'aide d'un préfixe.

chagrin : *peine* (synonyme) / *joie* (antonyme) – ***faire/défaire*** (antonyme avec préfixe)

• Synonymes et antonymes ont toujours la **même classe grammaticale**. Ils peuvent exprimer des **degrés d'intensité** ou des **niveaux de langue différents**.

– 3 adjectifs **synonymes** : *joli, beau, magnifique* (= S de sens plus fort)

– 2 adjectifs **antonymes** de *beau* : *laid* (= courant), *moche* (= familier)

B QU'APPELLE-T-ON PARONYMES ?

• Les **paronymes** sont des mots dont les sonorités **se ressemblent** mais dont le sens diffère. Attention à ne pas les confondre !

***pré**position* (mot invariable) ≠ ***pro**position* (groupe de mots organisés autour d'un verbe)

Je m'entraîne

Pour faire ces exercices, aidez-vous du dictionnaire.

1 Complétez ces couples de phrases à l'aide de paronymes. L'un vous est proposé, à vous de trouver l'autre.

influence • cynophile • irruption • accident

1. Il y a une grande .... dans les magasins au moment de Noël.
• Ce professeur a eu une excellente .... sur moi.

2. Un grave .... a eu lieu hier sur l'autoroute.
• Notre train s'est arrêté en pleine campagne à la suite d'un .... technique.

3. Elle va au cinéma trois fois par semaine, c'est une .... avertie.
• Son père tient quatre chiens en laisse, rien d'étonnant, c'est un .... reconnu.

4. Elle a fait .... dans la pièce et nous a tous surpris.
• Le Vésuve est entré en ....

2 Lisez le texte et répondez aux questions.

Demain dès l'aube

Demain, dès l'*aube*, à l'heure où blanchit
[la campagne,
Je <u>partirai</u>. Vois-tu, je **sais** que tu m'attends.
J'irai par la forêt, j'irai par la montagne.
Je ne puis demeurer **loin** de toi plus longtemps.

Victor Hugo, *Les Contemplations* (1856).

a) Proposez un antonyme pour chaque mot en gras.

....

b) Proposez un synonyme (S) et un antonyme (A) du mot en italiques.

....

c) Trouvez dans le texte un synonyme (S) et un antonyme (A) du verbe souligné. Puis proposez un autre synonyme et un autre antonyme.

....

....

Vous pouvez choisir un niveau de langue courant, soutenu ou familier !

3 Proposez au moins un synonyme (S) et un antonyme (A) pour chaque mot proposé.

1. fin (S) : ....
(A) : ....
• baisser (S) : ....
(A) : ....

2. cacher (S) : ....
(A) : ....
• attraper (S) : ....
(A) : ....

3. réussite (S) : ....
(A) : ....
• riche (S) : ....
(A) : ....

4 Lisez le texte et répondez aux questions.

Le directeur de l'hôtel vient accueillir le narrateur.

Il m'annonça qu'il m'avait logé tout en haut de l'hôtel. « J'espère, dit-il, que vous ne verrez pas là un manque **d'impolitesse**, j'étais ennuyé de vous donner une chambre dont vous êtes indigne, mais je l'ai fait rapport au bruit parce que comme cela vous n'aurez personne au-dessus de vous pour vous fatiguer le trépan […]. Soyez tranquille, je ferai fermer les fenêtres pour qu'elles ne battent pas. Là-dessus je suis intolérable. » […]. Je pourrais faire du feu si cela me plaisait […] mais il craignait qu'il n'y eût des « *fixures* » dans le plafond. « Surtout attendez toujours pour allumer une flambée que la précédente soit consommée. »

Marcel Proust, *À la recherche du temps perdu* (1913).

a) **Remplacez le nom en gras par son antonyme pour corriger la faute du directeur.**

....

b) **Le mot en italiques est une invention du directeur ; trouvez le paronyme avec lequel il confond.**

....

c) **Retrouvez le paronyme qui convient pour remplacer les trois mots soulignés.**

....

5 Pour chaque mot souligné, trouvez des synonymes (S) conformes à la consigne.

1. Cette nouvelle est étonnante **(1 S simple + 1 S fort)**.

....

2. Je suis fatigué **(1 S fort + 1 S familier)**.

....

3. Elle habite maintenant dans cette maison **(4 S)**.

....

6 Formez un antonyme de ces mots à l'aide d'un préfixe.

1. mobile : ....
supportable : ....

2. approuver : ....
gracieux : ....

3. courtois : ....
entente : ....

7 J'applique pour lire

Je vis, je meurs

Je vis, je meurs ; je me brûle et me noie.
J'ai chaud extrême[1] en **endurant** froidure[2] ;
La vie m'est et trop molle[3] et trop dure.
J'ai grands ennuis entremêlés de joie. […]

Ainsi Amour inconstamment[4] me **mène**.
Et quand je **pense** avoir plus de douleur,
Sans y penser je me trouve hors de peine.

1. Très chaud. 2. Froid. 3. Douce. 4. De manière imprévisible.

Louise Labé, *Sonnets*, VIII (1555).

a) **Proposez un synonyme des verbes en gras.**

....

b) **Soulignez les couples d'antonymes contenus dans la 1re strophe. Que mettent-ils en valeur ? En quoi la deuxième strophe les explique-t-elle ?**

....

8 J'applique pour écrire

À votre tour, rédigez un court paragraphe pour décrire des sentiments complexes.

Consigne
• 10 lignes
• au moins 2 synonymes et 2 antonymes

Cochez la couleur que vous avez le mieux réussie.

Relevez de nouveaux défis ! → exercices 1, 2 p. 96
Améliorez vos performances ! → exercices 3, 4 p. 96
Confirmez votre réussite ! → exercices 5, 6 p. 96

Chacun son rythme

32 Champ lexical et champ sémantique

J'observe

Cette **plante pousse** bien, elle **fleurit** au printemps, mais ce **rosier** a une **floraison** plus tardive. Pousse-toi, je ne peux pas passer.

À quel thème se rattachent les mots en gras ? ....

Le verbe *pousser* a-t-il le même sens dans les deux phrases ? Justifiez votre réponse.

....

Je retiens

A QU'EST-CE QU'UN CHAMP LEXICAL ?

- Un **champ lexical** regroupe des **termes** qui se rattachent à un **même thème**.
- Les **mots** d'un champ lexical peuvent appartenir à des **classes grammaticales différentes**.

  un marteau, visser, un tournevis, scier, une scie, un clou… : champ lexical du bricolage

B QU'EST-CE QU'UN CHAMP SÉMANTIQUE ?

- Un **champ sémantique** regroupe tous les **sens d'un même mot**.
- Un mot qui a plusieurs sens est appelé **polysémique** (≠ monosémique = un seul sens)

  ***bois :** matière issue des arbres / lieu planté d'arbres / cornes de certains animaux*
- La **polysémie** est parfois liée au **sens figuré** (ou imagé), différent du **sens propre** (ou premier).

  *Montre-moi ta **main*** (sens propre).
  *Donne-moi un coup de **main*** (sens figuré).

Je m'entraîne

1 Identifiez le champ lexical auquel ces mots appartiennent.

1. avion, trajet, bateau, voiture, transporter : ....
2. médicament, contagieux, ausculter, pédiatre : ....
3. lune, planète, Jupiter, satellites, terrestre : ....

2 Soulignez la phrase où le verbe est utilisé avec son sens propre.

1. J'ai **dévoré** mon gâteau.
   • J'ai **dévoré** ce roman.
2. Elle a **ouvert** un magasin en centre-ville.
   • Elle a **ouvert** la fenêtre.
3. Ne **mets** pas ce plat sur la table.
   • Ne **mets** pas trois heures pour arriver.
4. Ces pneus **crèvent** facilement.
   • Le trousseau de clés que tu cherches te **crève** les yeux.

3 Trouvez au moins trois mots appartenant à chaque champ lexical proposé.

1. voiture : ....
2. ville : ....
3. littérature : ....

4 Pour chaque mot, construisez une phrase où il a son sens propre, l'autre son sens figuré.

1. **tête** Sens propre : ....
   Sens figuré : ....
2. **nez** Sens propre : ....
   Sens figuré : ....
3. **pied** Sens propre : ....
   Sens figuré : ....

5 **Lisez le texte et répondez aux questions.**

Chaleur

Tout luit, tout bleuit, tout bruit[1],
Le jour est brûlant comme **un fruit**
Que le soleil fendille et cuit.

Chaque **petite feuille** est chaude
Et miroite dans l'air où rôde
Comme un parfum **de reine-claude**[2]

1. Fait du bruit. 2. Variété de prune.

Anna de Noailles, *L'ombre des jours* (1902).

a) Soulignez les mots appartenant au champ lexical de la lumière et de la chaleur.

b) À quel champ lexical se rattachent les mots en gras ? ....

c) Utilisez *jour* dans une phrase où il a un sens figuré.

....

6 **Indiquez le sens du mot souligné. Puis utilisez-le dans une phrase où il a un autre sens.**

1. Le cœur est situé à gauche.

....

....

....

2. Notre avion décolle à six heures.

....

....

....

3. Elle a levé la tête et nous a aperçus.

....

....

....

7 **Trouvez le mot qui peut compléter chaque phrase de cette série.**

1. Les .... de cet appartement sont petites.
- Ce puzzle comporte 500 ....
- Cette .... comique est vraiment amusante.

2. Le .... qui mène à la plage est très étroit.
- En ...., tu t'arrêteras pour prendre le pain.
- Nos .... ne se sont jamais croisés.

3. Nous atteignons le .... du voyage.
- Je mâchonne toujours le .... de mon stylo.
- Ne me mets pas à .... avec tes bêtises.

8 ## *J'applique pour lire*

Spleen[1]

Tout m'ennuie aujourd'hui. J'écarte mon rideau.
En haut ciel gris rayé d'une éternelle pluie,
En bas la rue où dans une brume de suie
Des ombres vont, **glissant** parmi les flaques d'eau.
[…]
Bah ! Sortons, je verrai peut-être du nouveau.
Pas de livres parus. Passants bêtes. Personne.
Des fiacres[2], de la boue, et l'averse toujours…
Puis le soir et le gaz[3] et je rentre à pas **lourds**…

1. Sentiment de mal-être, de mélancolie.
2. Voitures à cheval. 3. Réverbères à gaz.

Jules Laforgue, *Le Sanglot de la Terre*, posthume (1901).

a) Soulignez les mots appartenant au champ lexical de la météorologie et de la ville. Quelle atmosphère créent-ils ? Expliquez pourquoi. ....

....

....

....

....

....

b) Quels verbes se rattachent au champ lexical du mouvement ? Qui accomplit ces déplacements ? Lui apportent-ils une satisfaction ? ....

....

....

....

....

....

c) Utilisez les mots en gras dans une phrase où ils auront une autre signification.

....

....

....

....

....

....

9 ## *J'applique pour écrire*

À votre tour, rédigez un court paragraphe décrivant un jour d'ennui.

Consigne
- texte à la 1re ou 3e personne
- environ 15 lignes
- au moins 2 champs lexicaux bien représentés

Cochez la couleur que vous avez le mieux réussie.

- Relevez de nouveaux défis ! → exercices 7, 8, 9 p. 96-97
- Améliorez vos performances ! → exercices 10, 11 p. 97
- Confirmez votre réussite ! → exercices 12, 13, 14 p. 97

Chacun son rythme

Chacun son rythme

Synonymie, antonymie, paronymie

1. *Quiz* **Cochez les phrases vraies.**

☐ Les synonymes ont le même sens.
☐ Les paronymes ont la même orthographe.
☐ Les paronymes sont des mots qui se ressemblent.
☐ Les antonymes ont presque le même sens.

2. *Méli-mélo* **Trouvez dans la liste un synonyme (S) et un antonyme (A) des mots soulignés.**

agité • ralentir • tranquille • diminuer • vieux • solitude • foule • augmenter • accélérer • neuf

1. Il est toujours calme. ....
2. Freine ! Il y a un virage ! ....
3. C'est un meuble ancien. ....
4. J'aime l'isolement. ....
5. Nous avons réduit le nombre d'invitations. ....

....

3. *Chasse aux intrus* **Barrez l'intrus de chaque liste et justifiez votre choix.**

Liste 1 : normal, ordinaire, responsable, gentil, extraordinaire, irresponsable, anormal

....

....

Liste 2 : intelligible, accroître, ranger, manque, compréhensible, défaut, augmenter

....

....

Liste 3 : conjecture, perpétuer, funèbre, famine, hiberner, conjoncture, funeste, perpétrer, hiverner

....

....

4. *Lettres mêlées* **Remettez les lettres en ordre pour trouver le mot demandé.**

1. Notre maison se situe à l'orée de la forêt :
synonyme (èlesiri) : ....
2. Cet événement était prévu :
antonyme : (éiopnin) : ....
3. L'admission au club est soumise à un examen :
antonyme : (nioecuxls) : ....
4. La rougeole est une maladie infantile :
paronyme (naieftnen) : ....

5. *Remue-méninges* **Soulignez le mot juste et barrez le paronyme.**

1. Cette région est infectée / infestée de moustiques.
2. Son discours était très compréhensible / compréhensif.
3. Ne mange pas ce champignon : il est venimeux / vénéneux.

6. *Bouche-trous* **Complétez ces couples de phrases à l'aide des paronymes suivants.**

allocution/allocation • élucider/éluder (verbes à accorder au contexte) • à l'issue de/à l'insu de • imminent/éminent

Phrase 1 : .... de la réunion, nous nous réunirons autour d'un verre.

Phrase 1bis : Il a agi .... de tous.

Phrase 2 : Nous avons enfin .... le mystère.

Phrase 2bis : N' .... pas la question.

Phrase 3 : Le déclenchement des hostilités est ....

Phrase 3bis : Un membre .... de l'Académie française a participé à la réunion.

Phrase 4 : L' .... du président a été applaudie.

Phrase 4bis : Les personnes pauvres reçoivent une .... de la mairie.

Champ lexical et champ sémantique

7. *Quiz* **Cochez les phrases vraies.**

☐ La plupart des mots ont une seule signification.
☐ Les mots appartenant au même champ lexical ont la même classe grammaticale.
☐ Le champ lexical regroupe des termes appartenant à un même thème.
☐ Le champ sémantique regroupe l'ensemble des significations d'un même mot.

8. *Chasse aux intrus* **Barrez l'intrus de chaque liste et justifiez votre choix.**

Liste 1 : football, ballon, arbitre, monopoly, rugby, but, handball

....

....

Liste 2 : amas de bulles à la surface de l'eau, dessert à base de crème, caoutchouc spongieux, récipient dans lequel on cuit les gâteaux, nom d'un point de tricot

....

....

....

9. *Méli-mélo* **Classez les mots de la liste dans le tableau et nommez les quatre champs lexicaux.**

bonnet • parasol • vendanges • neige • primevères • ski • feuilles mortes • rentrée des classes • chaleur • bourgeons • tong • champignons • moufles • fonte des neiges • baignade • luge • anorak • maillot de bain

Champ lexical	Mots
1.	
2.	
3.	
4.	

10. *Jeu du pendu* **Trouvez le mot manquant puis quatre mots appartenant au même champ lexical.**

1. Ferme les stores, la l __ __ __ __ __ e est trop vive.

2. Regarde cet i __ __ __ __ __ __ e de quinze étages !

3. Le f __ __ __ __ __ __ __ e de cet arbre est magnifique !

11. *Mot mystère* **Pour chaque couple de phrases, trouvez le mot mystère. Utilisez-le ensuite avec un troisième sens dans une phrase de votre composition.**

1. Ce soda se boit très … / j'aime la crème … sur les fraises :

2. Je te … la réponse / cette fenêtre … sur la rue :

3. … cette pomme en deux / ne me … pas la parole :

4. Ne … pas à ce vase très fragile / la fête … à sa fin :

5. Nous avons pris le train en … / il faut gravir 100 … pour atteindre le sommet :

12. *Charade* **Résolvez la charade. Utilisez le mot trouvé dans deux phrases où il a un sens différent.**

Mon premier sert à transporter l'eau.

On dort dans **mon deuxième**.

Mon troisième est un petit chiffre.

Mon tout est le contraire de liquide.

Phrase 1 :

Phrase 2 :

13. *Grille* **Trouvez six noms d'animaux. Utilisez chacun d'eux dans deux phrases où ils ont un sens différent.**

L	O	U	P	X
I	J	A	O	K
O	T	L	U	D
N	A	S	L	V
C	H	I	E	N
E	C	U	P	M

Nom 1 :

Nom 2 :

Nom 3 :

Nom 4 :

Nom 5 :

Nom 6 :

14. *Devinette* **Résolvez la devinette et associez le mot trouvé à un champ lexical de votre choix. Puis illustrez ce champ d'au moins trois autres mots.**

Je coule mais je ne me noie pas, j'ai un lit mais je ne dors pas. Qui suis-je ?

33 Je sais ponctuer un texte

Je sais utiliser la ponctuation en fin de phrase

- Le **point** achève une phrase **déclarative** ou **impérative**.
  Nous sommes arrivés à l'heure.
- Le **point d'exclamation** remplace le point pour **insister** ou **exprimer une émotion**.
  Nous sommes enfin arrivés !
- Le **point d'interrogation** achève une **phrase interrogative**.
  Qu'apporteras-tu ?
- Les **trois points de suspension** s'utilisent en cas de phrase **inachevée volontairement** ou **interrompue** par une cause extérieure (usage fréquent au théâtre).
  J'apporterai des bonbons, des gâteaux, des sodas…

Remarque : le **point d'exclamation** et les **trois points** s'utilisent aussi à l'**intérieur d'une phrase après interjection** (point d'exclamation) ou pour marquer une **hésitation** (trois points).

1 Utilisez la ponctuation adaptée.

1. Où cours-tu si vite ……
• Ce film a une fin très émouvante ……

2. Quelle honte …… Pourquoi a-t-on détruit un si beau bâtiment ……
• Nous n'en savons rien ……

3. Que d'émotions …… Quel séjour extraordinaire …… En une seule journée, nous avons visité : le Louvre, la tour Eiffel, le musée d'Orsay, l'Arc de Triomphe ……

2 Rétablissez la ponctuation forte et les majuscules dans ces couples de phrases.

1. ainsi s'acheva la journée le lendemain, un programme chargé les attendait

……………………………………………………

……………………………………………………

2. voilà ma conclusion avez-vous des questions à poser ……………………………………

……………………………………………………

3. oh quelle chance nous somme enfin réunis

……………………………………………………

3 Lisez le texte et répondez aux questions.

La Flèche, le valet de Cléante, n'était pas à l'endroit où il devait retrouver son maître.

CLÉANTE – Ah …… traître que tu es …… Où t'es-tu donc allé fourrer …… Ne t'avais-je pas donné ordre ……

LA FLÈCHE – Oui, Monsieur, et je m'étais rendu ici pour attendre de pied ferme ; mais Monsieur votre père, le plus malgracieux[1] des hommes, m'a chassé dehors malgré moi, et j'ai couru risque d'être battu ……

1. Qui manque de grâce, d'élégance.

Molière, *L'Avare* (1668).

a) Placez le seul point de ce passage.

b) Placez le seul point d'interrogation de ce passage et le point d'exclamation après une interjection.

c) Complétez la ponctuation en utilisant un point d'exclamation et trois points de suspension. À quoi correspond ce dernier signe ?

……………………………………………………

……………………………………………………

Je sais utiliser la ponctuation à l'intérieur d'une phrase

- La **virgule** isole les différents termes d'une **énumération**, un **complément circonstanciel**, une **apposition**, une **apostrophe**. Elle **sépare** deux **propositions équivalentes**.
- Le **point-virgule sépare** des propositions ayant un **sens complet**. Il marque une **coupure moins importante** que le point.
- Les **deux points** introduisent une **explication**, une **énumération**, une **citation** ou des **paroles rapportées** au **discours direct** (alors suivis de guillemets et/ou tirets, cf. fiche 35 p. 102).
- Les **parenthèses** isolent une **idée**, une **réflexion**, une **précision** qui **pourraient être supprimées**.
  Je t'apporte ce que j'ai ramassé sur la plage hier : quelques coquillages, des galets(,) et de petits cailloux ; tu pourras décorer (si cela te plaît) ta chambre avec.

4 Lisez le texte et répondez aux questions.

Le texte décrit des repasseuses au travail.

En face de nous était une boutique de repasseuses : quatre femmes en caraco[1] blanc promenaient sur le linge, étalé devant elles, le fer lourd et chaud qui dégageait une buée.

Tout à coup une autre une cinquième portant au bras un large panier qui lui faisait plier la taille, sortit pour aller rendre aux clients leurs chemises leurs mouchoirs et leurs draps. Elle s'arrêta sur la porte comme si elle eût été fatiguée déjà […].

Le père Piquedent, ému, murmura : « Quel métier, pour une femme ! Un vrai métier de cheval. »

1. Corsage assez ample.

Guy de Maupassant, *La Question du latin* (1886).

a) Justifiez la ponctuation en rouge à la fin de l'extrait.

b) Dans le deuxième paragraphe, ajoutez une virgule pour isoler les termes d'une énumération et deux virgules pour isoler une apposition.

c) Justifiez la ponctuation de la première phrase.

5 Rétablissez les virgules oubliées.

1. Pour confectionner ce gâteau tu as besoin de farine de beurre d'œufs de sucre et de chocolat.

2. Maman est-ce que je peux aller chez Théo le cousin de Paul ?

3. Très souvent le matin ni mon père ni ma mère ni moi n'entendons le réveil.

6 Rétablissez les deux points et éventuellement, les parenthèses.

1. Elle m'a dit « Je reviens dans cinq minutes ».

2. Voilà longtemps très longtemps même que je n'ai pas vu cela pluie, vent et brouillard incessants.

3. Je suis convaincue cela n'engage que moi que vous ne devriez avoir qu'un but vous reposer.

7 Ponctuez ce texte. Retrouvez 12 virgules, 4 points, 1 point d'interrogation, 1 point-virgule, 1 deux points.

Harpagon, découvrant qu'on lui a volé sa cassette, interpelle le public.

C'en est fait ...... je n'en puis plus ...... je me meurs ...... je suis mort ...... je suis enterré ...... N'y a-t-il personne qui veuille me ressusciter ...... en me rendant mon cher argent ...... ou en m'apprenant qui l'a pris ...... […] Sortons ...... Je veux aller quérir[1] la justice ...... et faire donner la question[2] à toute ma maison ...... à servantes ...... à valets ...... à fils ...... à fille ...... et à moi aussi ...... […] De grâce ...... si l'on sait des nouvelles de mon voleur ...... je supplie que l'on m'en dise ......

1. Chercher. 2. Faire torturer.

Molière, *L'Avare*, acte IV, scène 7 (1668).

8 *J'améliore ma rédaction*

Recopiez ce texte en rétablissant tous les signes de ponctuation et les majuscules (16 virgules, 2 points-virgules, 1 deux points et 2 points de suspension).

Mme François, marchande de fruits et légumes, décrit les Halles de Paris.

« […] là tenez le pavillon qui est à côté de nous c'est le pavillon aux fruits et aux fleurs plus loin la marée la volaille et derrière les gros légumes le beurre le fromage il y a six pavillons de ce côté-là puis de l'autre côté en face il y en a encore quatre la viande la triperie la Vallée »

Émile Zola, *Le Ventre de Paris* (1873).

Cochez la couleur que vous avez le mieux réussie.

- Relevez de nouveaux défis ! → exercices 1, 2 p. 104
- Améliorez vos performances ! → exercice 3 p. 104
- Confirmez votre réussite ! → exercices 4, 5 p. 104

Chacun son rythme

34 Je sais prendre en compte la situation d'énonciation

Je reconnais une situation d'énonciation

• On appelle **situation d'énonciation** l'ensemble des **indices** qui nous renseignent sur le **moment où un énoncé a été produit** :

Qui est l'émetteur ? Qui est le destinataire ? Où et quand le message a-t-il été émis ?

• On distingue deux types d'énoncés :

– L'énoncé **ancré dans la situation d'énonciation** comporte des **renseignements** sur la situation d'énonciation.

lettre, SMS, journal intime, dialogue…

– L'énoncé **coupé de la situation d'énonciation** ne comporte **aucun renseignement** sur la situation d'énonciation.

roman, conte, article de dictionnaire…

Remarque : Dans un **même énoncé**, les **deux situations d'énonciation** peuvent être présentes.

un dialogue dans un roman, un récit dans une lettre…

1 Identifiez la situation d'énonciation. Puis indiquez à quel type d'énoncé ces phrases peuvent correspondre : ancré (A) ou coupé (C).

1. Il était une fois un roi et une reine qui n'avaient pas d'enfants. ....

• Coucou Mamie, je viens mercredi. Bisous. ....

2. L'imparfait est un temps de l'indicatif.

....

• Mon cher journal, aujourd'hui, j'ai passé une merveilleuse journée. ....

3. Lundi 25 septembre 1785. Grosse tempête depuis ce matin. Beaucoup de malades parmi les matelots.

....

• Hercule Poirot venait de tout comprendre. Il convoqua tous les membres de la famille.

....

Je reconnais les caractéristiques d'un énoncé ancré dans la situation d'énonciation

Un énoncé ancré dans la situation d'énonciation comporte :

• **les noms** de l'**émetteur** et du **destinataire** ; les **date** et **lieu** de l'énoncé ;

• les marques de l'**émetteur** et du **destinataire** ; *je, nous, tu, vous, mon, mes, notre, votre…*

• des verbes au **présent** (indicatif et impératif), **futur**, **imparfait**, **passé composé**… ;

• des indices de **temps** et de **lieu liés à la situation d'énonciation** ; des **marques d'oralité**.

hier, aujourd'hui, demain, ici, là, maintenant, salut, oh !…

Biarritz, le 15/10/2019

***Aujourd'hui**, le temps est très ensoleillé. **Nous pensons** bien à **vous** restés dans la grisaille parisienne.*

2 Lisez le texte et répondez aux questions.

Émile Zola écrit à Jeanne Rozerot, avec qui il a eu deux enfants.

Aix, lundi 12 septembre [1892]

Chère femme, je passe ici quelques bonnes journées à revoir tous les endroits où j'ai vécu, lorsque j'étais enfant. […]

J'espérais avoir ta lettre ce matin, mais je ne la trouve pas. C'est sans doute un retard de la poste. […]

Je vous embrasse de tout mon cœur, ma petite Jeanne, ma petite Denise et mon petit Jacques.

Émile Zola, *Lettres à Jeanne Rozerot* (1892-1902).

a) Identifiez l'émetteur, le destinataire, la date et le lieu de cette lettre.

....

....

....

b) Soulignez tous les GN, pronoms et déterminants qui renvoient à l'émetteur et au(x) destinataire(s) de la lettre.

c) Quels autres critères permettent d'identifier cet énoncé ancré dans la situation d'énonciation ?

....

....

....

3 Lisez le texte et répondez aux questions.

Harpagon veut contraindre sa fille Élise à épouser un vieil homme riche, alors qu'elle aime Valère.

ÉLISE – Je ne veux point me marier, mon père, s'il vous plaît.
HARPAGON – Et moi, ma petite fille, ma mie, je veux que vous vous mariiez, s'il vous plaît.
ÉLISE – …………………… demande pardon, …………… père.
HARPAGON – …………… demande pardon, …………… fille.
ÉLISE – ……… suis très humble servante au seigneur Anselme ; mais, avec …………………… permission, …………… ne l'épouserai point.

Molière, *L'Avare*, acte I, scène 4 (1668).

a) **À quel temps, fréquent dans les énoncés ancrés, sont les verbes ?**

……………………………………………………………

b) **Soulignez en bleu les pronoms personnels et déterminants caractéristiques des énoncés ancrés. À quelles personnes sont-ils ?**

……………………………………………………………

……………………………………………………………

c) **Complétez le texte par les pronoms personnels et les déterminants adaptés.**

Je reconnais les caractéristiques d'un énoncé coupé de la situation d'énonciation

- Coupé de la situation d'énonciation, un énoncé ne comporte **aucune marque** de l'**émetteur**, du **destinataire**, de la **date** ni du **lieu** de l'énoncé.
- Les verbes sont à la 3e personne et les temps les plus fréquents sont : **passé simple**, **imparfait**, **plus-que-parfait**, **présent du conditionnel**…
- Les indices de **temps** et de **lieu** : des groupes nominaux **indépendants de la situation d'énonciation** :

  la veille, le lendemain, à ce moment-là, à cet endroit…
  ***Ce jour-là, à Biarritz**, le temps **était** très ensoleillé.*
  ***Ils pensaient** bien à **leurs amis** restés dans la grisaille parisienne.*

4 Lisez le texte et répondez aux questions.

Au retour, dans l'encombrement des voitures qui rentraient par le bord du lac, la calèche dut marcher au pas. Un moment, l'embarras devint tel, qu'il lui fallut même s'arrêter. […]

« Tiens, dit Maxime, Laure d'Aurigny, là-bas, dans ce coupé… Vois donc, Renée. »

Renée se souleva légèrement, cligna des yeux, avec cette moue exquise[1] que lui faisait faire la faiblesse de sa vue.

« Je la croyais en fuite, dit-elle… Elle a changé la couleur de ses cheveux, n'est-ce pas ?

– Oui, reprit Maxime en riant, son nouvel amant déteste le rouge. »

1. Grimace délicate.

Émile Zola, *La Curée* (1871).

a) **Quelle est la situation d'énonciation des passages en gras ? Soulignez en bleu les critères d'identification.**

……………………………………………………………

b) **Quelle est la situation d'énonciation des autres passages ? Soulignez en rouge les critères d'identification.**

……………………………………………………………

……………………………………………………………

c) **À quel type de texte cet extrait se rattache-t-il ? Quel est l'intérêt de ces choix d'énonciation ?**

……………………………………………………………

……………………………………………………………

……………………………………………………………

……………………………………………………………

5 J'améliore ma rédaction

En cinq lignes environ, transformez les dialogues du texte précédent en énoncés coupés de la situation d'énonciation. Il est obligatoire de modifier certains mots.

Cochez la couleur que vous avez le mieux réussie.

- ☐ Relevez de nouveaux défis ! → exercices 6, 7 p. 104
- ☐ Améliorez vos performances ! → exercice 8 p. 105
- ☐ Confirmez votre réussite ! → exercice 9 p. 105

35 Je sais utiliser le discours direct et indirect

Je reconnais les caractéristiques du discours direct

- Le discours direct rapporte les paroles ou les pensées **telles qu'elles ont été prononcées ou conçues**.
- Il est encadré par une **ponctuation caractéristique** (**deux points, guillemets, tirets** pour les changements d'interlocuteur…).
- On y rencontre **tous les types de phrases** (interrogatives, exclamatives) et des marques d'**oralité** :

  euh… quoi ?… Madame…
- Les **indices d'énonciation** du discours direct sont ceux des **énoncés ancrés** (temps, lieu, personne et temps des verbes).

  aujourd'hui, ici, toi, votre, présent, futur, impératif…
- Au discours direct, un **verbe de parole** précise qui parle, sur quel ton et avec quelle intention.
Il apparaît soit **avant** les paroles, soit **au milieu ou à la fin** des paroles (**proposition incise** avec sujet inversé).

  « Eh bien ! puisque tout le monde est là, ouvrons la séance », déclara le président.
  Le président déclara : « Eh bien ! puisque tout le monde est là, ouvrons la séance. »
- Le discours direct interrompt le récit. Il **donne vie aux personnages**, révèle leur **niveau de langue** et **certains traits de caractère**.

1 Lisez le texte et répondez aux questions.

Un couple de bourgeois sans enfants veut adopter un fils de paysans.

« Nous n'avons pas d'enfants ; nous sommes seuls, **mon mari et moi… Nous le garderions…** voulez- vous ? »

La paysanne commençait à comprendre. Elle demanda :

« Vous voulez nous prend'e Charlot ? Ah ben non, pour sûr. » […]

La fermière s'était levée, toute furieuse.

« Vous voulez que j'vous vendions Charlot ? **Ah ! mais non ; c'est pas des choses qu'on d'mande à une mère, ça ! Ah ! mais non !** Ca s'rait une abomination[1]. » […]

Mme d'Hubières, éperdue, se mit à pleurer, et, se tournant vers son mari, […] elle balbutia[2] :

« Ils ne veulent pas, Henri, ils ne veulent pas ! »

1. Atrocité. 2. Articula de manière hésitante.

Guy de Maupassant, « Aux champs », *Contes de la Bécasse* (1883).

a) Soulignez les verbes de parole. Lequel nous donne une indication sur le ton ? Quel sentiment traduit-il ?

……………………………………………………………

……………………………………………………………

b) Dans les passages en gras, quels signes de ponctuation traduisent l'état d'esprit des personnages ?

……………………………………………………………

……………………………………………………………

……………………………………………………………

……………………………………………………………

……………………………………………………………

……………………………………………………………

c) Quel est le niveau de langue de la paysanne ? Quel est l'intérêt de ce choix ?

……………………………………………………………

……………………………………………………………

……………………………………………………………

……………………………………………………………

……………………………………………………………

Je reconnais les caractéristiques du discours indirect

- Les paroles au discours indirect sont **intégrées au récit**, sans **aucune ponctuation caractéristique**, dans une **subordonnée essentielle** ou un **groupe infinitif** dépendant du verbe de parole.
- Au discours indirect, **indices d'oralité**, phrases **exclamatives** ou **interrogatives disparaissent**.
- Les **indices d'énonciation** sont ceux des **énoncés coupés** (temps, lieu, personne et temps des verbes).

  la veille, en ce lieu, elle, ils, son, leur, passé simple, conditionnel…
  *Nos parents nous ont annoncé qu'**ils seraient** absents **le weekend suivant**.*
- Le discours indirect **accélère le récit** en ne retenant que **l'essentiel des propos**.

2 **Lisez le texte et répondez aux questions.**

Pour mettre à l'épreuve la fidélité de son épouse, Azora, Zadig a demandé à ses serviteurs d'annoncer sa mort.

Azora, ayant passé deux jours chez une de ses amies à la campagne, revint le troisième jour à la maison. Des domestiques en pleurs lui annoncèrent que son mari était mort subitement la nuit même, qu'on n'avait pas osé lui porter cette funeste[1] nouvelle, et qu'on venait d'ensevelir Zadig dans le tombeau de ses pères, au bout du jardin. Elle pleura, s'arracha les cheveux, et jura de mourir.

1. Désastreuse.

Voltaire, *Zadig ou la Destinée* (1747).

a) Soulignez le passage au discours indirect et encadrez le verbe de parole.

b) Relevez trois critères d'identification du discours indirect.

c) Transposez le passage au discours direct. Pourquoi n'a-t-il pas d'intérêt ici ?

N'oubliez pas de modifier les indices de temps.

3 **Transposez ces paroles au discours indirect.**

1. « Je ne peux pas venir », déclara Sophie.

2. « Je reviendrai demain », promit-elle.

3. Je protestai : « Hélas ! C'est impossible, je pars en voyage ce soir.»

4 **Lisez le texte et répondez aux questions.**

Le capitaine Nevil et sa fille Lydia s'embarquent pour la Corse. Le patron de leur hôtel leur demande de prendre à leur bord un jeune homme de sa famille.

[…] il commença un éloge[1] en trois points de son parent, qu'il termina en assurant *que c'était un homme très comme il faut, d'une famille de Caporaux, et qu'il ne gênerait en rien Monsieur le colonel*, car lui, patron, se chargeait de le loger dans un coin où l'on ne s'apercevrait pas de sa présence. […]

– Votre parent a-t-il le mal de mer ? demanda miss Nevil d'un ton sec.

– Jamais, mademoiselle ; le cœur ferme comme un roc, sur mer comme sur terre.

– Eh bien ! vous pouvez l'emmener, dit-elle.

1. Discours pour célébrer quelqu'un ou quelque chose.

Prosper Mérimée, *Colomba*, II (1840).

a) Identifiez le procédé utilisé dans le passage en italiques. Puis transposez au discours inverse.

b) Identifiez le procédé utilisé dans le passage en gras. Relevez trois critères d'identification.

c) Quel est l'intérêt de ce procédé ? Quel aspect du caractère de Miss Nevil met-il en valeur ?

5 ***J'améliore ma rédaction***

En dix lignes, rédigez un passage au discours direct où vous demandez une autorisation à vos parents (au moins un indice de temps et de lieu). Ensuite, vous transposerez le texte au discours indirect.

Chacun son rythme

Cochez la couleur que vous avez le mieux réussie.

- Relevez de nouveaux défis ! → exercices 10, 11 p. 105
- Améliorez vos performances ! → exercice 12 p. 105
- Confirmez votre réussite ! → exercice 13 p. 105

Chacun son rythme

Je sais ponctuer un texte

1. *Quiz* Cochez les phrases justes.

- [ ] Une phrase s'achève par une ponctuation forte.
- [ ] Les deux points ne s'utilisent que pour introduire un dialogue.
- [ ] Les virgules peuvent isoler les termes d'une énumération.
- [ ] On met une majuscule après le point-virgule.

2. *Méli-mélo* Replacez les signes de ponctuation au bon endroit : : • (•) • ? • !

1. Pourquoi avez-vous été si longs ......
2. Voici ce que j'ai pu trouver ...... deux pommes, un petit pain et un yaourt.
3. Nous sommes allés au cinéma hier ...... c'était la deuxième fois cette semaine ...... pour voir *Le Joker*.
4. Quelle chaleur ......

3. *Vrai ou faux* Barrez les phrases mal ponctuées et justifiez votre choix.

1. Nous avons rencontré Monsieur Durand c'est le nom du nouveau principal et avons parlé longuement.
2. Je t'ai réservé une surprise une place pour aller voir un match de ton équipe préférée.
3. Quel manque de chance ! Ta sœur vient juste de sortir.
4. Nous sommes partis précipitamment : nous avons oublié nos papiers !

4. *Remue-méninges* Expliquez la différence de sens entre ces phrases dont seule la ponctuation diffère.

1. Regarde mon petit chat. / Regarde, mon petit chat.
2. Paul, dit ma mère, a de la fièvre. / Paul dit : « Ma mère a de la fièvre. »
3. J'ai vu la fumée qui sortait de ma fenêtre. / J'ai vu la fumée qui sortait, de ma fenêtre.

5. *Devinette* Barrez les signes de ponctuation pour trouver l'énoncé d'une devinette. Intégrez la réponse dans une phrase se terminant par un point d'exclamation.

guillemets qu'point est-ce virgule qui point-virgule a point d'interrogation des point d'exclamation branches deux points et points de suspension pas de parenthèses feuilles ?

Devinette : ....

Réponse : ....

Phrase : ....

Je sais prendre en compte la situation d'énonciation

6. *Quiz* Cochez les phrases vraies.

- [ ] Un énoncé ancré dans la situation d'énonciation indique où et quand le message a été émis.
- [ ] Un énoncé ancré dans la situation d'énonciation est le plus souvent à la 3e personne.
- [ ] Un énoncé coupé de la situation d'énonciation est le plus souvent au passé.
- [ ] Un énoncé coupé de la situation d'énonciation est le plus souvent à la 1re personne.

7. *Range-phrases* Classez ces phrases par leur numéro dans le tableau.

1. Il fait beau aujourd'hui.
2. Ils sont arrivés par un beau matin d'automne.
3. Il était une fois une jeune princesse.
4. Tu avais une très jolie robe, hier.
5. Où cours-tu ainsi ?
6. Dans ce pays, il ne pleuvait jamais.
7. Nous assistons en direct à l'arrivée du Tour de France.

Énoncés ancrés dans la situation d'énonciation	Énoncés coupés de la situation d'énonciation

8. *Méli-mélo* **Placez après chaque phrase le nom de la liste qui convient. Précisez la situation de l'énoncé : ancré (A) ou coupé (C).**

lettre • roman • journal de bord • dictionnaire • conte • roman policier

1. Fable : n. f. petit récit en vers ou en prose se terminant par une morale. ....
2. La fée, d'un coup de baguette magique, transforma la citrouille en carrosse. ....
3. Le 21/3/1645 : Après trois jours de navigation, nous apercevons une côte ; l'équipage est épuisé. ....
4. Chère Maman, je passe d'excellentes vacances, mais je m'ennuie de toi. ....
5. Le spectacle de la mer déchaînée le transportait, l'exaltait et en même temps apaisait ses tourments. ....
6. Soudain, Sherlock Holmes s'écria : « Je connais le nom de l'assassin ! ». ....

9. *Bouche-trous* **Complétez ce tableau.**

Énoncés	A ou C	Indices	Type de texte
		je, tu, te, présent	SMS
Les verbes d'état sont souvent suivis d'un attribut du sujet.			
			Conte
La bataille de Marignan se déroula en 1515.			

Je sais utiliser le discours direct et indirect

10. *Quiz* **Cochez les phrases justes.**

☐ Au discours direct, les paroles sont rapportées telles qu'elles ont été prononcées.

☐ Au discours indirect, il faut utiliser une ponctuation caractéristique.

☐ Le verbe de parole est toujours placé avant le discours direct.

☐ Le tiret indique un changement d'interlocuteur.

11. *Méli-mélo* **Placez ces verbes de parole au passé composé dans la bonne phrase. Puis précisez le procédé utilisé : direct (D) ou indirect (I).**

murmurer • s'écrier • avouer • demander • annoncer

1. « J'ai fait le meilleur temps ! .... mon frère. »
2. Je lui .... qu'il ne serait pas sélectionné, il a rétorqué que cela lui était égal.
3. Elle .... : « attendez-moi » mais nous n'avons pas entendu.
4. Nous lui .... que nous avions égaré la clé qu'elle nous avait confiée.
5. Elles .... si je pouvais les accompagner.

12. *Lettres mêlées* **Remettez les lettres en ordre. Puis conjuguez le verbe de parole trouvé (infinitif) au passé simple. Réécrivez ensuite la phrase au discours inverse (direct ou indirect).**

1. « Je n'y croyais plus », s'(roeéntn) .... ma mère.
Discours inverse : ....
....

2. Il (ermtdate) .... qu'il avait commis une erreur.
Discours inverse : ....
....

3. Il (erhuocthc) .... : « Je m'éclipse, ne dis rien à personne. ».
Discours inverse : ....
....
....

4. « Et si nous allions au cinéma ? », (regusrgé) .... Karima.
Discours inverse : ....
....

13. *Bouche trous* **Complétez ce tableau.**

Phrases	DD ou DI	Discours inverse
Elle a hurlé : « Sortez vite ! »		
		Nous lui avons proposé : « Viens faire un tour ! »
	DD	

36 Je sais utiliser les procédés de reprise

Je reconnais les procédés de reprise

- Un procédé de reprise est le remplacement d'un **nom**, d'un **groupe de mots** ou d'une **proposition** par un **pronom (reprise pronominale)** ou un **groupe nominal (reprise nominale)**.
- Les procédés de reprise permettent d'**éviter les répétitions**, pour alléger un énoncé.
- Ces procédés servent aussi à **enrichir** un texte en apportant des **précisions sur le mot** ou **le groupe** remplacé.

J'ai vu un énorme chien à l'entrée de la maison.
Ce labrador noir [reprise nominale apportant des précisions] *aboyait violemment.*

1 Lisez le texte et répondez aux questions.

La famille Dufour part à la campagne.

M. Dufour, ayant emprunté la voiture du laitier, conduisait lui-même. La carriole[1], à deux roues, était fort propre ; elle avait un toit supporté par quatre montants de fer où s'attachaient *des rideaux* qu'on avait relevés pour voir le paysage. Celui de derrière, seul, flottait au vent, comme un drapeau. La femme, à côté de **son époux**, s'épanouissait dans une robe de soie cerise extraordinaire.

1. Petite charrette.

Guy de Maupassant, « Une partie de campagne », *La Maison Tellier* (1881).

a) Que reprend le GN en gras ? Quel renseignement apporte-t-il ? ……………………………………

……………………………………

b) Relevez deux reprises pronominales du GN en italiques. Quelle est la particularité de la deuxième ? Justifiez.

……………………………………

……………………………………

……………………………………

……………………………………

c) Soulignez en rouge les reprises du GN souligné en bleu. Quel est l'intérêt de la reprise nominale ?

……………………………………

……………………………………

Je sais faire une reprise pronominale

On fait une reprise pronominale à l'aide :

- d'un **pronom personnel** ***Les enfants*** *jouaient bien,* ***ils*** *poussaient des cris de joie.*
- d'un **pronom possessif** ***Ce manteau*** *est très beau, mais* ***le mien*** *est plus chaud.*
- d'un **pronom démonstratif** ***– Elle n'a rien entendu. – Cela*** *m'étonnerait !*
- d'un **pronom relatif** ***Le livre que*** *tu m'as prêté est passionnant.*

2 Lisez le texte et répondez aux questions.

Saint-Clair était un homme assez facile à vivre. Ses défauts ne nuisaient qu'à lui seul. **Il** était obligeant[1], souvent aimable, rarement ennuyeux. **Il** avait beaucoup voyagé, beaucoup lu, et ne parlait de ses voyages et de ses lectures que lorsqu'on *l'*exigeait. D'ailleurs, **il** était grand, bien fait, sa physionomie[2] était noble et spirituelle, presque toujours trop grave ; mais son sourire était plein de grâce.

1. Qui aime rendre service. 2. L'ensemble de ses traits.

Prosper Mérimée, *Le Vase étrusque* (1830).

a) Que remplacent les trois pronoms en gras ? Quelle est leur classe grammaticale ?

……………………………………

……………………………………

b) Relevez une autre reprise du même mot. Quelle est sa classe grammaticale ?

……………………………………

c) Que remplace le pronom en italiques ?

……………………………………

……………………………………

……………………………………

……………………………………

Je sais faire une reprise nominale

On fait une reprise nominale à l'aide :

- du **même nom précédé d'un autre déterminant et parfois d'une expansion** ;
  Un chat est entré dans la cuisine, ***ce petit chat*** *appartient à notre voisine.*
- d'un **synonyme** (précision parfois positive, ou négative) ;
  Ils ont la même voiture depuis vingt ans, ce ***tacot*** *pourtant ne tombe jamais en panne.*
- d'un **terme générique** (mot de sens **plus général**) ;
  Le chien de notre voisin aboie sans arrêt, cet ***animal*** *est insupportable.*
- d'une **périphrase** (groupe de mots **caractérisant un nom**) ;
  J'aime le théâtre de Molière, ***l'auteur de*** **L'Avare** *est pour moi un génie.*
- d'un **nom** reprenant un **verbe** ou le **contenu d'une proposition**.
  *Nous avons commencé à grimper à huit heures, l'****ascension*** *dura trois heures.*

3 Complétez par la ou les reprises demandées du mot ou groupe souligné.

1. Le paquebot quittait le port. La foule sur le quai admirait (même nom + autre déterminant + adjectif)

....

....

2. J'ai fait visiter Paris à mes cousins qui ne connaissaient pas (1. terme générique / 2. périphrase)

....

....

3. Julien parle sans arrêt (1. pronom / 2. nom).

.... m'exaspère.

....

4 Lisez le texte et répondez aux questions.

Jean Valjean emmène Cosette loin des Thénardier, les aubergistes qui la maltraitaient.

Mais le Thénardier les poursuit.

Le Thénardier ne se trompait pas. L'homme s'était assis là pour laisser un peu reposer Cosette.

Le gargotier[1] tourna la broussaille[2] et apparut brusquement aux yeux de ceux qu'il cherchait.

« Pardon excuse, monsieur, dit-il tout essoufflé, mais voici vos quinze cent francs. »

En parlant ainsi, il tendait à l'étranger les trois billets de banque.

L'homme leva les yeux.

« Qu'est-ce que **cela** signifie ? »

1. Aubergiste d'une mauvaise auberge.
2. Contourna le buisson.

Victor Hugo, *Les Misérables*, II, 3, X (1862).

a) Soulignez en bleu les reprises pronominales de Thénardier et en rouge un pronom démonstratif remplaçant Jean Valjean et Cosette.

b) Que remplace le pronom en gras ?

....

....

....

c) Relevez une reprise nominale de Thénardier et trois reprises nominales de Jean Valjean. Que mettent-elles en valeur ?

....

....

....

....

....

....

....

....

....

....

....

....

....

5 J'améliore ma rédaction

Comme dans l'extrait du *Vase étrusque*, en dix lignes environ, faites le portrait physique et moral d'une personne que vous admirez (entourage ou personnalité publique : artiste, sportif…). Vous utiliserez au moins 3 reprises pronominales différentes et 2 reprises nominales.

Cochez la couleur que vous avez le mieux réussie.

- Relevez de nouveaux défis ! → exercices 1, 2 p. 112
- Améliorez vos performances ! → exercices 3, 4 p. 112
- Confirmez votre réussite ! → exercices 5, 6 p. 112

37 Je sais organiser un texte et utiliser les connecteurs

Je connais le rôle des connecteurs spatiaux

• Les connecteurs spatiaux se rencontrent surtout dans les **textes descriptifs**, pour **organiser l'espace** et **situer les éléments d'un lieu** les uns par rapport aux autres :
- **horizontalement :** *à droite, à gauche, en face, d'un côté, de l'autre...*
- **verticalement :** *en haut, en bas, au milieu, sur, sous...*
- **premier plan/second plan :** *devant, derrière, au fond, près, loin, à l'horizon...*

__Devant vous__ se dresse le château, __sur la droite__ s'étend une grande forêt et __sur la gauche__ un immense étang ; __à l'arrière__, on aperçoit de hautes montagnes.

1 Lisez le texte et répondez aux questions.

La famille Dufour fait une promenade à la campagne.

Au rond-point de Courbevoie, une admiration les avait saisis [...]. À droite, c'était Argenteuil, dont le clocher se dressait ; au-dessus apparaissaient les buttes de Sannois et le Moulin d'Orgemont. À gauche, l'aqueduc[1] de Marly se dessinait sur le ciel clair du matin, et l'on apercevait aussi, de loin, la terrasse de Saint-Germain ; tandis qu'en face, au bout d'une chaîne de collines, des terres remuées indiquaient le nouveau fort de Cormeilles.

1. Canal d'eau.

Guy de Maupassant, « Une partie de campagne », *La maison Tellier*, 1881.

a) Soulignez en bleu les connecteurs qui situent les éléments du décor horizontalement.

b) Soulignez en rouge celui qui les situe verticalement.

c) Soulignez en vert les autres connecteurs spatiaux. Quels renseignements apportent-ils ?

....

....

....

Je connais le rôle des connecteurs temporels

• Les connecteurs temporels se rencontrent surtout dans les **textes narratifs**, pour préciser la **chronologie des actions** : *d'abord, ensuite, puis, et, quand, au moment où, hier, enfin, ce matin...*

• Les connecteurs temporels peuvent indiquer la **fréquence** ou la **durée** : *souvent, parfois, rarement, pendant, durant, longtemps...*

Elle s'approcha __d'abord__ de la fenêtre, __puis__ se retourna brusquement et aperçut __alors__ l'énorme chien qui l'observait de façon inquiétante...

2 Lisez le texte et répondez aux questions.

Françoise, dont le fiancé est prisonnier des Allemands, cherche comment le délivrer.

Alors, quand elle eut ainsi inspecté les lieux avec soin, elle revint s'asseoir sur son lit. Elle y resta une heure, profondément absorbée. Puis elle écouta de nouveau : la maison n'avait plus un souffle. Elle retourna à la fenêtre, jeta un coup d'œil ; [...] elle se remit à attendre. Enfin, l'heure lui sembla venue. La nuit était toute noire, elle n'apercevait plus la sentinelle[1] en face, la campagne s'étalait comme une mare d'encre. Elle tendit l'oreille un instant et se décida.

1. Soldat faisant le guet.

Émile Zola, *L'Attaque du moulin* (1880).

a) Soulignez les connecteurs de la 1re phrase. Quelle action a eu lieu en premier ?

....

b) Quels connecteurs soulignent la chronologie dans la suite du texte ?

....

....

....

c) Quels connecteurs donnent une indication de durée et marquent une pause dans l'action ?

....

....

....

Je connais le rôle des connecteurs logiques

• Les connecteurs logiques se rencontrent dans les **récits** pour expliquer **l'enchaînement des faits** ou dans les **textes argumentatifs** pour souligner les **étapes du raisonnement** (cf. fiche 38).

• Les **principaux** connecteurs logiques sont *car, parce que, en effet, c'est pourquoi, donc* (cause, conséquence), *pour, afin de* (but, intention), *mais, pourtant* (opposition), *et, de plus, en outre* (addition).

*Ils se dépêchaient **parce qu'**ils avaient pris beaucoup de retard ;*
***en outre** une violente tempête était annoncée.*

3 Lisez ce texte et répondez aux questions.

Zadig explique comment il a pu décrire un animal qu'il n'avait jamais vu.

J'ai vu sur le sable les traces d'un animal, et j'ai jugé aisément que c'étaient celles d'un petit chien. Des sillons légers et longs, imprimés sur de petites éminences de sable entre les traces des pattes, m'ont fait connaître que c'était une chienne dont les mamelles étaient pendantes, et qu'**ainsi** elle avait fait des petits il y a peu de jours. D'autres traces en un sens différent, qui paraissaient toujours avoir rasé la surface de sable à côté des pattes de devant m'ont appris qu'elle avait les oreilles très longues ; et, comme j'ai remarqué que le sable était toujours moins creusé par une patte que par les trois autres, j'ai compris que la chienne de notre auguste reine était un peu boiteuse, si je l'ose dire.

Voltaire, *Zadig*, 1747.

a) **Comment Zadig a-t-il compris que l'animal était un chien ? Soulignez le connecteur utilisé.**

b) **Quel est le sens du connecteur en gras ? Quelle nouvelle découverte explique-t-il ?**

c) **Quelle est la dernière découverte de Zadig ? Comment l'a-t-il faite ? Quels connecteurs sont utilisés ? Indiquez leurs sens.**

4 Complétez les phrases par un connecteur logique.

1. Je suis en retard ………… notre voiture est tombée en panne.

2. Une violente tempête est annoncée ………… les bateaux ne quitteront pas le port.

3. Je ne pourrai pas venir ce soir ………… j'ai beaucoup de travail ; ………… les pneus de mon vélo sont dégonflés ; ………… je viendrai la semaine prochaine.

5 Lisez le texte et répondez aux questions.

Denise vient de passer une journée très dure dans le grand magasin où elle travaille.

Et, le soir, lorsque Denise monta se coucher, elle s'appuyait aux cloisons[1] de l'étroit corridor, sous le zinc[2] de la toiture. **Dans sa chambre**, la porte fermée, elle s'abandonna sur le lit, tellement les pieds lui faisaient mal. Longtemps, elle regarda d'un air hébété[3] la table de toilette, l'armoire […]. Puis, elle s'aperçut qu'elle était vêtue de soie ; cet uniforme l'accablait, elle eut l'enfantillage, pour défaire sa malle, de vouloir remettre sa vieille robe de laine, restée au dossier d'une chaise.

1. Parois. 2. Type de métal. 3. Rendu stupide.

Émile Zola, *Au Bonheur des dames* (1883).

a) **Quel est le sens du connecteur en gras ?**

b) **Soulignez en bleu les connecteurs temporels précisant la chronologie des événements. Relevez deux autres connecteurs temporels : quels renseignements nous donnent-ils ?**

c) **Relevez un connecteur logique. Indiquez son sens.**

6 *J'améliore ma rédaction*

En 15 lignes, faites le récit d'une expérience difficile (épreuve sportive, examen…). Vous utiliserez au moins 4 connecteurs spatiaux (description du décor), 4 connecteurs temporels, 2 connecteurs logiques.

Cochez la couleur que vous avez le mieux réussie.

Relevez de nouveaux défis ! → exercices 7, 8 p. 112-113
Améliorez vos performances ! → exercice 9 p. 113
Confirmez votre réussite ! → exercices 10, 11 p. 113

Chacun son rythme

38 Je sais rédiger un texte argumentatif

Je reconnais un texte argumentatif

- Un texte argumentatif est un énoncé qui cherche à **convaincre**.
- On appelle **thèse de l'argumentation** l'**idée défendue** dans ce texte.
- Pour **soutenir** la **thèse** de ce texte, on utilise des **arguments** illustrés d'**exemples** (faits réels connus, lectures, expériences personnelles).
- On rencontre l'argumentation dans des **essais**, des **discours**, des **articles de journaux**, des **dialogues** écrits ou oraux…

Il faut boire l'eau du robinet (thèse)*, cela évite d'acheter de l'eau en bouteilles de plastique qui encombrent les poubelles* (argument) *; elles représentent 10 kilos de déchets par an et par habitant* (exemple).

1 Soulignez en rouge les thèses, en bleu les arguments et en vert les exemples.

1. Lire des contes est dangereux pour les enfants. Ils y rencontrent des monstres qui les coupent du monde réel. Beaucoup d'enfants ont ainsi des terreurs nocturnes.

2. Prendre du repos est indispensable. Il permet au corps et à l'esprit de se régénérer. On recommande à un candidat de se détendre la veille d'un examen.

3. Il ne faut jamais céder au découragement. Il paralyse l'action et la réflexion et ne peut qu'aggraver encore la situation.
Mon frère, jeune athlète prometteur, s'est découragé après une contreperformance ; totalement démotivé, il a enchaîné les échecs et renoncé à sa carrière.

Je connais les connecteurs utilisés dans un texte argumentatif

- Pour la thèse de l'argumentation, on utilise tous les **connecteurs logiques** exprimant la **cause**, la **conséquence**, le **but**, l'**addition** des arguments : *car, donc, pour, de plus, en outre…* (cf. fiche 37 p. 108)
- Pour introduire un **exemple**, on utilise *ainsi, par exemple, notamment…*
- Pour évoquer une **thèse contraire**, on utilise *certes, bien sûr, il est vrai, sans doute…*

*L'eau du robinet est aussi bonne pour la santé que l'eau en bouteille ; **certes**, on lui reproche parfois une légère odeur de Javel liée à la nécessité de tuer les microbes ; **mais** cette odeur s'évapore vite, il suffit **par exemple** de laisser l'eau reposer dans une carafe.*

2 Lisez le texte et répondez aux questions.

Harpagon veut épouser la jeune Marianne et tirer profit de cette union. Il a chargé Frosine de favoriser son projet.
HARPAGON – Mais, Frosine, as-tu entretenu la mère touchant le bien qu'elle peut donner à sa fille ? […]
FROSINE – Comment ! C'est une fille qui vous apportera douze mille livres de rente[1]. […] Premièrement, elle est nourrie et élevée dans une grande épargne de bouche. C'est une fille accoutumée à vivre de salade, de lait, de fromage et de pommes […]. Outre cela, elle n'est curieuse que d'une propreté fort simple, et n'aime point les superbes habits, ni les superbes bijoux […]. De plus elle a une aversion[2] horrible pour le jeu, ce qui n'est pas commun aux femmes d'aujourd'hui […].

1. Somme d'argent. 2. Vive répulsion.

Molière, *L'Avare* (1668).

a) Quelle est la thèse défendue par Frosine ?

…………………………………………………………
…………………………………………………………
…………………………………………………………

b) Soulignez en bleu les connecteurs, indiquez leur sens.

…………………………………………………………
…………………………………………………………

c) Résumez les arguments. Les trouvez-vous convaincants ?

…………………………………………………………
…………………………………………………………
…………………………………………………………
…………………………………………………………
…………………………………………………………

3 Soulignez les connecteurs logiques. Précisez leur sens.

1. L'argent n'apporte pas le bonheur, c'est en effet une source de soucis ; ainsi Harpagon est un personnage tourmenté. ....

2. Il faut se méfier de la publicité. Tout d'abord, elle est avant tout commerciale, de plus elle nous influence à notre insu, enfin, elle crée en nous des besoins artificiels. ....

3. Il ne faut pas répondre à la violence verbale par la violence physique ; certes cette réaction est souvent incontrôlable, mais elle ne fera qu'aggraver le différend ; en conséquence, il vaut mieux chercher le dialogue.

....

....

4 Complétez ces phrases à l'aide d'un des connecteurs logiques proposés (sans utiliser deux fois le même).

en effet • et • mais • car • cependant • donc • parce que • certes

1. Les aliments sucrés sont dangereux .... ils favorisent le diabète et l'obésité ; il faut .... habituer les enfants à ne pas en consommer.

2. Certains pensent qu'il faut lire des contes aux enfants .... ils développent leur imagination. .... d'autres pensent qu'ils peuvent les déconnecter du monde réel.

3. Ne rien faire ne signifie pas perdre son temps .... lorsque le cerveau et le corps sont en repos, ils se régénèrent .... seront ensuite plus performants. ...., il ne faut pas tomber dans l'inertie ou la paresse .... savoir doser temps de travail et temps de repos.

Je connais le vocabulaire utilisé dans un texte argumentatif

- On utilise un **vocabulaire précis** et **expressif**.
- On utilise des **formes d'insistance** et des **répétitions** afin de mettre les idées en valeur.
- On peut intégrer des arguments dans des **phrases exclamatives** ou **interrogatives**.

__Arrêtons__ le massacre ! Notre planète est en danger ! __Chaque__ jour, __chaque__ minute comptent !
__Quel monde__ allons-nous léguer à __nos enfants__ ?

5 Lisez le texte et répondez aux questions.

Pétition contre la construction de la tour Eiffel.

Nous venons, écrivains, peintres, sculpteurs, architectes, amateurs passionnés de la beauté jusqu'ici intacte de Paris, protester de toutes nos forces, de toute notre indignation, […] contre l'érection[1], en plein cœur de notre capitale, de l'inutile et monstrueuse tour Eiffel […].

Car la tour Eiffel, […] c'est, n'en doutez pas, le déshonneur de Paris. Chacun le sent, chacun le dit, chacun s'en afflige profondément […]. Enfin, lorsque les étrangers viendront visiter notre Exposition[2], ils s'écrieront, étonnés : « Quoi ? C'est cette horreur que les Français ont trouvée pour nous donner une idée de leur goût si fort vanté ? »

1. Construction. 2. Exposition universelle de 1889.

Pétition publiée dans *Le Temps*, 14 février 1887.

a) Quelle est la thèse ? ....

....

b) Quels sont les arguments ?
Soulignez les connecteurs logiques.

....

....

....

....

c) Quels procédés sont utilisés pour mettre les idées en valeur ? ....

....

....

....

....

....

6 *J'améliore ma rédaction*

En dix lignes, rédigez un paragraphe argumentatif pour défendre la tour Eiffel.
Vous utiliserez 3 arguments, 3 connecteurs et 2 procédés de mise en valeur.

Cochez la couleur que vous avez le mieux réussie.

- ☐ Relevez de nouveaux défis ! → exercice 12 p. 113
- ☐ Améliorez vos performances ! → exercice 13 p. 113
- ☐ Confirmez votre réussite ! → exercice 14 p. 113

Chacun son rythme

Chacun son rythme

Je sais utiliser les procédés de reprise

1. *Quiz* Cochez les phrases vraies.

☐ Les reprises sont toujours pronominales.
☐ Les reprises permettent d'éviter des répétitions.
☐ Les reprises sont toujours nominales.
☐ Les reprises permettent parfois d'enrichir le texte.

2. *Range-mots* Classez ces noms en trois listes. Puis trouvez le nom générique pour les reprendre.

buse • pantalon • marteau • chouette • chemise • veste • aigle • truelle • tournevis • hibou • pull • vautour • perceuse • pelle • manteau

Liste 1 : ....
Nom générique : ....
Liste 2 : ....
Nom générique : ....
Liste 3 : ....
Nom générique : ....

3. *Chasse à l'intrus* Barrez l'intrus dans chaque liste de reprises et justifiez votre choix.

Liste 1 : le mien • celui-là • lui • mon ami • il • le • le sien

....
....
....

Liste 2 : l'enfant • le petit Jules • il • lui • ce garçon • la maîtresse • ce jeune garçon • ce petit coquin

....
....
....

4. *Méli-mélo* Dans ces phrases, remplacez le mot répété par un synonyme de la liste, que vous accorderez.

magazine • demeure • vêtu • chef-d'œuvre • masure • quotidien • affublé • navet

1. Cette maison tombe en ruines, je ne comprends pas comment on peut vivre dans une pareille maison.

....

2. J'achète le journal chaque jour : ce journal est vraiment intéressant.

....

3. Le film d'hier soir était sans intérêt, ce n'est pas la première fois que cette chaîne diffuse des films de ce genre.

....

5. *Grille* Pour éviter les répétitions dans les phrases qui suivent, trouvez dans cette grille trois pronoms et trois noms (pour les noms, choisissez un déterminant).

M	F	N	V	Q	G	D	T
C	E	L	A	U	X	I	J
K	R	D	H	I	O	H	C
U	T	Y	E	L	L	E	M
D	S	V	A	C	R	O	Z
Y	A	N	O	S	I	A	S
H	U	W	J	B	P	N	L

Phrase 1 : Le soleil brille aujourd'hui :
le soleil .... nous réchauffe.

Phrase 2 : Ne fais pas attention au désordre ! :
- Le désordre .... ne me dérange pas.

Phrase 3 : J'aime l'été :
en été .... les jours sont longs.

Phrase 4 : Je t'ai apporté ce livre :
ce livre .... va certainement t'intéresser.

Phrase 5 : Je sors de chez cet oto-rhino :
cet oto-rhino .... a soigné mon angine.

Phrase 6 : Viens voir ma sœur :
ma sœur .... t'aime beaucoup.

6. *Charade et lettres mêlées* Résolvez cette charade. Puis remettez les lettres en ordre pour trouver la périphrase qui désigne parfois mon tout.

Mon premier se mesure avec un rapporteur. ....
Mon second est notre planète. ....
Mon tout est un nom de pays. ....
Périphrase : al dierpfe nlioba. ....

Je sais organiser un texte et utiliser les connecteurs

7. *Quiz* Cochez les phrases vraies.

☐ Les connecteurs de temps soulignent la chronologie du récit.
☐ Les connecteurs logiques se rencontrent surtout dans les descriptions.
☐ Les connecteurs spatiaux aident à mieux imaginer le décor.
☐ Les connecteurs sont toujours des adverbes.

8. *Range-phrases* **Rangez les numéros de ces phrases dans le tableau en fonction de leurs connecteurs.**

1. À l'avant de la maison se trouve la cuisine, à l'arrière les chambres.
2. Au loin, tu aperçois la mer.
3. Tu mets d'abord la farine et ensuite les œufs.
4. Il n'était pas content parce que je ne l'ai pas raccompagné.
5. Il sort, puis il rentre et sort à nouveau.
6. Il a plu, mais c'était tout de même agréable.

Connecteurs de temps	Connecteurs de lieu	Connecteurs logiques

9. *Méli-mélo* **Placez les connecteurs dans les bonnes phrases.**

cependant • en premier • puis • derrière toi • car • c'est pourquoi • devant toi

1. ...., il y a la mer, ... la ville.
2. C'était un beau voyage, ... nous n'avons pas pu tout visiter.
3. Il est allé en Espagne, ... en Angleterre.
4. Nous vous laisserons les clés chez la voisine .... nous rentrerons assez tard.

10. *Jeu du pendu* **Retrouvez les connecteurs de chaque phrase et indiquez leur sens.**

1. Ils sont arrivés le l _ _ _ _ _ _ _ n de Noël.

....

2. P _ _ _ _ _ _ _ _ _ t tu presses trois citrons, d _ _ _ _ _ _ _ _ _ t tu ajoutes de l'eau et du sucre, e _ _ _ n tu dégustes une excellente citronnade.

....

3. T _ _ t p _ _ s du centre-ville, tu trouveras une librairie.

....

4. Je viendrai p _ _ _ _ _ e tu le demandes si gentiment.

....

11. *Grille* **Dans cette grille, retrouvez six connecteurs. Puis utilisez-les dans une phrase de votre choix.**

I	C	I	S	X	S
G	A	L	O	R	S
V	F	D	O	N	C
W	L	H	N	D	A
S	E	T	M	U	R
D	E	M	A	I	N

Phrase 1 : ....

....

Phrase 2 : ....

....

Phrase 3 : ....

....

Phrase 4 : ....

....

Phrase 5 : ....

....

Je sais rédiger un texte argumentatif

12. *Quiz* **Cochez les phrases justes.**

- ☐ Un texte argumentatif défend une thèse à l'aide d'arguments.
- ☐ Un texte argumentatif raconte une histoire.
- ☐ Un argument est souvent illustré d'exemples.
- ☐ On rencontre surtout des connecteurs spatiaux dans un argument.

13. *Chasse aux intrus* **Barrez les phrases qui ne peuvent pas appartenir à un texte argumentatif.**

1. Les deux amis s'embrassèrent longuement et versèrent des larmes de joie.
2. Protéger la planète est devenu une priorité majeure : en effet, les indices alarmants se multiplient.
3. Il est facile d'entretenir sa forme sans y consacrer beaucoup de temps ; il suffit, par exemple, de choisir l'escalier plutôt que l'ascenseur.
4. Il faisait vraiment froid hier, les rues étaient désertes.

14. *Méli-mélo* **Thèse, arguments et exemples ont été mélangés. Regroupez-les correctement par leur numéro dans le tableau.**

1. C'est un excellent remède à la solitude.
2. Adopter un animal domestique est une excellente démarche.
3. Vivre en ville est devenu impossible.
4. Beaucoup de personnes âgées vivant seules y trouvent un grand réconfort.
5. La pollution y est trop fréquente.
6. De plus en plus d'enfants y souffrent d'affections pulmonaires.

Thèse	Argument	Exemple

Méthode Brevet 1

Réussir l'exercice de réécriture

À SAVOIR

Il s'agit de **recopier** un **passage du texte**, mais en y apportant des **modifications** qui évaluent votre **orthographe grammaticale**.

- Les **fautes de copie** sont **sanctionnées**.
- Une **même question** peut cumuler **deux consignes**.
- Il y a souvent **plusieurs questions de réécriture** mêlées aux **questions de grammaire**.

ÉTAPE 1 Changer le genre et/ou le nombre et/ou la personne

- Repérez le **pronom**, le **groupe nominal** ou le **verbe** concerné par la consigne.
- Soulignez **tous les mots** qui seront **modifiés** : adjectifs, déterminants, pronoms, verbes…

Exemple de réponse rédigée

Question Réécrivez ce passage en remplaçant « la belle Melle Chabre » par « elles » :

La belle Mme Chabre avait alors vingt-deux ans. Elle était adorable avec son teint de pêche mûre.

Émile Zola, *Les Coquillages de M. Chabre* (1883)

> *Elles avaient alors vingt-deux ans. Elles étaient adorables avec leur teint de pêche mûre.*

ÉTAPE 2 Changer le temps

- Repérez et encadrez les **verbes** concernés par la consigne.
- Si vous devez passer d'un temps simple à un temps composé, pensez à l'**accord des participes passés**.
- Si **un seul temps** est concerné, les autres verbes ne changent pas ou s'adaptent au contexte.

Exemple de réponse rédigée

Question Réécrivez ce passage en mettant au passé composé les verbes au passé simple.

Estelle, un soir qu'elle rentrait au bras d'Hector, eut l'envie de traverser le champ désert.
M. Chabre trouva l'idée romanesque[1] et protesta en suivant le quai.

Émile Zola, *Les Coquillages de M. Chabre* (1883)

1. Inutile.

> *Estelle, un soir qu'elle rentrait au bras d'Hector, a eu l'envie de traverser le champ désert.*
> *M. Chabre a trouvé l'idée romanesque et a protesté en suivant le quai.*
> (l'imparfait *rentrait* ne change pas)

ÉTAPE 3 Changer les paroles rapportées

- Identifiez le **procédé** (discours direct ou indirect). > *fiche 35*
- Repérez et **soulignez** les **mots** et éventuellement la **ponctuation** concernés : verbes, pronoms, guillemets, deux points, marques d'oralité…
- Repérez le **verbe de parole** : devez-vous le **modifier** ?

Exemple de réponse rédigée

Question Réécrivez ce passage au discours indirect.

« - Mon ami, reprit l'évêque, avant de vous en aller, voici vos chandeliers. Prenez-les. »

Victor Hugo, *Les Misérables* (1862)

> Le verbe de parole sera changé, les marques d'oralité disparaîtront.
> *L'évêque lui dit de prendre ses chandeliers avant de s'en aller.*

J'applique la méthode

Soulignez les mots qui doivent être modifiés.

Changer le genre et/ou le nombre et/ou la personne

1 **Réécrivez ce passage en remplaçant « Mlle Adèle » par « Mlle Adèle et sa sœur ».**

C'était dans ce milieu que Mlle Adèle avait grandi. Elle venait d'avoir vingt-deux ans. De petite taille, un peu forte, elle avait une figure ronde agréable, avec des yeux minces ; mais elle était si pâle et si jaune, qu'on ne la trouvait pas jolie.

Émile Zola, *Madame Sourdis* (1880)

....

....

....

....

....

2 **Réécrivez ce passage en remplaçant « Estelle » par « je ».**

Dès lors, Estelle trouva Piriac charmant. Chaque jour, après le bain, elle faisait une promenade avec Hector. Son mari les suivait à distance […].

Émile Zola, *Les Coquillages de M. Chabre* (1883)

....

....

....

....

3 **Réécrivez le passage en remplaçant « elle » par « nous ».**

Puis elle s'aperçut qu'elle avait oublié de mettre son calendrier dans son sac de voyage. Elle cueillit sur le mur le petit carton divisé par mois […]. Puis, elle biffa à coups de crayon les quatre premières colonnes, rayant chaque nom de saint jusqu'au 2 mai, jour de sa sortie du couvent.

Guy de Maupassant, *Une vie* (1883)

....

....

....

....

....

....

....

....

Changer le temps

4 **Réécrivez le passage en remplaçant le passé par le présent.**

Mme Loisel connut la vie horrible des nécessiteux. Elle prit son parti, d'ailleurs, tout d'un coup, héroïquement. Il fallait payer cette dette effroyable. […] On renvoya la bonne ; on changea de logement ; on loua sous les toits une mansarde.

Guy de Maupassant, *La Parure* (1884)

....

....

....

....

Changer les paroles rapportées

5 **Réécrivez le passage au discours direct.**

Je demandai à cet homme si M. Alphonse avait sa bague de diamants lorsqu'il lui parla. Le domestique hésita pour répondre ; enfin il dit qu'il ne le croyait pas, qu'il n'y avait fait au reste aucune attention.

Prosper Mérimée, *La Vénus d'Ille* (1837)

....

....

....

....

6 **Réécrivez le passage au discours indirect.**

« S'il avait eu cette bague au doigt, ajouta-t-il en se reprenant, je l'aurais sans doute remarquée, car je croyais qu'il l'avait donnée à madame Alphonse. »

Prosper Mérimée, *La Vénus d'Ille* (1837)

....

....

....

Consignes cumulées

7 **Réécrivez le passage au présent en remplaçant « Mme Loisel » par « Mme Loisel et son mari ».**

Le soir de la fête approchait, et Mme Loisel semblait triste, inquiète, anxieuse. Sa toilette était prête cependant.

Guy de Maupassant, *La Parure* (1884)

....

....

....

Méthode Brevet 2

Répondre aux questions sur le texte

À SAVOIR

■ Les questions sur le texte comportent **deux parties : grammaire et compétences linguistiques** et **compréhension et compétences d'interprétation**.
Toutes ces questions nécessitent des **réponses entièrement rédigées**.

■ Dans la 1re partie, les questions portent sur la **grammaire**, le **vocabulaire** et la **réécriture** de quelques passages. > *fiche Méthode 1*

■ Dans la 2e partie, les questions portent sur **votre compréhension** du texte et parfois sur **vos impressions**.

ÉTAPE 1 Questions de grammaire

- Ces questions portent sur **vos connaissances** et nécessitent parfois l'analyse de l'effet produit.
> *fiches 1 à 28*

Exemple de réponse rédigée

■ Sujet Cosette montait, descendait, lavait, brossait, frottait, balayait, courait, trimait, haletait, remuait des choses lourdes, et, toute chétive, faisait les grosses besognes. (Victor Hugo, *Les Misérables*, 1862)

À quel temps sont les verbes de ce passage? Quel est leur emploi ? Que mettent-ils en valeur ?

> *Le temps utilisé est l'imparfait, c'est un imparfait d'habitude.*

> *Ces verbes mettent en valeur les nombreuses charges quotidiennes de Cosette.*

ÉTAPE 2 Questions de vocabulaire

- Ces questions portent essentiellement sur **vos connaissances**. > *fiches 28 à 32*

Exemple de réponse rédigée

■ Sujet « Un bruit **inattendu** nous fit sursauter. »

Comment est formé le mot en gras ? Proposez deux mots de la même famille.

> *Le mot « inattendu » est formé du préfixe négatif « in » et de l'adjectif « attendu ».*

> *Les mots « attente » et « attendre » sont de la même famille.*

ÉTAPE 3 Questions de compréhension

- **Lisez** attentivement la consigne et **soulignez les mots-clés** pour identifier le **type de réponse** attendue.
- **Surlignez les passages** du texte qui pourront vous aider à répondre ; identifiez les **procédés d'écriture**, les **champs lexicaux**…
- **Organisez** vos idées puis **rédigez votre réponse** en l'illustrant de **citations** et en la structurant de **connecteurs**. > *fiches 37-38*

Exemple de réponse rédigée

■ Sujet : Relisez le texte de l'exercice n° 6 page 5.

De quoi souffre le mineur ? Qu'avez-vous ressenti à la lecture de ce passage ?

> *Les mineurs souffrent à la fois de l'extrême chaleur (« la température montait jusqu'à trente-cinq degrés ») et de l'humidité (« son supplice s'aggravait surtout de l'humidité »).*

> *Je me suis sentie révoltée à la lecture de ce passage. Le vocabulaire qui utilise le champ lexical de la mort et de la torture (« étouffement mortel, brûler le sang ») nous fait comprendre que les conditions de travail imposées à ces hommes sont vraiment intolérables.*

J'applique la méthode

Grammaire

1 Relisez les deux dernières phrases du texte proposé dans l'exercice n° 3 p. 7.

a) Indiquez la fonction du GN « l'évangile de la famille ».

....

b) Que remplace « la » dans la dernière phrase ?
Indiquez la classe grammaticale et la fonction de ce mot.

....

....

....

2 Relisez le texte proposé dans l'exercice n° 4 p. 14.

a) À quel temps sont les verbes de ce texte ?

....

....

b) Justifiez l'emploi de ce temps.

....

....

3 Relisez le texte proposé dans l'exercice n° 3 p. 27.

a) À quel temps sont les verbes du premier paragraphe ?

....

b) Justifiez l'emploi de ce temps.

....

4 Relisez le deuxième paragraphe du texte proposé dans l'exercice n° 3 p. 27.

a) À quelle forme (active ou passive) est le verbe « ont tous été remplacés » ?

....

b) Réécrivez toute la phrase en mettant ce verbe à la forme inverse.

....

....

....

....

....

....

5 Relisez le texte proposé dans l'exercice n° 3 p. 43.

a) À quelle forme sont les deux dernières phrases ?

....

b) Qu'expriment-elles ?

....

Vocabulaire

6 Relisez le texte proposé dans l'exercice n° 2 p. 4.

a) Relevez trois noms ayant le même suffixe.

....

....

b) Proposez pour chacun deux mots de la même famille.

....

....

c) Que mettent en valeur ces trois mots ?

....

....

7 Relisez la 1re phrase du texte proposé dans l'exercice n° 6 p. 21.

a) « qui coulait entre les quais <u>grisâtres</u> » : quel est le sens du suffixe de l'adjectif souligné ?

....

b) Formez deux adjectifs de couleur à l'aide du même préfixe.

....

....

Compréhension

8 Relisez le texte proposé dans l'exercice n° 4 p. 14.

Qui est décrit dans ce portrait ? À qui est-il comparé ?
Quel effet ce portrait produit-il sur le lecteur ? Qu'avez-vous éprouvé ? Appuyez-vous sur le texte pour répondre.

Étape 1 : Analysez la consigne.

Surlignez les mots clés de la consigne.

Étape 2 : Tirez des informations du texte.

Quelles citations du texte pouvez-vous retenir ?

....

....

....

Étape 3 : Rédigez la réponse.

a) Trouvez deux défauts à cette réponse : « C'est le diable, il est affreux et fait peur. »

....

....

b) Rédigez la réponse.

....

....

....

....

....

....

....

Méthode Brevet 3

Réussir le sujet d'imagination

À SAVOIR

- Vous devez **inventer** un texte lié au **thème** et parfois à la **forme** du **texte support**.
- Votre devoir sera obligatoirement **structuré**.

ÉTAPE 1 Analyser le sujet

- **Soulignez** les **mots-clés** du sujet qui vous indiquent les **contraintes à respecter**.
- La forme du texte : récit (à la 1re ou 3e personne), lettre, article de presse, scène de théâtre…
- Le contenu : suite de texte, narration, description, analyse de sentiments…

Exemple de brouillon

■ Sujet Relisez le texte de l'exercice n° 7 p. 25. Comme Georges Duroy, vous avez ressenti une immense excitation à la perspective d'un événement important. Racontez cette expérience.

> Forme du texte : récit à la 1re personne.

> Contenu : « une immense excitation » :
– Circonstances (quand ? pourquoi ?) : le récit de l'événement.
– Analyse du ressenti : comment s'est manifestée cette excitation.

ÉTAPE 2 Noter les idées au brouillon

- Prenez des notes au brouillon mais ne rédigez pas.
- Recherchez dans le texte les passages qui correspondent au sujet et pourront être utilisés.
- Notez vos idées personnelles.

Exemple de brouillon

■ Indices tirés du texte

> « dormit mal », « debout dès que le jour paraît », « son cœur se met à battre » agitation, difficultés à se contrôler, gestes précipités…

■ Idées personnelles

> L'excitation qui a précédé ma sélection en équipe de France de tennis de table.

> Les manifestations : réveil en pleine nuit, agitation, maladresses…

ÉTAPE 3 Construire le plan du devoir

- **Introduction** (sauf dans les suites du texte) : **cadre** et **personnages** dans les récits, **en-tête** dans une lettre, **titre** dans un article de journal.
- **Développement :** regroupez les idées du brouillon en **deux ou trois paragraphes**.
- **Conclusion :** variable selon le sujet : **faire le point, annoncer le futur, exprimer un avis personnel**…

Exemple de plan

■ Introduction La situation : tests de sélection, mes bonnes performances.

1re partie La soirée et la nuit précédant l'annonce des résultats : énervement, sautes d'humeur, impossibilité de se concentrer sur autre chose.

2e partie Le jour de la sélection, mon arrivée au club, l'annonce de ma sélection, les manifestations de mon excitation.

Conclusion La nouvelle vie qui s'annonce.

J'applique la méthode

Sujet 1

1 Relisez le texte de l'exercice n° 1 p. 102.

Imaginez la suite immédiate de ce texte.

Étape 1 : Analysez le sujet.

a) Surlignez les mots clés du sujet.

b) Quelle forme et quelle époque vous sont imposées ?
À quoi devez-vous veiller ?

....

....

Étape 2 : Notez les idées au brouillon.

a) Que devez-vous obligatoirement imaginer ? Quelles réactions exprimées dans le texte devrez-vous exploiter ?

....

....

....

....

b) À quelles questions du lecteur allez-vous devoir répondre ?

....

....

Étape 3 : Construisez le plan.

a) Comment allez-vous commencer ?

....

....

b) Quelles seront les étapes de votre récit ?

....

....

....

....

....

c) Comment conclurez-vous ?

....

Sujet 2

2 Relisez les deux extraits de *L'Avare* p. 71.

Imaginez la lettre que pourrait écrire Élise à sa meilleure amie pour lui raconter le mariage auquel son père voudrait la contraindre, mais aussi le plan imaginé par Valère.

Étape 1 : Analysez le sujet.

a) Surlignez les mots clés du sujet.
b) Quelle sera la forme de votre devoir ? Quelles contraintes ?

....

Étape 2 : Notez les idées au brouillon.

a) Quelles idées pourrez-vous tirer du texte ?

....

....

b) Que devrez-vous ajouter ?

....

....

Étape 3 : Construisez le plan.

a) Comment présenterez-vous votre devoir ? Qu'allez-vous avoir à inventer ?

....

....

b) Quelles seront les grandes parties de votre développement ?

....

....

c) Comment allez-vous terminer ?

....

Sujet 3

3 Relisez le texte de l'exercice n° 2 p. 22.

Vous vous êtes un jour trouvé, comme le personnage, dans une situation étrange. Racontez cet épisode et analysez ce que vous avez ressenti.

Étape 1 : Analysez le sujet.

a) Surlignez les mots clés du sujet.

b) Quelle forme aura votre devoir ?
Quels en seront les deux thèmes essentiels ?

....

....

Étape 2 : Notez les idées au brouillon.

a) Quelle est l'idée du texte à retenir ?

....

b) Que devez-vous trouver ou inventer ?

....

Étape 3 : Construisez le plan.

a) Que mettrez-vous dans votre introduction ?

....

....

b) Quelles seront les étapes de votre récit ?

....

....

c) Que mettrez-vous dans la conclusion ?

....

LES PRONOMS ET LES DÉTERMINANTS

LES PRONOMS

Les pronoms remplacent un nom ou un GN. On les trouve devant un verbe ou après une préposition.

	DÉFINITIONS	EXEMPLES
Les pronoms personnels ◆ *je, tu, il(s)* → sujets ◆ *elle(s), nous, vous* → sujets ou compléments ◆ *me, moi, te, le, la, lui…* → compléments	• **Sujets**, ils marquent la personne du verbe. • Leur forme peut varier selon leur **fonction grammaticale**.	➧ ***Tu** as de grandes mains.* = pron. pers. sujet, 2e pers. du sing. ➧ *Je vais **te** dévorer.* = pron. pers. COD, 2e pers. du sing.
Les pronoms possessifs ◆ *le mien, la tienne, le nôtre, les leurs…*	• Indiquent un **lien** (appartenance, filiation) avec un autre nom du texte.	➧ *J'ai oublié mon livre, prête-moi **le tien**.*
Les pronoms démonstratifs ◆ *ce, celui, cela, celle-ci…*	• **Remplacent** un élément que l'on montre ou dont on a déjà parlé.	➧ *Veux-tu déjeuner ? **Cela** m'est égal.*
Les pronoms relatifs ◆ *qui, que, quoi, dont, où, lequel, auquel…*	• **Introduisent** une proposition subordonnée relative.	➧ *Je te présente l'ami **dont** je t'avais parlé.*
Les pronoms interrogatifs ◆ *qui, quoi, que, lequel…*	• Permettent de **poser une question** portant sur un nom.	➧ ***Qui** est arrivé le premier ?*

LES DÉTERMINANTS

Les déterminants précèdent un nom, avec lequel ils s'accordent en genre et en nombre.

	DÉFINITIONS	EXEMPLES
Les articles ◆ Définis *le, la, les, l'*	• Devant un **nom précis**.	➧ ***L'**histoire de sa vie.*
◆ Indéfinis *un, une, des*	• Devant un **nom imprécis**.	➧ ***Une** autobiographie.*
◆ Définis contractés *au(x), du, des*	• **Contraction** de *à* ou *de* + *le* ou *les*.	➧ *Le temps **des** vacances (= de + les)*
◆ Partitifs *du, de la, de l'*	• Signifient « **un peu de** ».	➧ *Elle a eu **du** courage.*
Les déterminants possessifs ◆ *mon, ta, ses…*	• Indiquent un **lien** (filiation, appartenance).	➧ *J'ai oublié **mes** clefs.*
Les déterminants démonstratifs ◆ *ce, cet, ces…*	• **Montrent** ou **reprennent** un élément déjà cité.	➧ *Regarde **ce** paysage magnifique.*
Les déterminants numéraux ◆ *un, deux, trois… le premier, le deuxième…*	• Indiquent une **quantité** ou un **rang**.	➧ *Je t'apporte **deux** livres.* ➧ *Le **premier** est vert.*
Les déterminants interrogatifs ou exclamatifs ◆ *quel(s), quelle(s)*	• Permettent de poser une **question** ou d'exprimer une **émotion**.	➧ ***Quelle** heure est-il ?* ➧ ***Quel** beau temps !*
Les déterminants indéfinis ◆ *aucun, tout, quelque…*	• **Expriment** la négation, la totalité, l'imprécision.	➧ ***Quelques** amis sont venus. **Tout** abus sera puni.*

LES PRINCIPAUX PRÉFIXES ET SUFFIXES

LES PRÉFIXES

Les préfixes se placent avant le radical ou le mot simple et ils en modifient le sens.

	SENS	EXEMPLES
a-* • *an-	• négatif	➧ *anormal*
***ad-* • *ap-* • *ac-*...**	• vers	➧ *addition* • *apporter*
com-* • *con-* • *col-* • *co-	• avec	➧ *concourir* • *colocataire*
dé(s)-	• négatif	➧ *désobéir*
dis-	• séparer	➧ *disjoindre*
e-* • *ex-	• à l'extérieur	➧ *exporter*
en-* • *em-* • *in-* • *im-	• dans	➧ *emplir* • *importer*
in-* • *im-* • *ir-* • *il-	• négatif	➧ *immortel* • *illisible*
mal-* • *mé-	• négatif	➧ *malhonnête* • *mécontent*
pré-	• avant	➧ *prévenir*
re-	• répétition	➧ *retour* • *refaire* • *revenir*
trans-	• au-delà	➧ *transporter*

LES SUFFIXES

Les suffixes se placent après le radical ou le mot simple. Ils peuvent changer la classe grammaticale d'un mot, mais aussi changer son sens.

SUFFIXES DE NOMS COMMUNS

	EXEMPLES
-ade* • *-age	➧ *glissade* • *lavage*
-eur* • *-euse* • *-ateur* • *-atrice* • *-teur* • *-trice	➧ *chercheur* • *animateur* • *lectrice*
-ien* • *-ienne* • *-en* • *-enne	➧ *collégien*
-ement	➧ *enlèvement*
-esse	➧ *tristesse* • *ânesse*
-er* • *-ier* • *-ie* • *-erie	➧ *boucher* • *épicier* • *lingerie*
-ise* • *-isme* • *-iste	➧ *sottise* • *héroïsme*
-oir* • *-oire* • *-atoire	➧ *mouchoir*
-té* • *-eté* • *-ité	➧ *fierté*
-ure	➧ *chevelure*

SUFFIXES D'ADJECTIFS

	EXEMPLES
-able* • *-ible* • *-uble expriment la possibilité	➧ *variable* • *nuisible* • *soluble*
-al* • *-ale* • *-el* • *-elle	➧ *matinal* • *intellectuelle*
-ien* • *-ienne* • *-en* • *-enne	➧ *aérienne*
-eux* • *-ueux* • *-euse	➧ *heureux* • *luxueux*
-if* • *-ive	➧ *sportif*
-er* • *-ier* • *-ière	➧ *gaucher* • *fruitier*
-ique	➧ *héroïque*
-u* • *-ue	➧ *ventru*

SUFFIXES DE VERBES

-er* • *-ir* • *-ifier* • *-iser	➧ *chanter* • *finir* • *finaliser*

SUFFIXE D'ADVERBES

-ment (ajouté à un adjectif)	➧ *heureusement*

SUFFIXES MODIFIANT LE SENS

	SENS	EXEMPLES
-et* • *-ette* • *-ot* • *-otte* • *-eau* • *-on	• diminutifs	➧ *jardinet* • *fillette* • *lapereau*
-asse* • *-âtre	• péjoratifs	➧ *paperasse* • *verdâtre*

QUELQUES RADICAUX LATINS

	EXEMPLES
aqua- (eau) • ***mar-*** (mer) • ***equ-*** (cheval)	➧ *aquatique* • *maritime* • *équitation*
multi- (nombreux)	➧ *multicolore*

QUELQUES RADICAUX GRECS

	EXEMPLES
bio- (vie) • ***hydr-*** (eau) • ***chrono-*** (temps)	➧ *biologie* • *hydraulique* • *chronomètre*
poly- (nombreux)	➧ *polychrome*

ORTHOGRAPHE : 20 RÈGLES D'OR

LES TERMINAISONS VERBALES

CONFUSIONS FRÉQUENTES	ASTUCES POUR LES DISTINGUER
Infinitif en *-er* ou participe passé en *-é* ?	*J'ai essay**é** de rentr**er** tôt.* Participe passé > remplacer par un verbe d'un autre groupe *(j'ai fini)*. Infinitif > remplacer par un verbe d'un autre groupe *(finir)*.
Infinitif en *-er* ou terminaison en *-ez* ?	*Vous aim**ez** vous promen**er**.* Verbe conjugué (2e pers. du plur.) > remplacer par *tu* *(tu aimes)*. Infinitif > remplacer par un verbe d'un autre groupe *(divertir)*.
Futur en *-rai* ou conditionnel en *-rais* ?	Futur > remplacer par *tu* *(tu rentreras)*. *Je rentrer**ai** à 8 heures.* *Je voudr**ais** le rencontrer.* Conditionnel > remplacer par *tu* *(tu voudrais)*.
Impératif avec ou sans *-s* ?	*Sors ! Va dans le jardin ! Ne reste pas là.* > 2e pers. du sing : pas de *-s* pour les verbes du **1er groupe** et ***aller*** sauf *vas-y*.

PENSE-BÊTE

DIFFICULTÉS FRÉQUENTES	RÈGLES	EXEMPLES
Noms féminin en *-té / -tié*	• La plupart des noms féminins se terminant par ***-té*** ou ***-tié*** s'écrivent sans ***e*** final. Sauf 6 noms : *dict**ée**, mont**ée**, jet**ée**, port**ée**, but**ée**, pât**ée*** et les noms indiquant un contenu, une durée ou un ensemble.	*beau**té**, liber**té**, ami**tié**, clar**té*** *nuit**ée**, pellet**ée***
Adverbes en *-emment / -amment*	• Un adjectif en ***-ant*** donne un adverbe en ***-amment***. • Un adjectif en ***-ent*** donne un adverbe en ***-emment***.	*brill**ant** → brill**amment*** *évid**ent** → évid**emment***
La cédille [ç] pour obtenir le son [s]	• Devant *a, o, u* • Jamais devant *e, i*	*maçon, je plaçais, il conçut* *ceci, tu places*
Quelques mots invariables à mémoriser	*certe**s**, **d**'ailleurs, **d**avantage, désormai**s**, malgr**é**, néanmoin**s**, parm**i**, toujour**s***	
Quelques noms communs et formes verbales à mémoriser	*un poi**ds**, un pui**ts**, le tem**ps**, un cham**p**, un lyc**ée**, un mus**ée**, un chev**eu*** *nous faisons, vous faites, il faisait, il fera* *vous dites* (présent), *vous dîtes* (passé simple) *je m'assois* ou *je m'assieds* *je prends, je peins* *je couds, je résous*	

LES HOMONYMES

CONFUSIONS FRÉQUENTES	ASTUCES POUR LES DISTINGUER
a, à ou as ?	*Tu **as** entendu ce qu'elle **a** annoncé **à** ses parents.* **as**, **a** : Verbe ou auxiliaire *avoir* > remplacer par *avais* (= *tu avais entendu*) ou *avait* (= *elle avait annoncé*) **à** : Préposition > ne peut pas se remplacer par *avait*
on ou ont ?	***On** a applaudi quand elles **ont** franchi la ligne d'arrivée.* **On** : Pronom personnel sujet > remplacer par *il* (= *il a applaudi*) **ont** : Verbe ou auxiliaire *avoir* > remplacer par *avaient* (= *elles avaient*)
on ou on n' devant voyelle ?	***On** a attendu longtemps mais **on n'**a pas regretté.* **On** : Proposition affirmative > liaison devant voyelle **on n'** : Proposition négative > remplacer par un mot commençant par une consonne(= *on **ne** regrette pas*)
ou ou bien où ?	***Où** vas-tu ? À droite **ou** à gauche ?* **Où** : Adverbe ou pronom > indique le lieu **ou** : Conjonction de coordination > remplacer par *ou bien* (= *ou bien* à gauche)
son ou sont ?	*Ses amis **sont** venus pour **son** anniversaire.* **sont** : Verbe ou auxiliaire *être* > remplacer par *étaient* (= *ils étaient venus*) **son** : Déterminant possessif (3e pers. sing.) > mettre au pluriel (= *ses anniversaires*)
c'est ou s'est ?	***C'est** faux, il **s'est** trompé.* **C'est** : Pronom démonstratif *c'* + *est* > remplacer par *cela est* (= *cela est faux*) **s'est** : Pronom personnel *s'* + *est* > remplacer par *je me suis* (= *je me suis trompé*)
ces ou ses ?	*Regarde **ces** jolies fleurs, elle les cueille pour **ses** sœurs.* **ces** : Déterminant démonstratif > mettre au singulier (= *cette jolie fleur*) **ses** : Déterminant possessif > mettre au singulier (= *sa sœur*)
la, là ou l'a(s) ?	***La** dernière fois que tu **l'as** vue, elle était **là** cette clé.* **La** : Article défini > remplacer par *les* (= *les dernières fois*) **l'as** : Verbe ou auxiliaire *avoir* > remplacer par *l'avais* (= *tu l'avais vue*) **là** : Adverbe > remplacer par *ici* (= *elle était ici*)
ma ou m'a (m'as) ?	*Elle ne **m'a** / tu ne **m'as** pas rendu **ma** cette clé.* **m'a** / **m'as** : Verbe *avoir* > mettre à l'imparfait (= *m'avait / m'avais*) **ma** : Déterminant possessif > mettre au pluriel (= *mes trousses*)
leur ou leurs ?	*Je **leur** ai annoncé que **leurs** amis étaient arrivés.* **leur** : Pronom personnel > remplacer par *lui* (= *lui ai annoncé*) **leurs** : Déterminant possessif > remplacer par *ses* (= *ses amis*)
dans ou d'en ?	*Inutile **d'en** dire plus, elle est **dans** la maison.* **d'en** : Contraction de *de* + *en* > toujours devant un verbe **dans** : Préposition > indique le temps ou le lieu

CONJUGAISON DE ÊTRE, AVOIR, JOUER, FINIR

ÊTRE

INDICATIF

Présent	Passé composé
je suis	j'ai été
tu es	tu as été
il est	il a été
nous sommes	nous avons été
vous êtes	vous avez été
ils sont	ils ont été

Imparfait	Plus-que-parfait
j'étais	j'avais été
tu étais	tu avais été
il était	il avait été
nous étions	nous avions été
vous étiez	vous aviez été
ils étaient	ils avaient été

Passé simple	Passé antérieur
je fus	j'eus été
tu fus	tu eus été
il fut	il eut été
nous fûmes	nous eûmes été
vous fûtes	vous eûtes été
ils furent	ils eurent été

Futur simple	Futur antérieur
je serai	j'aurai été
tu seras	tu auras été
il sera	il aura été
nous serons	nous aurons été
vous serez	vous aurez été
ils seront	ils auront été

CONDITIONNEL

Présent	Passé
je serais	j'aurais été
tu serais	tu aurais été
il serait	il aurait été
nous serions	nous aurions été
vous seriez	vous auriez été
ils seraient	ils auraient été

SUBJONCTIF

Présent
que je sois
que tu sois
qu'il soit
que nous soyons
que vous soyez
qu'ils soient

IMPÉRATIF

Présent
sois
soyons
soyez

INFINITIF

Présent	Passé
être	avoir été

PARTICIPE

Présent	Passé
étant	été

AVOIR

INDICATIF

Présent	Passé composé
j'ai	j'ai eu
tu as	tu as eu
il a	il a eu
nous avons	nous avons eu
vous avez	vous avez eu
ils ont	ils ont eu

Imparfait	Plus-que-parfait
j'avais	j'avais eu
tu avais	tu avais eu
il avait	il avait eu
nous avions	nous avions eu
vous aviez	vous aviez eu
ils avaient	ils avaient eu

Passé simple	Passé antérieur
j'eus	j'eus eu
tu eus	tu eus eu
il eut	il eut eu
nous eûmes	nous eûmes eu
vous eûtes	vous eûtes eu
ils eurent	ils eurent eu

Futur simple	Futur antérieur
j'aurai	j'aurai eu
tu auras	tu auras eu
il aura	il aura eu
nous aurons	nous aurons eu
vous aurez	vous aurez eu
ils auront	ils auront eu

CONDITIONNEL

Présent	Passé
j'aurais	j'aurais eu
tu aurais	tu aurais eu
il aurait	il aurait eu
nous aurions	nous aurions eu
vous auriez	vous auriez eu
ils auraient	ils auraient eu

SUBJONCTIF

Présent
que j'aie
que tu aies
qu'il ait
que nous ayons
que vous ayez
qu'ils aient

IMPÉRATIF

Présent
aie
ayons
ayez

INFINITIF

Présent	Passé
avoir	avoir eu

PARTICIPE

Présent	Passé
ayant	eu(es)

JOUER (1er GROUPE)

INDICATIF

Présent	Passé composé
je joue	j'ai joué
tu joues	tu as joué
il joue	il a joué
nous jouons	nous avons joué
vous jouez	vous avez joué
ils jouent	ils ont joué

Imparfait	Plus-que-parfait
je jouais	j'avais joué
tu jouais	tu avais joué
il jouait	il avait joué
nous jouions	nous avions joué
vous jouiez	vous aviez joué
ils jouaient	ils avaient joué

Passé simple	Passé antérieur
je jouai	j'eus joué
tu jouas	tu eus joué
il joua	il eut joué
nous jouâmes	nous eûmes joué
vous jouâtes	vous eûtes joué
ils jouèrent	ils eurent joué

Futur simple	Futur antérieur
je jouerai	j'aurai joué
tu joueras	tu auras joué
il jouera	il aura joué
nous jouerons	nous aurons joué
vous jouerez	vous aurez joué
ils joueront	ils auront joué

CONDITIONNEL

Présent	Passé
je jouerais	j'aurais joué
tu jouerais	tu aurais joué
il jouerait	il aurait joué
nous jouerions	nous aurions joué
vous joueriez	vous auriez joué
ils joueraient	ils auraient joué

SUBJONCTIF

Présent
que je joue
que tu joues
qu'il joue
que nous jouions
que vous jouiez
qu'ils jouent

IMPÉRATIF

Présent
joue
jouons
jouez

INFINITIF

Présent	Passé
jouer	avoir joué

PARTICIPE

Présent	Passé
jouant	joué(es)

FINIR (2e GROUPE)

INDICATIF

Présent	Passé composé
je finis	j'ai fini
tu finis	tu as fini
il finit	il a fini
nous finissons	nous avons fini
vous finissez	vous avez fini
ils finissent	ils ont fini

Imparfait	Plus-que-parfait
je finissais	j'avais fini
tu finissais	tu avais fini
il finissait	il avait fini
nous finissions	nous avions fini
vous finissiez	vous aviez fini
ils finissaient	ils avaient fini

Passé simple	Passé antérieur
je finis	j'eus fini
tu finis	tu eus fini
il finit	il eut fini
nous finîmes	nous eûmes fini
vous finîtes	vous eûtes fini
ils finirent	ils eurent fini

Futur simple	Futur antérieur
je finirai	j'aurai fini
tu finiras	tu auras fini
il finira	il aura fini
nous finirons	nous aurons fini
vous finirez	vous aurez fini
ils finiront	ils auront fini

CONDITIONNEL

Présent	Passé
je finirais	j'aurais fini
tu finirais	tu aurais fini
il finirait	il aurait fini
nous finirions	nous aurions fini
vous finiriez	vous auriez fini
ils finiraient	ils auraient fini

SUBJONCTIF

Présent
que je finisse
que tu finisses
qu'il finisse
que nous finissions
que vous finissiez
qu'ils finissent

IMPÉRATIF

Présent
finis
finissons
finissez

INFINITIF

Présent	Passé
finir	avoir fini

PARTICIPE

Présent	Passé
finissant	fini(es)

CONJUGAISON DE ALLER, FAIRE, DIRE, PRENDRE

ALLER (3e groupe)

INDICATIF

PRÉSENT	PASSÉ COMPOSÉ
je vais	je suis allé(e)
tu vas	tu es allé(e)
il va	il (elle) est allé(e)
nous allons	nous sommes allé(e)s
vous allez	vous êtes allé(e)s
ils vont	ils (elles) sont allé(e)s

IMPARFAIT	PLUS-QUE-PARFAIT
j'allais	j'étais allé(e)
tu allais	tu étais allé(e)
il allait	il (elle) était allé(e)
nous allions	nous étions allé(e)s
vous alliez	vous étiez allé(e)s
ils allaient	ils (elles) étaient allé(e)s

PASSÉ SIMPLE	PASSÉ ANTÉRIEUR
j'allai	je fus allé(e)
tu allas	tu fus allé(e)
il alla	il (elle) fut allé(e)
nous allâmes	nous fûmes allé(e)s
vous allâtes	vous fûtes allé(e)s
ils allèrent	ils (elles) furent allé(e)s

FUTUR SIMPLE	FUTUR ANTÉRIEUR
j'irai	je serai allé(e)
tu iras	tu seras allé(e)
il ira	il (elle) sera allé(e)
nous irons	nous serons allé(e)s
vous irez	vous serez allé(e)s
ils iront	ils (elles) seront allé(e)s

CONDITIONNEL

PRÉSENT	PASSÉ
j'irais	je serais allé(e)
tu irais	tu serais allé(e)
il irait	il (elle) serait allé(e)
nous irions	nous serions allé(e)s
vous iriez	vous seriez allé(e)s
ils iraient	ils (elles) seraient allé(e)s

SUBJONCTIF

PRÉSENT
que j'aille
que tu ailles
qu'il aille
que nous allions
que vous alliez
qu'ils aillent

IMPÉRATIF

PRÉSENT
va
allons
allez

INFINITIF

PRÉSENT	PASSÉ
aller	être allé(es)

PARTICIPE

PRÉSENT	PASSÉ
allant	allé(es)

FAIRE (3e groupe)

INDICATIF

PRÉSENT	PASSÉ COMPOSÉ
je fais	j'ai fait
tu fais	tu as fait
il fait	il a fait
nous faisons	nous avons fait
vous faites	vous avez fait
ils font	ils ont fait

IMPARFAIT	PLUS-QUE-PARFAIT
je faisais	j'avais fait
tu faisais	tu avais fait
il faisait	il avait fait
nous faisions	nous avions fait
vous faisiez	vous aviez fait
ils faisaient	ils avaient fait

PASSÉ SIMPLE	PASSÉ ANTÉRIEUR
je fis	j'eus fait
tu fis	tu eus fait
il fit	il eut fait
nous fîmes	nous eûmes fait
vous fîtes	vous eûtes fait
ils firent	ils eurent fait

FUTUR SIMPLE	FUTUR ANTÉRIEUR
je ferai	j'aurai fait
tu feras	tu auras fait
il fera	il aura fait
nous ferons	nous aurons fait
vous ferez	vous aurez fait
ils feront	ils auront fait

CONDITIONNEL

PRÉSENT	PASSÉ
je ferais	j'aurais fait
tu ferais	tu aurais fait
il ferait	il aurait fait
nous ferions	nous aurions fait
vous feriez	vous auriez fait
ils feraient	ils auraient fait

SUBJONCTIF

PRÉSENT
que je fasse
que tu fasses
qu'il fasse
que nous fassions
que vous fassiez
qu'ils fassent

IMPÉRATIF

PRÉSENT
fais
faisons
faites

INFINITIF

PRÉSENT	PASSÉ
faire	avoir fait

PARTICIPE

PRÉSENT	PASSÉ
faisant	fait(es)

DIRE (3e groupe)

INDICATIF

PRÉSENT	PASSÉ COMPOSÉ
je dis	j'ai dit
tu dis	tu as dit
il dit	il a dit
nous disons	nous avons dit
vous dites	vous avez dit
ils disent	ils ont dit

IMPARFAIT	PLUS-QUE-PARFAIT
je disais	j'avais dit
tu disais	tu avais dit
il disait	il avait dit
nous disions	nous avions dit
vous disiez	vous aviez dit
ils disaient	ils avaient dit

PASSÉ SIMPLE	PASSÉ ANTÉRIEUR
je dis	j'eus dit
tu dis	tu eus dit
il dit	il eut dit
nous dîmes	nous eûmes dit
vous dîtes	vous eûtes dit
ils dirent	ils eurent dit

FUTUR SIMPLE	FUTUR ANTÉRIEUR
je dirai	j'aurai dit
tu diras	tu auras dit
il dira	il aura dit
nous dirons	nous aurons dit
vous direz	vous aurez dit
ils diront	ils auront dit

CONDITIONNEL

PRÉSENT	PASSÉ
je dirais	j'aurais dit
tu dirais	tu aurais dit
il dirait	il aurait dit
nous dirions	nous aurions dit
vous diriez	vous auriez dit
ils diraient	ils auraient dit

SUBJONCTIF

PRÉSENT
que je dise
que tu dises
qu'il dise
que nous disions
que vous disiez
qu'ils disent

IMPÉRATIF

PRÉSENT
dis
disons
dites

INFINITIF

PRÉSENT	PASSÉ
dire	avoir dit

PARTICIPE

PRÉSENT	PASSÉ
disant	dit(es)

PRENDRE (3e groupe)

INDICATIF

PRÉSENT	PASSÉ COMPOSÉ
je prends	j'ai pris
tu prends	tu as pris
il prend	il a pris
nous prenons	nous avons pris
vous prenez	vous avez pris
ils prennent	ils ont pris

IMPARFAIT	PLUS-QUE-PARFAIT
je prenais	j'avais pris
tu prenais	tu avais pris
il prenait	il avait pris
nous prenions	nous avions pris
vous preniez	vous aviez pris
ils prenaient	ils avaient pris

PASSÉ SIMPLE	PASSÉ ANTÉRIEUR
je pris	j'eus pris
tu pris	tu eus pris
il prit	il eut pris
nous prîmes	nous eûmes pris
vous prîtes	vous eûtes pris
ils prirent	ils eurent pris

FUTUR SIMPLE	FUTUR ANTÉRIEUR
je prendrai	j'aurai pris
tu prendras	tu auras pris
il prendra	il aura pris
nous prendrons	nous aurons pris
vous prendrez	vous aurez pris
ils prendront	ils auront pris

CONDITIONNEL

PRÉSENT	PASSÉ
je prendrais	j'aurais pris
tu prendrais	tu aurais pris
il prendrait	il aurait pris
nous prendrions	nous aurions pris
vous prendriez	vous auriez pris
ils prendraient	ils auraient pris

SUBJONCTIF

PRÉSENT
que je prenne
que tu prennes
qu'il prenne
que nous prenions
que vous preniez
qu'ils prennent

IMPÉRATIF

PRÉSENT
prends
prenons
prenez

INFINITIF

PRÉSENT	PASSÉ
prendre	avoir pris

PARTICIPE

PRÉSENT	PASSÉ
prenant	pris(es)

CONJUGAISON DE *POUVOIR, VOIR, DEVOIR, VOULOIR*

POUVOIR (3e GROUPE)

INDICATIF

PRÉSENT	PASSÉ COMPOSÉ
je peux	j'ai pu
tu peux	tu as pu
il peut	il a pu
nous pouvons	nous avons pu
vous pouvez	vous avez pu
ils peuvent	ils ont pu

IMPARFAIT	PLUS-QUE-PARFAIT
je pouvais	j'avais pu
tu pouvais	tu avais pu
il pouvait	il avait pu
nous pouvions	nous avions pu
vous pouviez	vous aviez pu
ils pouvaient	ils avaient pu

PASSÉ SIMPLE	PASSÉ ANTÉRIEUR
je pus	j'eus pu
tu pus	tu eus pu
il put	il eut pu
nous pûmes	nous eûmes pu
vous pûtes	vous eûtes pu
ils purent	ils eurent pu

FUTUR SIMPLE	FUTUR ANTÉRIEUR
je pourrai	j'aurai pu
tu pourras	tu auras pu
il pourra	il aura pu
nous pourrons	nous aurons pu
vous pourrez	vous aurez pu
ils pourront	ils auront pu

CONDITIONNEL

PRÉSENT	PASSÉ
je pourrais	j'aurais pu
tu pourrais	tu aurais pu
il pourrait	il aurait pu
nous pourrions	nous aurions pu
vous pourriez	vous auriez pu
ils pourraient	ils auraient pu

SUBJONCTIF

PRÉSENT
que je puisse
que tu puisses
qu'il puisse
que nous puissions
que vous puissiez
qu'ils puissent

IMPÉRATIF

PRÉSENT

INFINITIF

PRÉSENT	PASSÉ
pouvoir	avoir pu

PARTICIPE

PRÉSENT	PASSÉ
pouvant	pu

VOIR (3e GROUPE)

INDICATIF

PRÉSENT	PASSÉ COMPOSÉ
je vois	j'ai vu
tu vois	tu as vu
il voit	il a vu
nous voyons	nous avons vu
vous voyez	vous avez vu
ils voient	ils ont vu

IMPARFAIT	PLUS-QUE-PARFAIT
je voyais	j'avais vu
tu voyais	tu avais vu
il voyait	il avait vu
nous voyions	nous avions vu
vous voyiez	vous aviez vu
ils voyaient	ils avaient vu

PASSÉ SIMPLE	PASSÉ ANTÉRIEUR
je vis	j'eus vu
tu vis	tu eus vu
il vit	il eut vu
nous vîmes	nous eûmes vu
vous vîtes	vous eûtes vu
ils virent	ils eurent vu

FUTUR SIMPLE	FUTUR ANTÉRIEUR
je verrai	j'aurai vu
tu verras	tu auras vu
il verra	il aura vu
nous verrons	nous aurons vu
vous verrez	vous aurez vu
ils verront	ils auront vu

CONDITIONNEL

PRÉSENT	PASSÉ
je verrais	j'aurais vu
tu verrais	tu aurais vu
il verrait	il aurait vu
nous verrions	nous aurions vu
vous verriez	vous auriez vu
ils verraient	ils auraient vu

SUBJONCTIF

PRÉSENT
que je voie
que tu voies
qu'il voie
que nous voyions
que vous voyiez
qu'ils voient

IMPÉRATIF

PRÉSENT
vois
voyons
voyez

INFINITIF

PRÉSENT	PASSÉ
voir	avoir vu

PARTICIPE

PRÉSENT	PASSÉ
voyant	vu(es)

DEVOIR (3e GROUPE)

INDICATIF

PRÉSENT	PASSÉ COMPOSÉ
je dois	j'ai dû
tu dois	tu as dû
il doit	il a dû
nous devons	nous avons dû
vous devez	vous avez dû
ils doivent	ils ont dû

IMPARFAIT	PLUS-QUE-PARFAIT
je devais	j'avais dû
tu devais	tu avais dû
il devait	il avait dû
nous devions	nous avions dû
vous deviez	vous aviez dû
ils devaient	ils avaient dû

PASSÉ SIMPLE	PASSÉ ANTÉRIEUR
je dus	j'eus dû
tu dus	tu eus dû
il dut	il eut dû
nous dûmes	nous eûmes dû
vous dûtes	vous eûtes dû
ils durent	ils eurent dû

FUTUR SIMPLE	FUTUR ANTÉRIEUR
je devrai	j'aurai dû
tu devras	tu auras dû
il devra	il aura dû
nous devrons	nous aurons dû
vous devrez	vous aurez dû
ils devront	ils auront dû

CONDITIONNEL

PRÉSENT	PASSÉ
je devrais	j'aurais dû
tu devrais	tu aurais dû
il devrait	il aurait dû
nous devrions	nous aurions dû
vous devriez	vous auriez dû
ils devraient	ils auraient dû

SUBJONCTIF

PRÉSENT
que je doive
que tu doives
qu'il doive
que nous devions
que vous deviez
qu'ils doivent

IMPÉRATIF

PRÉSENT
dois
devons
devez

INFINITIF

PRÉSENT	PASSÉ
devoir	ayant dû

PARTICIPE

PRÉSENT	PASSÉ
devant	dû, du(es)

VOULOIR (3e GROUPE)

INDICATIF

PRÉSENT	PASSÉ COMPOSÉ
je veux	j'ai voulu
tu veux	tu as voulu
il veut	il a voulu
nous voulons	nous avons voulu
vous voulez	vous avez voulu
ils veulent	ils ont voulu

IMPARFAIT	PLUS-QUE-PARFAIT
je voulais	j'avais voulu
tu voulais	tu avais voulu
il voulait	il avait voulu
nous voulions	nous avions voulu
vous vouliez	vous aviez voulu
ils voulaient	ils avaient voulu

PASSÉ SIMPLE	PASSÉ ANTÉRIEUR
je voulus	j'eus voulu
tu voulus	tu eus voulu
il voulut	il eut voulu
nous voulûmes	nous eûmes voulu
vous voulûtes	vous eûtes voulu
ils voulurent	ils eurent voulu

FUTUR SIMPLE	FUTUR ANTÉRIEUR
je voudrai	j'aurai voulu
tu voudras	tu auras voulu
il voudra	il aura voulu
nous voudrons	nous aurons voulu
vous voudrez	vous aurez voulu
ils voudront	ils auront voulu

CONDITIONNEL

PRÉSENT	PASSÉ
je voudrais	j'aurais voulu
tu voudrais	tu aurais voulu
il voudrait	il aurait voulu
nous voudrions	nous aurions voulu
vous voudriez	vous auriez voulu
ils voudraient	ils auraient voulu

SUBJONCTIF

PRÉSENT
que je veuille
que tu veuilles
qu'il veuille
que nous voulions
que vous vouliez
qu'ils veuillent

IMPÉRATIF

PRÉSENT
veux / veuille
voulons
voulez / veuillez

INFINITIF

PRÉSENT	PASSÉ
vouloir	ayant voulu

PARTICIPE

PRÉSENT	PASSÉ
voulant	voulu(es)

Fiche 1 Révisions p. 4-5

1. GN à souligner : *un matin, le sable, les femmes, l'eau, un pied, sa gentillesse, sa mignardise, les yeux, la personne, cette personne, les chevilles, la tête, un peignoir.*

2. Déterminants articles, possessifs et démonstratifs à souligner : *une espèce, le cœur, l'oreille, l'esprit, de l'amour, sa femme, cette enfant.*

3. **a.** Les amis des enfants arrivent, j'ai préparé de la citronnade.
b. Je sors du cinéma où j'ai mangé du popcorn.
c. Nous recherchons de la tranquillité, loin du bruit et des voitures.
d. De très beaux oiseaux peuplent l'étang du village.
e. Je n'ai pas de travail aujourd'hui, j'irai au théâtre.
f. J'ai reçu de nombreuses lettres du monde entier.
g. Je ne bois que de l'eau et parfois du thé.
h. Il n'y a pas de maison ici, juste des terrains vagues.

4. **a.** numéral cardinal : *deux* ; numéral ordinal : *premier* ; numéral ordinal : *deuxième*
b. exclamatif : *Quels*
c. indéfini : *les mêmes*
d. interrogatif : *Quelles* ; indéfini : *Chaque / tout / n'importe quel*
e. indéfini : *Aucune / nulle* ; exclamatif : *Quelle*

5. **a.** dix-huit ; quarante-cinq
b. deux cents
c. deux cent cinquante-deux
d. quatre ; quatre-vingt-six
e. quatre mille trois cents

6. Déterminants du texte à souligner : *la température, trente-cinq degrés, l'air, l'étouffement, la longue, sa lampe, un clou, sa tête, cette lampe, son crâne, le sang, son supplice, l'humidité, La roche, quelques centimètres, son visage, de grosses gouttes, une sorte, la même place.*

7. **a.** *C'est* ; *ses* **b.** *ces* **c.** *Ces* ; *c'est* **d.** *ses* **e.** *ses* ; *ses*

8. **a.** *Ma* sœur *t'a* aperçue
b. *La* réunion ; tu ne *l'as*
c. *Ta* venue ; *m'a* vraiment
d. *Ma* mère ; ne *t'a* pas ; *ta* nouvelle
e. *La* dernière fois ; tu *l'as* rencontrée

Fiche 5 Révisions p. 14-15

1. GN à souligner et expansions à encadrer :
a. une très forte tempête ; les côtes bretonnes
b. ma gentille petite sœur ; la robe dont je rêvais
c. cet homme que nous ne connaissions pas
d. le livre de contes que je t'ai prêté

2. Adjectifs épithètes à souligner :
a. conte fantastique ; statue terrifiante
b. multiples méfaits
c. jambe droite ; pauvre homme
d. yeux brillants
e. célèbre conte ; meurtre le plus cruel

3. CDN à souligner :
a. ma pizza : GN
b. ma sœur : GN ; toi : pronom (personnel)
c. devenir spationaute : groupe infinitif
d. leur voyage : GN
e. lui : pronom (personnel) ; son fils : GN

4. **a.** Ce sont des CDN : ***des chats**, **de dents**, **de griffes***
b. Adjectifs épithètes au superlatif à souligner en vert : *très blanches, très aigües et très séparées ; aspect le plus cannibale et le plus féroce.*
c. Autres adjectifs épithètes à souligner en rouge : *yeux gris ; teintes vertes ; lueurs phosphoriques ; lèvres pâles et plates ; ongles longs, luisants et recourbés ; vagues apparences.*

5. **a.** Pronoms relatifs à souligner en bleu et antécédents à souligner en rouge : *son caractère étrange ; dont le type ; d'aucune statue antique ; dont il me souvienne ; beauté calme et sévère des sculpteurs grecs, qui donnaient.*
b. Les CDN antécédents sont *aucune statue antique* (de *celui*) et *des sculpteurs grecs* (de *beauté*).
c. Des épithètes.

6. **a.** dont **b.** à laquelle **c.** où **d.** à qui **e.** que

7. **a.** CDN à souligner en bleu : *corps du malheureux jeune homme ; trace de sang ; cercle de fer.* Ce sont des GN.
b. *livide* : adjectif épithète ; *qui se prolongeait sur les côtes et le dos* : proposition subordonnée relative complément de l'antécédent
c. Mots en gras à compléter : *dents **serrées** ; figure **noircie** ; **affreuses** angoisses.* Ce sont des adjectifs épithètes. Ils mettent en valeur la souffrance d'Alphonse et la violence dont il a été victime.

Fiche 8 Révisions p. 24-25

1. **a.** tu remues **b.** elle essaie **c.** nous glaçons **d.** elles abrègent **e.** je projette **f.** tu envoies **g.** ils rappellent **h.** j'achète

2. **a.** je révèle **b.** tu enlèves **c.** tu cèdes **d.** je crée **e.** nous traçons **f.** tu emploies **g.** nous dégageons **h.** tu effraies

3. **a.** choisis **b.** aboutis **c.** grandit **d.** noircissons **e.** réunissez **f.** convertissent **g.** alourdissent **h.** rafraîchit

4. **a.** tu rougis **b.** nous réussissons **c.** elles éblouissent **d.** j'accomplis **e.** elle bondit **f.** vous anéantissez **g.** il avertit **h.** ils réfléchissent

5. **a.** rejoint **b.** repeignons **c.** résous **d.** remets **e.** réponds

6. **a.** tu bois **b.** elle entend **c.** elle disparaît **d.** tu poursuis

7. *dort ; excite ; paraît ; est ; rôde ; s'aperçoit ; vend ; met ; ouvre ; a ; est*

8. **a.** distribue, distribuons, distribuez **b.** entends, entendons, entendez **c.** peins, peignons, peignez **d.** inscris, inscrivons, inscrivez **e.** offre, offrons, offrez **f.** parais, paraissons, paraissez

9. *prends ; déposes ; Mets ; casse ; incorpore ; glisse*

Fiche 10 Révisions p. 30-31

1. **a.** rangeais **b.** plaçais **c.** essayions **d.** vérifiiez **e.** disparaissais **f.** faisait **g.** résolvais **h.** cousaient

2. *entrait ; ombrageaient ; tendait ; essuyait ; recevait ; glissait ; jappait ; repartait*

3. **a.** espérai **b.** effaças **c.** alla **d.** envoya **e.** changea **f.** dialoguâtes **g.** appelai **h.** rejetas **i.** bégaya **j.** acheta

4. **a.** souris **b.** fuis **c.** conduisit **d.** écrivîmes **e.** prîtes **f.** craignis

5. **a.** réussis **b.** dis **c.** vis **d.** fit **e.** mis **f.** apprîmes

6. **a.** sus **b.** eus **c.** courut **d.** revînmes **e.** fus **f.** apparus **g.** retîntes **h.** lut **i.** résolus **j.** voulurent **k.** parvins **l.** tint

7.

Présent	Imparfait	Passé simple
tu mens	tu mentais	tu mentis
je prends	je prenais	je pris
ils font	ils faisaient	ils firent
je plie	je pliais	je pliai
elle va	elle allait	elle alla
vous payez	vous payiez	vous payâtes
elles parcourent	elles parcouraient	elles parcoururent
nous devenons	nous devenions	nous devînmes
ils savent	ils savaient	ils surent
tu ris	tu riais	tu ris
tu peux	tu pouvais	tu pus
elle reçoit	elle recevait	elle reçut

8. **a.** devins **b.** reçurent **c.** dûmes **d.** connus **e.** bus **f.** vécut

9. *distribua ; remit ; habitait ; était ; recevait ; avait ; jetait ; ouvrit ; prit ; fit ; déplia ; mit ; intéressait ; laissait ; passait ; passionnaient*

Fiche 20 Révisions p. 58-59

1. impérative ; impérative ; déclarative ; impérative ; interrogative ; déclarative ; interrogative ; déclarative ; interrogative

2. **a.** P **b.** T **c.** T **d.** P **e.** P

3. **a.** familier ; *Pourquoi fais-tu cette tête ?* soutenu ; *Pourquoi est-ce que tu fais cette tête ?* courant
b. courant ; *Ils sont bien rentrés ?* familier ; *Sont-ils bien rentrés ?* soutenu
c. soutenu ; *Comment est-ce que tu fais ?* courant ; *Comment tu fais ?* familier
d. familier ; *Es-tu déjà arrivé ?* soutenu ; *Est-ce que tu es déjà arrivé ?* courant
e. courant ; *Où vas-tu ?* soutenu ; *Tu vas où ? Où tu vas ?* familier
f. familier ; *Combien est-ce que cela coûte ?* courant ; *Combien cela coûte-t-il ?* soutenu

4. **a.** impérative : exprime l'énervement, la colère
b. impérative : exprime la peur
c. déclarative : exprime l'étonnement
d. déclarative : exprime l'admiration
e. impérative : exprime la joie

5. **a. b.** *Bonjour, mon père, ma sœur bien-aimée ! Quel bonheur ! que je suis heureux ! / Mon père et mon cousin, je vous salue. / Comme te voilà grande, Camille ! et belle comme le jour. / Quand as-tu quitté Paris, Perdican ? / Mercredi, je crois, ou mardi. Comme te voilà métamorphosée en femme ! Je suis donc un homme, moi ! Il me semble que c'est hier que je t'ai vue pas plus haute que cela.*
Les phrases exclamatives sont de type déclaratif. Les trois premières expriment la joie. La quatrième et la cinquième expriment l'admiration et la dernière l'étonnement.
c. C'est une interrogation partielle.

6. **a.** Nous n'avons pas acheté de pommes.
b. Ne t'approche pas de nous.
c. Pourquoi ne fais-tu pas tes devoirs maintenant ?
d. Il n'y a pas d'eau dans le réfrigérateur.

7. **a.** Nous n'avons rien visité.
b. Elle ne me contredit jamais.
c. Personne n'était là.
d. Je ne veux ni ce bol ni cette assiette.
e. Je n'ai pris aucune valise.

8. **a.** Personne ne m'a prévenu.
b. Pourquoi est-ce qu'elle ne m'a pas répondu ?
c. Elle ne m'a pas apporté le livre ni le cahier.
d. On n'a vraiment pas envie de sortir.
e. Les recherches ne sont pas encore terminées.

Fiche 29 Révisions p. 86-87

1. **a.** duplex **b.** terminus **c.** aquarium **d.** bonus **e.** incognito

2. **a.** enfant **b.** vital **c.** canin/canine **d.** terre **e.** oblique
f. plume **g.** multiple/multitude

3. **a.** clowns **b.** confetti **c.** icebergs **d.** square

4. **a.** mobile **b.** opérer **c.** naviguer **d.** ration **e.** légal

5. **a.** dans **b.** négatif **c.** répétition **d.** avec **e.** répétition
f. dans **g.** négatif **h.** avec

6. **a.** irréel **b.** désunion **c.** décontracté **d.** malhonnête
e. mésentente **f.** désespoir **g.** inadapté **h.** apesanteur

7. **a.** Le préfixe est *dé*, il est de sens négatif.
b. Les deux verbes sont *revenir* et *rentrer* ;
le préfixe *re* indique la répétition (= à nouveau).

8. *figure* : nom ; *figurer* : verbe ; *figuratif* : adjectif / *signes* : nom ; *signer* : verbe / *souples* : adjectif ; *souplesse* : nom / *connaître* : verbe ; *connaissance* : nom

9. **a.** fillette (D) **b.** verdâtre (P) **c.** ânon (D) **d.** paperasse (P)
e. arbrisseau/arbuste (D) **f.** chiot (D) **g.** noirâtre (P)

10. **a.** mouchoir **b.** interrogatoire **c.** collage **d.** chanteur/chanson **e.** abolition **f.** bouilloire **g.** cavalcade

11. un cure-dents, un porte-clés, un coffre-fort, un après-midi, un croque-monsieur, un laissez-passer, un laurier-rose

12. **a.** des casse-croûte **b.** des savoir-faire **c.** des arcs-en-ciel
d. des procès-verbaux **e.** des abat-jour **f.** des porte-bonheur

PAPIER À BASE DE FIBRES CERTIFIÉES

Hatier s'engage pour l'environnement en réduisant l'empreinte carbone de ses livres. Celle de cet exemplaire est de : 950 g éq. CO_2
Rendez-vous sur www.hatier-durable.fr

Édition : Laure Ozon-Grisez
Conception maquette : Karine Alary et Sophie Duclos
Réalisation : Alinéa
Relecture : Alice Constant

IMPRIM'VERT

Achevé d'imprimer par Grafica Veneta SpA - Italie - dépot légal n° 06281/8-06 - Juin 2021